新潮文庫

機巧のイヴ

乾　緑郎著

新潮社版

10717

目次

機巧のイヴ

機巧のイヴ

裏木戸を開くと、典幻《てんげん》通りへと向から薄暗く細い路地が続いている。

道の両脇《りょうわき》には、生姜《しょうが》の酢漬けが詰まった甕《かめ》が、簀《す》の子《こ》に載せられて何段にも積まれており、甘酸《あまず》っぱい臭《にお》いを放っていた。

ひと一人が通り抜けるのもやっとの、鎧板《よろいいた》に挟まれたその細い通路を、江川仁左衛《えがわにざえ》門《もん》は、夢遊病者のようなふらふらとした足取りで進んで行く。

何故《なにゆえ》このような事になった、何故――。

甕の一つに寄り掛かり、息を切らせながら仁左衛門は手の平を見た。

肘《ひじ》から先が、返り血で染まっている。

仁左衛門はそれを舌で嘗《な》めてみる。微《かす》かな塩気と、鉄の味、そして温《ぬく》もり。

聞いていたのと違う。油臭さもなければ、水銀のような輝きもない。どす黒い人の血。

——騙《だま》された。

喘《あえ》ぐように息をする度に、鼻腔《びこう》に酢の臭いが入り込んできて苛立《いらだ》ちを誘った。続けて怒りがふつふつと湧《わ》いてくる。

腰に差した二尺三寸の柄《つか》を握り、鯉口《こいぐち》を切って、刀身を半分ほど鞘《さや》から抜き出した。

血振るいもせずに慌《あわ》てて鞘に収めて出てきたから、白刃《はくじん》は仁左衛門の手と同じく、赤黒い血でぬめっている。人を斬《き》ってきたばかりだが、幸いに刃こぼれなどは見あたらない。

あのいかさま師め、今すぐ乗り込んで、叩《たた》き斬ってくれる。

刃を再び鞘に収め、仁左衛門は通りに向かって歩き出した。

釘宮久蔵《くぎみやきゅうぞう》——。

仁左衛門の脳裏に、この一年足らずの間に起こったことが蘇《よみがえ》る。

壹《いち》

「南国の鳥ですな」

螺鈿《らでん》細工が施された、高さ四尺ほどの漆塗りの黒い箱の上に、自然木でつくられた止まり木が突き出している。

足枷《あしかせ》と細い鎖でそれに繫《つな》がれた極彩色の大きな鳥を眺めながら、仁左衛門は感嘆するように呟《つぶや》いた。

「金剛鸚哥《こんごういんこ》というのですか。これは珍しい。見るのは初めてだ」

背は瑠璃《るり》色《いろ》、腹は鮮やかな山吹色をしたその鳥が、欠伸《あくび》をするように黒い嘴《くちばし》を開いた。続けて羽毛を膨らませ、胸を反らせて羽を広げると、その幅は四、五尺余りもある。

「そう思うかね」

止まり木の傍らに立つ老齢の男が、手にしている金柑《きんかん》の皮を剝《む》き、一房剝《は》がして嘴の辺りに持って行くと、鸚哥はそれをくわえ、何度か頭を前後させて器用に飲み込んだ。

幕府精煉《せいれん》方手伝、釘宮久蔵。

齢《よわい》は六十ほどであろうか。仁左衛門が思い描いていたのとは違い、どこか小役人を思わせるような風貌《ふうぼう》だった。藍染《あいぞめ》の小袖《こそで》に、ちりめんの長羽織を掛けており、士分の筈《はず》だが刀は差していない。

精煉方とは、その名の通り、元々は製鉄などの金属の精煉を担《にな》っていた部署である。

だが、効率の良い反射炉の研究を始めた頃から、それに派生して、舎密《せいみ》、電氣、機巧などの技術全般の研究も担うようになった。

各藩の下屋敷が並ぶ城下の町並みから、川ひとつ隔てた向こう側に、ぽつんと釘宮久蔵の屋敷は建っていた。外れとはいっても敷地は広く、精煉方手伝という、取って付けたような肩書きとは不釣り合いな大きな屋敷である。

背の高い築地塀《ついじべい》に囲まれた敷地の中には、本宅と、それよりもずっと大きな別邸が建っていた。久蔵はこの広い屋敷に、一人で暮らしているという。

勧められるまま、仁左衛門は板敷きの間の中央に無造作に置かれた長椅子《ながいす》に腰掛けた。

長椅子の頑丈な木枠の上に、金糸や赤糸、緑糸を使って細密な花柄を綴《つづ》れ織りにした布が張られている。おそらく舶来のものであろう。仁左衛門は、落ち着かない気分で部屋の中を見回す。調度は見慣れないものが多く、何に使うのかよくわからない品もあった。

「用件を聞こう」

金剛鸚哥の首を撫《な》でながら、久蔵が言った。

「機巧人形《オートマタ》を一体、お願いしたい」

膝《ひざ》の上に載せた拳《こぶし》を、軽く握りながら仁左衛門は言う。久蔵の細い眉《まゆ》が片方、微妙に吊《つ》り上がるのが見えた。

「何のことを言っているのかよくわからんな」

「恥を忍んでお願い申し上げる。先日、信じられぬものが機巧化しているのを見た。そのようなものを作れるのは釘宮久蔵殿以外にないと、人伝《ひとづて》に聞いてここに来た。巷《こう》間《かん》の噂《うわさ》では、すでに人知れず、城下で暮らしている機巧人形がいるとも……」

「つまり、人そっくりの機巧人形を作れと、そういうことか」

鼻で笑うような久蔵の口調に、仁左衛門は真剣な面持ちで頷《うなず》く。

「何故、そのようなことが可能だと思った」

「それは……」

冷静な久蔵の態度を見ていると、自分がとてつもなく見当違いなことを言っているような気がして、仁左衛門は目を伏せた。

「付いてくるがいい」

そう言って久蔵は背を向け、部屋から出て行く。慌てて仁左衛門も立ち上がり、その後を追った。

屋敷を出て、日の短い晩秋の夕暮れの中を、飛び石伝いに別邸へと歩いて行く。

庭造りや景観などには少しも興味がないのか、築地塀の内側には草木の一本も生えておらず、ただ地面を突き固めたような、灰色の平坦《へいたん》な場所が拓《ひら》けているばかりである。

別邸は土蔵のような塗籠《ぬりごめ》造りで窓らしきものはなく、入口も戸前と裏白戸《うらじろど》の二重扉となっていた。

扉はすでに開かれていた。広い土間の向こうに上《あ》がり框《がまち》と沓脱石《くつぬぎいし》が見え、よく床板の磨かれた広間が見えた。その中央に、仁左衛門の背丈ほどの時計が置いてある。睡《すい》蓮鉢《れんばち》を伏せたような形をした陶製の土台の上に、城の天守を思わせる六角形三層の形をした本体が載っていた。

「例えばこの萬歳《まんねん》時計だが……」

久蔵は、半球状の硝子《がらす》で塞《ふさ》がれた、時計の天辺《てっぺん》に手の平を載せた。心なしか、その部分だけがぼんやりと緑色に輝く。覗《のぞ》き込むと、内部は天球儀になっているようだった。

「七曜、十干、十二支、二十四節気を刻むことができる。また、舶来の時計は決まった時を刻むだけだが、この時計は、日々変わる日の出日の入りの時刻に合わせ、それを暮れ六つ明け六つに等しく分割して示す他、閏日《うるうび》や閏月の調整もしてある。使っている歯車の数は、幅一尺ほどのものから、赤子の小指の爪《つめ》ほどの大きさのものまで、およそ一万数千」

途方に暮れるような思いで仁左衛門は萬歳時計を見つめた。外装には見事な彫金が施され、土台の陶器の部分には、筆跡も鮮やかな四神の絵が描かれている。

「年に一度だけ撥条《ぜんまい》を巻くのを忘れなければ、この時計はいつまでも動き続ける。だが、人の体は、これとは比べものにならぬほど複雑難解だ。何度も刑場に通い、腑分《ふわ》けに立ち会って詳細に人の体を観察したが、それを機巧でつくるのは至難の業だ」

「だが、久蔵殿にはできると……」

「まずお主が、何故に機巧人形を欲しているかを話してもらおう」

仁左衛門の言葉を遮って、久蔵が言う。

「ある女に似せた機巧人形を作ってもらいたい」

「ほう。女か」

「名は羽鳥《はとり》。遊女だ」

その仁左衛門の言葉に応《こた》えるかのように、萬歳時計が暮を刻む鐘を鳴らした。

貳《に》

「薬水虫《やくすいちゅう》ではあるまいな」

闘盆の中で、無惨《むざん》に首を引き千切られて死んでいる蟋蟀《こおろぎ》を見下ろしながら、思わず仁左衛門はそう口にしていた。

「愚弄《ぐろう》する気か」

卓の向こう側に座している男が色めき立ち、腰の刀の柄に手を掛けて椅子から立ち上がる。

御公儀によって天府《てんぷ》城中の大広間で開かれた、御上覧の闘蟋《とうしつ》会の場に集まっていた者たちが、ざわざわと声を上げる。

「当家の〈松風《まつかぜ》〉が、貴藩の闘蟋を先に数度嚙《か》んでも、まったく怯《ひる》む様子がなかった。また、相手が死んでも執拗《しつよう》に攻撃し続けるのは、薬水虫の特徴だ」

いきりたつ相手を見つめながら、冷静に仁左衛門は言う。

闘蟋とは、その涼やかな鳴き声とは裏腹に、獰猛《どうもう》で残忍な性質を持つ蟋蟀の雄同士を闘わせるものである。薬水虫というのは、餌《えさ》や水に薬を混ぜるなどして興奮させたり、虫の嫌う香油を普段から体表に塗って慣れさせ、相手の虫の戦意を失わせるなどの細工を施した虫のことだ。

養盆にて虫を育て、作法に則《のっと》って闘蟋を競わせるのは武士の嗜《たしな》みであるが、それだけに薬水虫を使うのは、最も恥ずべき行為である。

「待て、仁左衛門」

仁左衛門が仕える牛山《うしやま》藩の留守居役が、慌てて抑えようとしたが、我慢できなかった。

良虫を得るため、春先から夏にかけて各地で虫狩りを行って数千匹を集め、牛山城下の村で闘蟋があれば、その勝者から大金で虫を買い上げた。

餌と水を吟味し、選ばれた虫同士を何度も競わせ、その頂点として残ったのが、この〈松風〉という四股名《しこな》の闘蟋だった。

「このような負け方は納得しかねる」

「ならば茶碗《ちゃわん》に水を張って持ってこい！」

怒気を孕《はら》んだ声で、相手の男が言った。

薬水虫か、そうでないかを判じるには、虫を一度、水に浮かべてみればわかる。香油を塗ってあれば水の表面に虹色《にじいろ》の膜が現れ、薬を飲ませていればそれが抜けて、虫は極端に弱る。

運ばれてきた茶碗が卓の上に置かれ、その中に相手方の闘蟋が浮かべられた。

仁左衛門を始め、相手方の牟田《むた》藩の者や、御公儀の闘蟋改方《あらためかた》、行司らが、額を突き合わせるようにして茶碗の中を覗き込む。

すぐに弱って死んだように動かなくなると思っていたが、予想に反して相手の闘蟋は、いつまで経《た》っても細かく脚と翅《はね》を動かし続け、水面に波紋を刻んでいる。

「おかしい。こんな筈は……」

「貴様、この上、まだ言うか！」

御上覧の闘蟋会で八百長《やおちょう》の嫌疑をかけられたのだ。これ以上の侮辱はないだろう。

男が立ち上がり、腰の刀を抜いた。同時に仁左衛門も抜刀する。

だが、仁左衛門が刀を向けた先は相手方の男ではない。卓の上に置かれた茶碗が真っ二つに割れ、中に湛《たた》えられていた水が、敷かれた赤い毛氈《もうせん》の上に広がった。

「な……」

相手方の男がそう声を発した時には、仁左衛門の刀はすでに鞘の中に収められていた。

周りで見守っていた各々《おのおの》の藩の者たちが、一瞬、出遅れて一斉に刀の柄を握って立ち上がるのを、闘蟋改方が制止する。

「待て」

そして顎《あご》に手を当て、唸《うな》るように呟く。

「機巧人形か」

濡《ぬ》れた毛氈の上に、胡麻粒《ごまつぶ》のように細かな歯車が数十個、飛び散っている。真っ二つになった闘蟋は、それでもなお、バネ仕掛けが飛び出した後肢を虚《むな》しく動かしていた。


「一か八かだった。あれが機巧人形でなかったらと思うと、今でもひやひやする」

仁左衛門はそう言うと、部屋の隅で養盆の中を覗き込んでいる羽鳥を見て、肩を竦《すく》めて笑ってみせた。

御公儀が秋に主催する闘蟋会には、各藩ともその年の横綱を連れて来る。数千匹も集めた中から吟味し、金と手間を掛けて育てた一匹だ。刀で斬り捨てて殺し、間違いだったでは済まない。切腹どころか打ち首の沙汰《さた》である。御公儀が秘蔵する闘蟋を誤って踏み潰《つぶ》し、改易の憂《う》き目《め》に遭った藩すらあるのだ。

「殿方は何故に虫を闘わせるのに躍起になるのですか。私はどちらかというと、蟋蟀の鳴き声に耳を傾けている方が好きです」

羽鳥が首を傾《かし》げて微笑《ほほえ》んでみせる。外からは涼しい風が入り込んできていた。

ころころと玉を転がすような、和やかな鳴き声が養盆の中から聞こえてくる。

碗に注いだ酒を口に運びながら、十三層の楼閣から葦《あし》の生い茂った堀端を見下ろしていた仁左衛門は立ち上がり、羽鳥の傍らに胡座《あぐら》を掻《か》いて座り込んだ。養盆の中では、二匹の蟋蟀が寄り添っている。

「どうしてこの一匹は、片脚がないのです」

仁左衛門に寄り掛かりながら、羽鳥が問うた。

「それは雌だ」

羽鳥の肩を抱き寄せながら仁左衛門は言う。闘蟋となる蟋蟀は、全《すべ》て雄だ。

「闘いが終わった後は、興奮を鎮《しず》めるために、養盆に雌を入れて交尾させる」

「脚がないのは？」

「雌が交尾を嫌って闘蟋を蹴《け》って傷つけないよう、予《あらかじ》め後ろ脚を片方もいで弱らせておくのだ」

「そうですか。可哀《かわい》そう……」

寂しげな顔で、羽鳥は養盆の中を見つめている。意識してか、それとも無意識か、羽鳥は仁左衛門の目から隠すように足先を着物の裾《すそ》の中に引っ込めた。

その足先の小指がないことを、仁左衛門は知っている。

養盆の中の蟋蟀は、雄が雌の上に乗ることもなく、お互いの触角を触れ合わせながら、ころころと鳴いている。その姿は微笑ましく、仲睦《なかむつ》まじい夫婦を思わせたが、交尾のために脚をもがれた雌が、やがて死ぬのを仁左衛門は知っていた。

しかし、まさかあの闘蟋が機巧人形だったとは……。

前代未聞《みもん》の事態に、相手方であった牟田藩の者は捕らえられ、今は厳しく詮議《せんぎ》を受けている最中だと聞く。御公儀の開く闘蟋会に、薬水虫どころか機巧化された闘蟋を持ち込んだのだ。藩主が腹を切るだけで済むならまだ良い方だろう。もしかすると藩ごと改易になるかもしれない。

仁左衛門は養盆の蓋《ふた》を閉めると、籐《とう》で編まれた籠《かご》に入れ、風通しの良い軒先に吊した。

相手のいかさまを見抜いた褒美《ほうび》に、〈松風〉の後を継いで取り組みをした闘蟋を、仁左衛門は留守居役を通じて、藩主から養盆ごと賜っていた。

虫は一秋の命だが、養盆は一生である。それは仁左衛門のような者が手にするには勿体《もったい》ない名盆だった。

「誰か思い人がいるのであろう」

養盆から聞こえてくる蟋蟀の鳴き声に耳を傾けながら、仁左衛門は傍らに寄り添って眠っている羽鳥に、囁《ささや》きかけた。

「え……」

目を閉じていた羽鳥が、ふっと瞼《まぶた》を開いて仁左衛門の顔を見つめる。

白粉《おしろい》や紅を落とせば、きっと素朴な顔立ちをしているに違いない。

だが、羽鳥はその心の内を秘すのと同じように、仁左衛門に素顔を見せることはない。笑みを浮かべていても、それは仮面と同じ、作りものの笑顔だ。

「本当のことを教えてくれ」

「本当のこと……とは？」

「足の小指を贈った相手が誰なのかは詮索せぬ。ただ、お前の心がどこにあるのかを知りたいだけだ」

羽鳥は、じっと仁左衛門の思惑を探るように顔を見つめてくる。

「どんな男だ」

「その方は、もう遠くに行ってしまいました」

はぐらかすような言い方だったが、その口ぶりは、やはり誰か仁左衛門の他に思い人がいるのを感じさせた。

「お前のことを身請けしようと思っている」

「えっ、でも……」

「金なら、あの養盆を金に換えれば釣りがくる」

軒先に吊されている養盆を、仁左衛門は顎で示す。

真夜中だったが、十三層の放つ明かりの方が、逆に夜空を照らしている。どこからか、人の笑い声や嬌声《きょうせい》が聞こえてくる。この辺りが最も静かになるのは、むしろ日中の明るい時間だ。

羽鳥を身請けすることは、以前から考えていた。

だが、問題が二つある。一つは、金だ。身請けともなれば、仁左衛門程度の武士では、手が届かないような金が必要となる。

もう一つは、羽鳥の心の内には仁左衛門がいないことである。

お人好《ひとよ》しかもしれないが、羽鳥を身請けして、彼女が自由の身になったならば、思い人のところに行かせてやりたかった。自分といても、けっして幸せにはなれぬ。羽鳥の幸せを本当に望んでいるのなら、好きなところに行かせてやるべきだ。

だがそれは、理性的な部分で考えていることだ。本当は羽鳥を独占したい。羽鳥の心の内から相手の男を追い出し、身も心も自分のものとしてしまいたい。

相反する二つの気持ちの狭間《はざま》で、仁左衛門は長らく葛藤《かっとう》していた。

だが今日、ふとしたことからその二つを解決する方法を思いついた。

「拙者は、あの闘蟋の機巧人形を作った者を探そうと思っている」

「え……」

「もう目星はついている。あのような精巧なものを作れるのは、釘宮久蔵より他にはおらぬと耳にした」

それは闘蟋会でのいざこざの後、複数の者から耳にした名前だった。幕府精煉方手伝、機巧師、釘宮久蔵。

精煉方手伝という立場にも拘《かか》わらず、当の精煉方よりも大きな屋敷を構え、御公儀からどのような扱いを受けているのかも明らかではない人物だということだった。

仁左衛門は、その名を聞くのも初めてだったが、機巧の腕に長《た》け、金さえ積めば何でも作るという噂もある。

「おやめになってください、仁左様」

不安げな表情で羽鳥が仁左衛門の顔を見る。

「知っているのか？　釘宮久蔵のことを」

「噂でなら……」

羽鳥は少し逡巡《しゅんじゅん》した様子を見せてから、微かにそう言って頷いた。

参《さん》

ひと頻《しき》り仁左衛門が語る話に耳を傾けた後、久蔵は馬鹿《ばか》にしたように鼻を鳴らした。

「藩から賜った闘蟋と養盆を、こっそり金に換えてまで、その羽鳥とかいう女を身請けし、揚げ句には手放して、慰みにその女そっくりの機巧人形を作って欲しいと、そういうわけか」

「それが理由か」

一人だけ妄想を膨らましていた時にはわからなかったが、自分の思惑があまりにも浅はかに思え、仁左衛門は忸怩《じくじ》たる思いで頷いた。

金剛鸚哥のいる本宅に戻ると、仁左衛門は持参してきた養盆を取り出し、何重にも包んだ毛氈を紐解《ひもと》いて卓の上に広げた。

「ほう……これは」

久蔵の目の色が変わった。養盆を取り上げ、素焼きの表面に刻まれた龍紋《りゅうもん》の柄などをためつすがめつする。蓋を開くと、久蔵はにやりと口元に笑みを浮かべた。

「独脚の蟋蟀は雌か？」

仁左衛門は頷く。

「食い殺されている」

覗き込むと、あれほど仲が良さそうにしていた雌の首と胴が離れ、塵《ちり》のように養盆の端に寄せられていた。雄の闘蟋の方は、小さな水皿に口をつけ、何事もなかったかのように翅を閉じたり開いたりしながら、水を啜《すす》っている。

「これならば、その羽鳥とかいう遊女を身請けし、人の姿をした機巧人形を作っても、十分に釣りが来るが、金にする当ては？」

仁左衛門は首を横に振る。養盆は名品だけに、市井《しせい》に出回れば、たちまち評判になる。藩主より褒美として賜った養盆だから、勝手に売って金に換えたことが知れれば、まずいことになる。

また、各藩お抱えの闘蟋は市井の虫とは比べものにならぬほど強いので、賭場《とば》の虫主に売れればこれも大金になる。蟋蟀は冬を越せないから、売るのなら今のうちだが、その当ても仁左衛門にはなかった。

「そうであろう。ならば儂《わし》がいずれも買い取ってやろう。ついでにこれそっくりの養盆をこしらえて与える。それならばお主も困ることはあるまい」

「すると、引き受けてもらえるのか」

「不安か？」

「過去に人型の機巧人形を作ったことは」

「ある」

深く自信に満ちた表情で久蔵は頷く。

「どれだけのものなのか、出来映えを知りたい」

「物には怪《け》が宿る。長く使い込んだ品物は意思を持つというが、人の形をした物は、それが顕著だ」

「よもや魂をも宿らせることができるというのではあるまいな」

「魂とは何だ？」

逆に久蔵が問うてくる。

「人の髪の毛から皮膚、臓器に至るまで、全て儂は機巧として再現できると思っている。先ほどの時計とは比べものにならぬほど複雑だが、それでも複雑というだけで無限ではない。人と、人とそっくり同じ形をした人でないものがあったとして、何が違うのか逆にお主に問いたい」

　顔を突き出し、じっと仁左衛門の瞳《ひとみ》の奥を覗き込むように久蔵は言う。

「さすがの儂も、心の内まで覗き込むことはできぬ。例えば完璧《かんぺき》に人に似せた機巧人形があったとして、表面では人と同じように振る舞い、泣き、笑い、心豊かな人に見せかけていたとしても、それが本当に人間らしい感情から生まれてくるものなのか、それともバネや撥条や歯車の仕掛けによって演じられているだけなのかは、端から見ていても、残念ながら儂にはわからぬ。実に興味深い」

「能書きは十分だ。人そっくりの機巧人形が作れるという、確かな証拠を見せてもらいたい」

「なるほど。あれで良ければ中身を見せてやろう」

　部屋の隅で自らの羽を啄《ついば》んでいる金剛鸚哥を見て、久蔵が言う。

「来るがいい」

　止まり木の傍らに行き、仁左衛門を手招きする。

「これ、暴れるな」

　久蔵が首回りを摑《つか》むと、金剛鸚哥はそれを嫌がって羽を広げ、足掻《あが》いた。

「まさか」

久蔵が金剛鸚哥の胸の辺りを指先でぐっと押すと、途端に鸚哥は、痙攣《けいれん》するかのような動きを見せ、死んだように大人しくなった。

動かなくなった鸚哥の足枷を外すと、何やら髪の毛のように細い、鋼《はがね》の糸のようなものの束が現れた。どうやら足枷に繋がっている細い鎖の中は空洞になっているらしく、巧みに絡《から》み合って、止まり木の出ている箱の中へと通じているようだった。

「これも機巧人形か」

唸るように仁左衛門が言う。

「そうだ。さすがに羽毛は本物を取り寄せて植え付けているが、中身は全て、撥条と歯車の仕掛けになっている」

動かなくなった金剛鸚哥を、久蔵が差し出してくる。

受け取るとそれはずしりと重かったが、想像していたよりも手触りは柔らかかった。羽毛の下の皮膚には温もりがあり、骨格らしきものの感触がある。

久蔵は箱の抽斗《ひきだし》から裁《た》ち鋏《ばさみ》のようなものを取り出すと、仁左衛門が手にしている金剛鸚哥の体の正中線に沿って皮膚を切り裂き始めた。

その残酷さに仁左衛門は目を背けそうになる。鮮やかな山吹色の羽毛の間から、どす黒い液体が滲《し》み出してくる。一瞬は血のように見えたが、香ってきた油の臭いと、指の間に伝う粘ついた感触で、違うのがわかった。

喉元《のどもと》から尾羽の付け根にかけて切り開かれた金剛鸚哥の腹を、久蔵は左右に押し広げる。胸郭を囲むあばら骨は、削り出しと思われる光沢のある金属で本物そっくりに作り上げられていた。その向こう側に、みっしりと隙間《すきま》なく金属製の歯車が詰め込まれているのが見える。

更に皮を剝ぐようにして外装を脱がせると、貝殻骨から翼へと続く上膊《じょうはく》の金属の骨格には、細い鋼の糸を束ねた繊維が折り重なっていた。それらは骨に付着する部分で腱《けん》のように融合して一本になり、骨格に穿《うが》たれた孔《あな》の中へと入って、どうやら骨の中を通じて胸郭内の歯車などと結びついているようだった。その間を、細い管が隙間なく無数に絡み合っている。

「重心の移動は、この細い管を満たした水銀で行ない、撥条は自動巻きになっている」

仁左衛門は目を細め、あばらの隙間から覗いている部分に目を凝らす。

心臓があるべき部分に、円盤形の部品があった。半円形の錘《おもり》らしきものが、振動で動くようになっており、ヒゲ撥条の巻きついた天輪《てんわ》が、回転しては振り石にぶつかって戻り、また回転するという反復運動を繰り返している。

「最初に一度巻いてしまえば、この機巧人形が動き続ける限りは、何もしなくても撥条が巻かれ続ける」

もはや仁左衛門は言葉もなかった。ただ、夢でも見るような気持ちで手の上に載った金剛鸚哥の腹の中を見つめ、久蔵の言葉に耳を傾けている。

「これは儂が、ごくごく初期に手掛けた機巧人形だ。本体だけでは足らず、この金剛鸚哥が止まっていた箱の方にも仕掛けがある。まあ、出来としては玩具《がんぐ》のようなものだな」

背後で襖《ふすま》の開く音がした。仁左衛門が振り返ると、そこには、上品な色合いの小袖を着込んだ、年の頃十七、八ばかりの娘が座していた。

「これは……」

「伊武《いゔ》と申します……」

頭を下げながら娘が言う。驚いて仁左衛門は久蔵の方を振り向いた。

「久蔵殿のご息女か？　一人で暮らしていると聞いたが……」

「そうだ。儂は一人で暮らしている」

その返事が答えのようなものだった。伊武と名乗った娘は、少しばかり顔を上げ、眠たそうな半眼で上目遣いに仁左衛門を見つめている。

「一から作っていたのでは年月が掛かる。この伊武の体を元にして、機巧人形を作ろう」

当たり前のような口調で久蔵は言った。

「その羽鳥とかいう遊女の体の型取りをせねばならんな。十三層通いは久々だ。無論、揚げ代は、すべてそちら持ちで頼むぞ」

久蔵の口調は妙に嬉《うれ》しげだった。

肆《し》

座敷に敷かれた布団《ふとん》の上に、一糸纏《まと》わぬ姿の羽鳥が寝そべっている。

皺《しわ》だらけの久蔵の手が、白い肌の上を滑る度に、羽鳥は眉間《みけん》に皺を寄せ、短く吐息を漏らした。

傍らに端座し、その様子を眺めている仁左衛門は、膝の上で強く拳を握る。

用意された酒や肴《さかな》には手を付けず、久蔵は座敷に上がり込むなり、あれこれと見たこともないような器具を使って羽鳥の体の寸法を仔細《しさい》に測り始めた。

数十枚にも亘《わた》ってそれを記し、図や文字に書き付けられないものは、手に感触で覚えさせねばならぬと言って、羽鳥のそそにまで指を這《は》わせている。

傍らで見ている仁左衛門の心は穏やかではなかったが、事情が事情であるから唇を嚙んで我慢するより他ない。

時折、目に涙を溜《た》めた羽鳥が、責めるような瞳で仁左衛門を見た。口には出さないが、何故にこのような真似《まね》をするのかと訴えているかのようだ。

目を逸《そ》らし、仁左衛門は傍らに座っている羽鳥のお付きの新造に酒を注がせては、ひたすらに呷《あお》った。小堺《こざかい》とかいう名のその新造も、辱《はずかし》めを受けている羽鳥と、不愉快そうな顔をしながらもそれを許している仁左衛門の顔を、訝《いぶか》しげな様子で交互に見比べている。

羽鳥には、彼女そっくりの機巧人形を作る計画は教えていない。

久蔵は、仁左衛門に連れられては三日にあげず十三層に通い詰めていた。

ある時は羽鳥にいろはにほへとから、数百数千に亘るたわいない言葉を声が嗄《か》れるまで喋《しゃべ》るよう指示し、ある時は爪や髪、陰毛や唾液《だえき》などを少量ずつ採取して持参した油紙に包み、またある時は粘土のようなものを嚙ませ、歯並びの型を取ったりした。

一度で済ませれば良いものを、久蔵は他人の金で十三層通いをするのがよほどに楽しいのか、少しばかり寸法を取る作業をすると、後は派手に飲み食いし、遊女を買って朝まで豪遊する。

そろそろ仁左衛門の堪忍袋《かんにんぶくろ》の緒が切れかかった頃、準備が整ったと言って、久蔵はぱったりと姿を現さなくなった。

「もうすぐお前を身請けしてやることができる」

羽鳥の中で果てた後、じっとりと汗ばんで白粉の匂《にお》いを放っているその首筋に唇を押し当てながら、仁左衛門は言った。

羽鳥を抱くのは久方ぶりだった。辱めに近い、久蔵の意味のわからぬ要求に、じっと我慢して応じる羽鳥を見た後では、可哀そうで抱く気にもなれず、このところは明け方までお互いに身を寄せ合って添い寝することが多かった。

暫《しば》く経って、藩主から下賜《かし》された養盆が市井に出回っているとの噂が立つと、久蔵から約束通りにその偽物《にせもの》が届けられた。

それは本物がもう一つ増えたとも言うべき出来映えのものだった。生きて動く機巧人形を作る久蔵にとっては、命の伴わぬ素焼きの盆を複製するなど、造作もないことなのかもしれない。

どちらにせよ、それで申し開きの立った仁左衛門は、後は全てを久蔵に任せ、機巧人形の仕上がりを待つことにした。

十三層の楼主とはすでに話をつけてある。身請け料は破格だったが、それでも養盆の価値には及ばない。ひと一人の命よりも、虫を飼う素焼きの容《い》れ物《もの》の方が高価だとは皮肉な話だ。

「あまり嬉しそうではないな」

浮かない顔をしている羽鳥に向かって仁左衛門は言う。

「身請けするとはいっても、お前を妾《めかけ》として囲う気はない。外に出たら、その足で思い人のところに行くといい」

自らの思いを伝えると、羽鳥は目を見開いて仁左衛門を見つめた。

「でも、身請けにはたくさんの金子《きんす》がいるでしょうに」

「金のことなど、どうでもいい。拙者はお前に幸せになってもらいたいのだ」

好きでもない男からの身請けを嫌がって思い人と心中を企てたり、駆け落ちしようとして斬り捨てられたという話はあっても、大金を積んで身請けした遊女を手放し、思い人のところに行かせてやるなどという温情話は、仁左衛門も聞いたことがない。

俄《にわか》には信じがたいのか、羽鳥も困惑した表情をしている。

羽鳥そっくりの機巧人形を作製するという、大それた考えを思いつかなければ、仁左衛門も踏み切ることはできなかっただろう。

「私はたぶん、幸せにはなれません」

そう呟くと、羽鳥は仁左衛門の胸元に耳を当て、鼓動に耳を澄ませるように瞼を閉じた。

「そう言うな。もし嫌でなければ、お前の思い人がどんな男なのか知りたい」

「よろしいのですか」

「教えてくれ」

「田舎出のお侍様です。私がまだ新造であった頃に知り合いました」

「ほう」

「私が付いていた姉さんが、さる藩の御城使様《ごじょうし》に揚屋に呼ばれ、お供しました。御城使様は姉さんの馴染み《なじ》でしたから、私はお連れの添役の方のお相手をしました。でも、その方は田舎から出て来たばかりで、十三層での勝手がわからなかったのか、その日は一緒の床には入りませんでした。それがとても初々《ういうい》しかった」

目を閉じて、仁左衛門はその光景を思い浮かべてみる。

「そのお侍様は、自分の生まれ故郷の話ばかりされて、頻りに私の話も聞きたがった。私は七歳の時に十三層に売られて禿《かむろ》になったから、故郷のことはよく覚えておりません。でも海の近くで、黒松の生えた浜があった。もう一度、この十三層を出て、あの黒松の浜を見たいと言うと、そのお侍様は私のことを不憫《ふびん》に思って泣いてくれました」

「そうか」

その男への嫉妬《しっと》よりも、何故、自分の方が先に羽鳥と知り合わなかったのか、その悔しさばかりが込み上げてくる。

「仁左様」

自分の胸元が、羽鳥の流した涙で濡れているのに仁左衛門は気づいた。

「本当に心がおありなら、私のことは放っておいてください」

「怖いのか」

幼い女児の頃から、楼閣を一歩も出たことのない遊女たちは、身請け話が具体的になると、急に弱気になってそれを恐れることがあるという。郭《くるわ》暮らしがどんなに不自由でも、いざ生活が変わるとなると、離れがたくなるらしい。

だが、事はもう引き返せないところまで進んでいる。

喜ぶと思っていた羽鳥の思ってもみなかった反応に、仁左衛門は少しばかり困惑した。

各藩の下屋敷や商家が並ぶ典幻通りから、蓮根稲荷《れんこんいなり》の近くにある小径《こみち》を西に入った辺りに、牛山藩の下屋敷はあった。

御城使添役を仰《おお》せつかって天府に来てから三年余り、仁左衛門はこの下屋敷の詰人《つめにん》長屋に住まっていたが、十三層で少しは名の知れた羽鳥の落籍の噂が立つと、俄に周囲が騒がしくなった。

仁左衛門には、故郷の牛山に妻子がいる。表立っては一緒に暮らすわけにもいかず、ひと先《ま》ず藩邸の外に妾宅《しょうたく》を借りた。やや手狭で、裏手に漬け物の問屋があり、生姜の酢漬け臭いのが少々気に入らなかったが、まずまずの宅だった。

羽鳥が十三層を出た日の夜、名残を惜しんで最後に褥《しとね》を共にした後、金子を渡して故郷へと送り出した。黒松のある浜を一緒に歩いてみたかったと仁左衛門が言うと、何も答えずに羽鳥は困ったように笑ってみせた。一緒に歩くべきは、仁左衛門の知らぬ羽鳥の思い人であろう。

ずっと音沙汰のなかった久蔵から知らせが入ったのは、それから十日以上も経ってからだった。

やはり羽鳥に生き写しの機巧人形を作るのは難しかったか、などとやきもきした気分で待っていた仁左衛門は、急ぎ下屋敷を出ると、数か月ぶりで川向こうにある久蔵の屋敷を訪れた。

粘つくような雨が降る中、傘を手に道を行く歩調は、自然と急ぎ足になる。降りは穏やかだったが雨粒は大きく、踏み固められた往来を叩《たた》いて無数の波紋を描いている。

仁左衛門の来訪を予期していたのか、屋敷の門は開け放たれていた。誘われるようにくぐり、敷地の中に入る。

本宅の入口に、傘を差して立っている、赤い小袖を着た女の姿が見えた。

その姿を見て、仁左衛門は思わず傘を取り落とした。

呆然《ぼうぜん》とする仁左衛門の元に、女がしずしずと歩み寄り、柄を上にして独楽《こま》のように地面に落ちている傘を、腰を屈《かが》めて拾い上げた。

「濡れてしまいますよ」

そう言って傘を差し出してくる。

冷たい雨が仁左衛門の額を流れ、頬を伝って顎から滴《したた》り落ちる。

「羽鳥、お前、何故《なにゆえ》ここに」

傘を受け取るのも忘れて、白い息を吐きながら仁左衛門は言う。

「羽鳥ではございませぬ」

女は赤い唇を歪《ゆが》ませて笑った。

「前に一度、お会いしております」

「まさか」

「伊武でございます」

仁左衛門が雨に濡れぬよう、伊武は背を伸ばして爪先立《つまさきだ》ちし、傘を傾けている。それが血の通っているものなのかを確かめるように、仁左衛門は思わず伊武を抱き寄せた。

「あ……」

伊武が短く声を上げ、自分が持っている傘と、仁左衛門に掲げていた傘の両方を取り落とした。

風が吹き、二本の傘が暴れるように、何もない殺風景な屋敷の庭を転がって行く。か細い伊武の体を抱きすくめると、金剛鸚哥《こんごういんこ》の機巧人形に触れた時と同じく、薄い胸の膨らみの向こう側に、あばら骨の感触があった。その体は温かく、気のせいか、それとも実際に何か動いているのか、鼓動のようなものすら感じられた。

この機巧に命がないというのなら、では命とは何を指すのかと逆に問いたくなるような、妙な気持ちに仁左衛門は囚《とら》われた。

人の形に宿った命とは、どこからやってきたものなのか。

伍《ご》

その久蔵の屋敷の前に、今また仁左衛門は立っている。

いつぞやと同じく、屋敷の門は誘うように開け放たれていた。

外れに建っているため、屋敷の周辺に人の気配はなかったが、仁左衛門は用心して辺りを見回した後、門をくぐり、腰の刀を抜いた。

飛び石伝いに本宅に向かって歩いて行く。土間へと続く木戸を蹴り上げると、あっさりと貫板が折れた。怒りに任せて続けざまに数度に亘って蹴ると、戸板が外れて向こう側に倒れた。

「釘宮久蔵、居《い》るか！」

薄暗い土間の奥に向かって怒鳴ったが、返事はない。

土足のまま上がり込み、久蔵の姿を探して次から次へと襖を蹴り倒し、力任せに刀を突き立てる。

不意に甲高い鳥の鳴き声が聞こえ、仁左衛門はぎくりとしてそちらを振り返った。

煌々《こうこう》と明かりの点《とも》された部屋があり、螺鈿《らでん》細工の箱の上の止まり木で、金剛鸚哥が大きく羽を広げ、威嚇《いかく》するように前屈みになって、黒い嘴《くちばし》を開いている。

大股《おおまた》で数歩、そちらに向かって歩いて行くと、仁左衛門は気合いとともに、正面から兜割《かぶとわ》りに金剛鸚哥を一刀両断した。

鋼の刃と刃を合わせた時のような硬い感触があり、刃先で火花が散った。

続けて、撥条できりきりに張り詰めていたのか、胸郭の中に押し込められていた歯車やバネが勢いよく弾《はじ》け飛んだ。火にくべた松毬《ちちり》が爆《は》ぜる時のように、何度も音を立てながら大小の歯車を飛び散らせ、細い鋼線が鋭い音を立ててしなり、甲高い鳴き声が部屋に鳴り響いた。仁左衛門は箱を蹴って倒し、乱心したように何度も何度も金剛鸚哥を斬《き》りつけてそれを黙らせる。

本宅を出ると、仁左衛門は別邸に向かって歩き出した。二重扉の向こう側に、萬歳《まんねん》時計が鎮座し、じっと無言で暦を刻んでいる。框《かまち》から上がり込み、奥へと向かう。

床板に縦横一間ばかりの蓋があり、それを上げると、地下へと続く鉄砲階段が見つかった。用心しながら降りて行き、突き当たりにある漆塗りの戸板を開くと、その向こう側の部屋に久蔵が立っていた。

傍らには腰ほどの高さの台があり、人間の腕が投げ出されていた。いや、そうではない。作りかけの機巧人形だ。肩の付け根の部分から覗《のぞ》くのは肉や骨ではなく、無数に絡み合った鋼の繊維や、水銀の満たされた細い管である。

久蔵は、何か細かい作業の最中のようだった。片目の瞼で挟んでいた筒状の拡大鏡のようなものを取り外しながら、仁左衛門の方を見る。

「騒々しいやつだ。その物騒なものを仕舞え」

仁左衛門は、握っている刀を鞘《さや》に収めることなく、切っ先を真《ま》っ直《す》ぐに久蔵に向けた。

「貴様、拙者を騙《だま》したな。あれは機巧人形《オートマタ》ではない。生身の羽鳥だ」

「だから何だ」

「拙者は羽鳥を斬った」

「ほう」

刀を手にした仁左衛門が入ってきた時も、眉《まゆ》ひとつ動かさなかった久蔵が、初めて面白げに表情を変えた。

「何故に斬った」

「羽鳥に似すぎていると思ったからだ」

一瞬、言葉に詰まりながらも、奥歯を噛むように仁左衛門は言う。

最初はそれだけで良かった。

伊武は、その姿形だけでなく、声音や仕種《しぐさ》、そして物の考えまでもが、羽鳥と瓜二《うりふた》つに思えた。十三層での姿しか知らなかったが、成る程、羽鳥が市井の女であったらこうであろうという姿を伊武は見事に演じていた。そう思えた。

「……あの蟋蟀《こおろぎ》はどうなったのでしょう」

ある日の午後、伊武がそんなことを言い出して、仁左衛門は戦慄《せんりつ》を覚えた。

「あの蟋蟀とは？」

「闘蟋《とうしつ》の交尾のために養盆に入れられた、独脚の雌の蟋蟀のことでございます」

交尾のために脚をもがれて養盆に入れられた蟋蟀について、羽鳥と会話を交わしたことを、何故に伊武が知っているのか、それが不可解に感じられた。

「驚いた。久蔵殿の機巧人形は、その記憶までも本物そっくりに移し替えるのか」

困ったような顔をしている伊武の傍らに腰を下ろし、間近にその顔を見て、頬に触れてみる。感触は餅《もち》のように柔らかく、日射《ひざ》しに映える白い肌の表面には、うっすらと産毛《うぶげ》が生えているのが見えた。いくら想像を巡らしても、その体の中に、久蔵の屋敷で見た金剛鸚哥のような機巧が詰め込まれているとは思えなかった。

もしかしたら、伊武は生身の人間なのではないか。

そう考え始めたのは、伊武と暮らし始めて暫く経ってからだった。だが、何故に羽鳥にそっくりなのか理由がわからない。双子の姉か妹でもいるのでなければ、目の前の伊武が羽鳥本人だとしか思えなかった。

だが、伊武に問うても、自分は羽鳥そっくりに調整された機巧人形に過ぎぬと言って譲らない。夜に褥を共にしても、伊武は少しも人らしからぬところを見せなかった。それが却《かえ》って、仁左衛門に気味の悪い思いをさせた。

そうなると、身請けの後に自由の身にしてやった羽鳥が、今どこでどうしているのか気になってくる。きっぱりと別れた後は詮索せず、自らは伊武だけを慰めにして過ごすつもりだったが、その戒めを破って人を雇って探らせた。だが、行方は杳《よう》として知れなかった。

そうなると、ますます疑惑は増してくる。

仁左衛門は伊武の目を盗み、久方ぶりに十三層の楼閣に赴いた。

羽鳥の使っていた座敷は、お付きの新造だった小堺という遊女のものになっていた。迷わず仁左衛門は小堺を買って座敷に上がり込んだ。

「浮気はいけませんよ」

驚いた顔をして小堺はそう言ったが、満更でもない様子だった。羽鳥に入れあげていた時の、仁左衛門の金の使いぶりを覚えているからであろう。初会であるのにも拘《かか》わらず、媚《こび》を売るような笑みを浮かべ、しなだれかかってくる。

だが、仁左衛門の本意は他のところにあった。

「羽鳥の思い人とは誰か、知っているか」

仁左衛門がまったくその気を見せず、遊女だった頃の羽鳥のことばかりを聞くので、甘えるような仕種を見せていた小堺も、やがて白けたように眉間に皺を寄せた。

「羽鳥が足の小指を贈った者の心当たりは」

最初のうち小堺は知らぬ存ぜぬを通していたが、あまりのしつこさに面倒になったのか、渋々の体で口を開いた。

「羽鳥姉さんには口止めされているから、私が喋ったとは言わないでくださいよ」

仁左衛門は頷《うなず》く。

「見世の若衆《わかしゅ》に手伝わせて、私が足の小指を切り落としました。こう、根元をきつく縛って、出刃で一気にやったんだけど、血が止まらなくて……」

「そんなことはどうでもいい」

苛々《いらいら》した気分で仁左衛門は先を促す。

「綿を敷き詰めた箱に、切った指を入れて、手伝わせた若衆に届けさせました」

「どこに？」

「本当にご存じないのですか」

「勿体ぶるな。誰のところにだ」

「釘宮様のお屋敷へ」

仁左衛門は絶句した。

「それを黙っていろと羽鳥に言われたのか」

小堺はやや青ざめた顔できょろきょろと目を泳がせながら頷いた。

怒りに手が震えた。そう考えると全てに合点が行く。羽鳥が指を贈った相手が久蔵なら、二人はずっと以前から、知らぬところで密《ひそ》かに通じ、仁左衛門を騙していたのに違いない。

仁左衛門が持っていた養盆の名品を騙し取り、それを元手に羽鳥を身請けさせ、余った金は、作ってもいない機巧人形の代金としてせしめる。もしかしたら養盆は仁左衛門に渡したのと同様の偽物を作り、今も久蔵の手元にあるのかもしれない。

もしそうなら、金と女、そして養盆を手に入れて、久蔵は笑いが止まらないだろう。

仁左衛門の目の前で、あのように羽鳥を辱めていたのも、その場にいた仁左衛門の様子を見て、陰で二人して笑っていたのかもしれぬと思うと、屈辱に腸《はらわた》が煮えくり返った。

「お前も一緒になって、陰で拙者のことを笑っていたのか！」

一度怒りに火がつくと、どうしようもなかった。ここまでの愚弄《ぐろう》を受けたのは初めてだった。

小堺が慌《あわ》てて仁左衛門を宥《なだ》めようとする。客を怒らせるのは遊女の禁忌だ。事が知れれば遣《や》り手《て》の折檻《せっかん》を受ける。羽鳥が指を切ってこっそりと十三層の外の者に届けるのを手伝ったのがわかれば、小堺自身も咎《とが》を受けるだろう。

必死になって機嫌を取ろうと媚を売る小堺の浅ましい姿に、仁左衛門は思わず、この座敷を使っていた時の羽鳥の姿を重ね合わせた。

気がつけば、足元には血を流して倒れている小堺の姿があった。

楼閣の他の部屋からは、芸妓《げいぎ》の奏《かな》でる三線《さんしん》の音色や、酒宴の嬌声が微《かす》かに聞こえてくる。幸いに、部屋には仁左衛門と小堺の二人だけだった。

血振るいもせずに刀を鞘に収めると、小堺の亡骸《なきがら》を布団で覆《おお》い、行灯《あんどん》の火を吹き消して、仁左衛門はこっそりと座敷を出た。血で染まった手を袂《たもと》に入れて隠しながら階下に降り、十三層の外に出る。堀に架かる橋を越え、田に囲まれた幅の広い一本道を、人目を避けるように歩き始めた。

振り向けば、藍色《あいいろ》に染まった夜の帳《とばり》に、明るく照らし出された十三層が聳《そび》えているのが見えた。高欄の向こう側には、格子《こうし》越しに蠢《うごめ》く無数の人影が見える。

息を切らせながら仁左衛門が妾宅に辿《たど》り着くと、まだ伊武は起きていた。

十三層にいた時の羽鳥からは思いもよらない質素で地味な色合いの着物を羽織り、白粉や紅を塗ることもなかったが、素朴な美しさは少しも衰えていない。

乱暴な足取りで上がり込んできた仁左衛門に、板の間に座して縫い物をしていた伊武は、手を止めて少しだけ驚いたように顔を上げたが、何かを察したのか、寂しげな表情を浮かべた。

「だから言ったじゃありませんか。幸せにはなれないと」

「お前は羽鳥だな」

「伊武のままではいけませんか」

暗緑色をした瞳で、じっと見つめてくる伊武に、仁左衛門は一瞬、怯《ひる》みそうになる。

「どちらでもいいじゃありませんか。何が本物で、何が偽物かなんて、知らない方がいいこともありますよ」

「お前が機巧だというのなら、その腸を見せてみろ」

そう言うと同時に、仁左衛門は腰の刀を抜き、板の間に座している伊武を斬りつけた。

覚悟したかのように伊武は瞼を閉じ、よけもせずに刀を受けた。

いつぞやの機巧化した闘蟋のように、伊武の体から撥条《ぜんまい》や歯車が飛び散り、血のかわりに油と水銀が噴き出すのを、それでも仁左衛門は少しだけ期待していた。

だが、斬りつけられた伊武から噴き出したのは、紛れもない生身の人間の血潮だった。

陸《ろく》

「拙者を騙していたな。羽鳥と組んでひと芝居打ち、あの女を落籍させ、拙者から養盆の名器を騙し取ったのであろう」

「そう思うか」

ここに来るまでの経緯を鼻息荒く一気に捲《まく》し立てた仁左衛門に向かって、悪びれた様子もなく久蔵が言う。

「羽鳥から足の小指を受け取ったのは事実だ」

「するとやはり、お前が羽鳥の思い人だったということか」

苦笑して久蔵は首を左右に振った。

「何を勘違いしているのか知らぬが、その指がどこにあるのか、お主はわかっているのか」

「知るか」

言うが早いか、仁左衛門は久蔵に向かって斬りつけた。

久蔵は存外に素早い身のこなしでその一撃を躱《かわ》す。台が真っ二つになり、上に載っていた機巧の腕が床に転がって、水揚げされたばかりの魚のように、肘《ひじ》や手指の関節を激しく動かして暴れた。

「江川仁左衛門、お前には心があるのか。あるのなら、その心でお前は何をあいしていたのだ」

問いかけの意味がわからぬまま、仁左衛門は刀を構え、じりじりと久蔵を部屋の隅に追い詰める。

「死ね、久蔵」

そう言って仁左衛門が刀を振りかぶった時、不意に足元がぐらついた。

見ると、先ほどまで床で暴れていた機巧の腕が、しっかと仁左衛門の足首を摑んでいる。

思い掛けぬことに足を縺《もつ》れさせた仁左衛門の懐《ふところ》に、久蔵が飛び込む。そして鳩尾《みぞおち》の辺りに、ぐっと力を込めて示指と中指を束ねて貫手《ぬきて》を打ち込んできた。

鳩尾に孔を穿ち、根元まで差し込んだ指を動かして、久蔵が仁左衛門の体の中の何かを押した。それは以前、金剛鸚哥の機巧の動きを止めた時の動きに似ていた。

体中が痺《しび》れ、仁左衛門は動きを止めた。金縛りにかかったように体が動かず、力が入らなくなり、刀がするりと手から落ちた。

「……何をした」

唇を動かして声を発するだけでも苦しい。

「羽鳥の思いが強すぎたか。それとも精巧に作りすぎたか。人の形をした物には怪が宿るというが、これがそうか」

久蔵は刀を拾うと、腕を振り上げたまま小刻みに震えている仁左衛門の肩口を斬りつけた。

噴き出したのは血ではなく、銀色をした液体の金属である。

呆然とした気持ちで仁左衛門はそれを見た。続けて、体の中で無数の何かがきりきりと軋《きし》み、そして弾ける感触があった。

滴り落ちた水銀は、水に跳ねる油のように床板の上にいくつも球をつくって散っている。肩口を押さえたまま、仁左衛門はその場に膝《ひざ》をついた。

斬りつけられた一撃が、体の中の絶妙な均衡を崩し、負荷に耐えられなくなった鯨の髭《ひげ》や鋼で出来たバネや撥条が引っ張られて切れ、また他の部分では緩んで外れるのが感じられた。

仁左衛門の背後に回り、久蔵は刀の切っ先を背に当て、一気に体を貫いた。尖端《せんたん》が胸板から飛び出す。その切っ先に、黒ずんだ塊が刺さっていた。

「よく見ろ」

刀の尖端にぶら下がっているそれを、仁左衛門は見つめた。黒く変色したその塊には、小さな爪《つめ》のようなものがついていた。

「これをお前の体の中に仕込んで欲しいと、わざわざ羽鳥は届けてきたのだ」

「拙者は……」

「すでにこの世にはおらぬ男に、そっくりに作られた機巧人形だ。依頼主は羽鳥。作ったのはもちろん、この儂《わし》だ」

久蔵の声は、どこか遠くから聞こえてくるかのように感じられた。

「お前は……いや、お前の原型となった男は、すでに一度、羽鳥と心中沙汰《ざた》を起こしているのだ。だが、死んだのはその江川仁左衛門という若い侍だけで、羽鳥は助かってしまった」

知る筈《はず》のないその光景が、仁左衛門の脳裏に思い浮かんだ。お互いの首に紐《ひも》を掛け、きつく縛り合ったが、どうしても羽鳥の首に掛けた紐に力を込めることができなかった。

「遊女の心中沙汰は、本来なら重罪だが、幸いにこの事は十三層の楼主以外の者には知られなかった。稼ぎの多い羽鳥を河岸《かし》沿いに落とすのは忍びなく、楼主は、もうすぐ年季明けする筈だった羽鳥に新たな借金を背負わせて、この儂に死んだ侍とそっくり同じ機巧人形を作るように依頼してきた。楼主としては、若い侍が十三層で死んだことだけを誤魔化せれば良かったのだろうが、思い掛けずお前は、うまく牛山藩での暮らしに溶け込んでしまった」

霞《かすみ》が掛かり始めた仁左衛門の視界に、久蔵はぐっと顔を近づけてくる。

「正直、お前は仕込んだ覚えもない仕種や動きを見せることがある。一体どうなっているのか儂にもわからぬ。どんなに精巧に作っても、機巧人形に魂は宿らぬと思っていたが、お前にはもしや心があるのか。覗けるものなら覗いてみたいが……」

心のあるなしなど、仁左衛門自身は考えたこともない。

だが、確かに何かを思い、考えている仁左衛門はここにいた。それが久蔵の言う、死んだ若い侍の魂なのかどうかまでは、わからない。

「敢《あ》えて聞く。お前には心があるか」

「ある」

「どうやってその証《あかし》を見せる」

「あるからこそ、今、それを失うのだ」

納得したのかしなかったのか、久蔵は微かに頷いた。

漆《しち》

「あの日、私は仁左様に斬られて死ねば良かったのです」

まだ傷も完全には癒《い》えていないのか、胸元を押さえてぎこちなく歩きながら、羽鳥は、肩を並べている久蔵に向かってそう言った。

「一度ならず二度までも、私だけが生き残ってしまいました」

十三層を囲う堀端の道。外から見ると、楼閣の頂上は見上げるばかりで、各層に渡された朱塗りの高欄や格子が日射しを浴びて光沢を放っているのが見えた。緑色に澱《よど》んだ水が湛《たた》えられた堀の向こう側の河岸沿いには、間口一間もないような、最下層の一番安い女郎屋がいくつも軒を並べている。

「このように、外から十三層を見上げる日が来るとは思っていませんでした。仁左様のおかげです」

岸際《きしぎわ》には葦《あし》が生い茂っており、それによって水面につくられた影には、無数の水黽《あめんぼ》が集まって小さな波紋を描いているのが見えた。

かつて久蔵が作った機巧人形が、自らが機巧人形であることも忘れて屋敷に訪ねて来た時、一計を案じたのは久蔵だった。

仁左衛門が……正確には、自分を仁左衛門と思い込んでいた機巧人形が持ち込んだ養盆は、確かに名品で、二重に借金を背負っていた羽鳥でも身請けするだけの金になりそうだった。

生身の仁左衛門はもうこの世にいないが、養盆を金に換え、落籍して自由の身となり、自分自身が機巧人形になったふりをすれば、慰みに仁左衛門そっくりの機巧人形と夫婦同然の暮らしができる。

羽鳥の境遇を不憫に思っていた久蔵は、あまり乗り気ではなかった羽鳥を、そう言って説得した。

堀端の葦の葉が切れた辺りで久蔵が足を止めると、羽鳥は微かに頭を下げ、立ち去ろうとした。

これからどうするつもりだ、と声を掛けようとして、久蔵は思い直した。聞いたところでどうにもならぬ。背を向けて歩き出した羽鳥の背中は、まるで透けているようで、命の薄さを感じさせた。

そちらから目を逸らし、久蔵が葦の葉の先に視線を向けると、そこには季節にそぐわぬ大きな体軀《たいく》をした蟋蟀の姿があった。

これはと思って久蔵が手を伸ばした時、不意に風が吹いて葦原が音を立てて大きく揺れた。

目を細め、久蔵は蟋蟀の行方を探した。一匹の蛙《かわず》が、水の上に落ちた蟋蟀に近づいて行き、一度、口にくわえるとすぐに不味《まず》そうに吐き出すのが見えた。

「蛙は騙せぬか。まだまだだな」

苦笑を浮かべて久蔵はひとりごつと、羽鳥が去ったのとは別の方向へと歩き出した。

箱の中のヘラクレス

壹《いち》

——お前を授かった時、お腹《なか》の中に鯨が宿った夢を見たんだ。

床に勾配《こうばい》のかかった、湯屋の洗い場の真ん中に立つ太い丸柱に、逞《たくま》しい左右の腕《かいな》で鉄砲を打ち込みながら、天徳鯨右衛門《てんとくげいえもん》は、そんな母の言葉を思い出していた。

湯屋の屋根を支える、光沢のある檜《ひのき》の丸柱の表面が、大きな手の形にくっきりと凹《へこ》んでいる。

そこを目がけて、黙々と正確に鉄砲を打ち込むたびに、建物全体が小刻みに揺れた。

体は熱を帯びている。背中一面に彫り込まれた長須鯨《ながすくじら》の刺青《いれずみ》と、腕や脚の先まで描かれた波濤《はとう》の化粧彫りのせいで汗は殆《ほとん》ど出ず、半刻《はんとき》も稽古《けいこ》を続けていると、血が沸騰《ふっとう》したようになってくる。

天徳は、普通の赤児《あかご》のおよそ三倍はある、二貫目半の重さで生まれてきた。

あまりに体が大きくて肩のところが一度、産道に引っ掛かり、大人二人がかりで引っ張り出された。大量の羊水とともに産道から溢《あふ》れ出てきた赤児の天徳は、まるで水揚げされた鯨の子の如《ごと》きであったという。

そのことを語る時の母は、楽しそうだった。十三層の楼閣の最下層で、五つになるまで母と一緒に育った天徳の、数少ない覚えの鮮やかな母との思い出である。

「鯨《げい》さん、そろそろお願いできるかい？」

丸柱に突きを放つ、重く湿った音を遮るように声がした。

天徳が振り向くと、脱衣場の真ん中にある朱塗りの高座から、千歳《ちとせ》が身を乗り出している。

年は五十過ぎで、若い頃は気《き》っ風《ぷ》の良い美人だったが、今は髪に白いものが混じり、顔も体つきも人当たりも、すっかり丸くなった。

脚気《かっけ》で歩くのもままならなくなった亭主の仙六《せんろく》に代わって、今は殆ど千歳がこの湯屋を切り盛りしている。

そろそろ朝の稽古を切り上げて、薪《まき》を運んで湯を沸かさなければならない頃合いだった。

天徳は頷《うなず》くと、稽古用の泥廻しを取って素っ裸になった。

湯屋の脱衣場と洗い場に男女の別はなく、仕切りもないが、浴槽だけは別湯になっている。

それぞれの入り口は、朱塗りの鳥居を模した石榴口《ざくろぐち》になっていた。湯の熱が逃げぬよう、鳥居でいう貫《ぬき》に当たる部分が低く作られており、その上は松の絵柄が入った羽目板で塞《ふさ》がれている。

普通なら腰を曲げて屈《かが》めばくぐれるが、体の大きい天徳は、殆ど腹這《はらば》いのようにならないと浴槽に辿《たど》り着けない。

中は薄暗く、ひんやりとしていた。すっかり冷めた昨夜の残り湯を小桶《こおけ》で掬《すく》って数度に亘《わた》って頭から被《かぶ》り、天徳は体の火照《ほて》りを冷ます。

再び石榴口から出て洗い場に戻り、乾いた手拭《てぬぐ》いでざっと体を拭《ふ》くと下帯を締め、高座の上にある神棚に向かって開手《ひらて》を打った。

そこには蹶速《けはや》神社からもらってきた御神札《ごしんさつ》が奉《まつ》ってある。

相撲の神、当麻蹶速《たいまのけはや》。

神代の昔、野見宿禰《のみのすくね》との一番で、死闘の末にあばらを折られ、転がされて踏み殺されそうになったものを、その蹴《け》り足を摑《つか》んで、起死回生の褄取《つまど》りで勝ちを得たと伝えられている。

この難しい褄取りの掛け手を、天徳は得意技にしていた。

「精が出るね。次の取組はいつだい?」

高座から離れていた千歳が戻って来て、神棚に向かって手を合わせている天徳に声を掛ける。

「蓮根稲荷《れんこんいなり》の勧進《かんじん》相撲でござる」

笑顔の苦手な天徳が、無愛想にそう答えると、千歳は嬉《うれ》しそうな表情を見せた。

蓮根稲荷は、商家や問屋、天府《てんぷ》に詰めている各藩の下屋敷が並ぶ、典幻《てんげん》通りの入り口にある。

二月の初午《はつうま》は、稲荷の祭日であるから、この日は毎年、蓮根稲荷の境内で勧進目的の相撲興行が行われていた。

「勧進相撲なら、おさんどんでも入れるね」

嬉しげに言う千歳に、天徳は少しばかり困惑しながら頷く。

天府天覧の大場所などでは、おさんどん相撲といわれる千秋楽にしか女は入れないが、勧進目的の奉納相撲なら、女子供も関係ない。

「でも、おかみさん、初午は紋日《もんび》だから忙しいんじゃないんですかい」

元日や五節句、恵比須講《えびすこう》などの特別な日は、湯屋では紋日となっており、客に茶や酒を振る舞い、客はそれにおひねりの祝儀《しゅうぎ》を返す。紋日に風呂《ふろ》を浴びるのは、天府っ子の粋《いき》だから、その日は繁盛日《はんじょうび》だ。

「大丈夫だよ。ほんの半刻ばかり高座を人に任せて、お前の一番を見るだけだから」

そう言って笑うと、千歳は天徳の背中を、手の平でぱんと勢いよく叩《たた》いた。

「さ、働いてもらわないとね。裏に回って薪を焚《た》いとくれ。いつも通りに、五つ刻になったら忘れずに招牌《しょうはい》を出すんだよ」

「へい」

短く返事をすると、天徳は高座の脇《わき》をすり抜け、裏に回るために土間から一度、雪駄《せっ た》履きして表通りへと出た。

まだ明け六つで、往来は朝の靄《もや》に包まれている。

魚や豆腐を売る棒手振《ぼてふ》りたちが、忙しげに長屋の方へと早足に歩いて行く。

「おっ、天徳鯨右衛門じゃねえか」

そのうちの一人が、ふと足を止めて振り向いた。

見知らぬ顔だ。天徳は訝《いぶか》しく思ったが、男は遠慮なく近づいてくると、気安く胸板などを手の平で叩いてくる。

「なるほど、いい体してやがる。ここで下働きしてるのか」

天徳が無言で頷くと、男は天秤棒《てんびんぼう》にぶら下がった漆塗りの箱を地面に下ろし、抽斗《ひきだし》の奥を探り始めた。男の商売品は、どうやら乾物であるらしく、抽斗には包丁の他に鉋《かんな》なども入っている。

「お前、まだ十八だって話じゃねえか。一所懸命やっていれば、すぐにどこかからお抱えの話がくるだろうぜ」

「何でそんなにいろいろと俺のことを知っているんだ」

「これよ、これ」

男は抽斗の中から、丁寧に布に挟まれた錦絵《にしきえ》を取り出した。

ぎょっとして天徳は男の手から錦絵を奪うと、それをまじまじと見つめる。

背中の長須鯨の刺青、腕から脚にかけて描かれた波濤模様、櫓落《やぐらお》としの髷《まげ》……。

それはどこから見ても自分の姿を描いた錦絵だった。

分厚く大きな碁盤を片手で持ち上げ、それを団扇《うちわ》がわりにして、捻《ねじ》り鉢巻きで風呂場の火を焚いている構図である。

他に数葉ある錦絵も、いずれも天徳を画題にしたものばかりだった。鬼退治の図もあれば、得意の褄取りで勝った一番を活写したものもある。

「これは……」

思わず天徳は呟《つぶや》く。

「得意先にお前を贔屓《ひいき》にしている御仁がいてね。手土産にと葵屋《あおいや》で刷り出しを買ったんだが、ちょうどいいや。手形の一つも押してくれよ。そうしたら大口の注文にもありつけるって話だ」

「葵屋……？」

ますます天徳の困惑は深まる。男がいったい何を言っているのかもよくわからなかった。

「何でえ、きょとんとした顔しやがって。お前さん、評判なんだぜ。あの戈尹斎《かいんさい》が、何でまた大場所の関取じゃなくてお前さんみたいな取的《とりてき》を……」

言ってから、男はしまったという顔をして天徳の顔色を窺《うかが》ったが、天徳は意にも介さず錦絵の束を男に返すと、風呂釜《ふろがま》の火を焚くために湯屋の裏手に回ろうとした。

「おおい、気を悪くするなよ」

男が後ろからそう声を掛けてくるのが聞こえた。

版元の葵屋に、戈尹斎といえば、世の流行や噂話《うわさばなし》には疎《うと》い天徳でも聞いたことがある。

戈尹斎は美人画を得意としている下絵師で、危な絵《あぶえ》も描くが、あまり露骨な男女和合の図などは描かず、そのせいか不思議と女にも人気がある絵師だった。

取組に呼ばれた興行の支度部屋で、他の捔力《すまいとり》たちがにやにやとした顔で戈尹斎の錦絵を回して眺めているのを見たことがある。

戈尹斎の絵には、何か奇妙な色香があり、幼い頃から女の裸は仕事で散々に見慣れている天徳の顔も赤らめさせるものがあった。

それにしても、何故《なにゆえ》に戈尹斎が自分を画題にしているのかはわからなかった。

貳《に》

またあの女が来ている。

天徳は目を見張った。

赤い小袖《こそで》の帯を取り、肩からするりと落とすと、脱衣場や洗い場にいる男たちが、そわそわしはじめる。

女の肌は白く、痩《や》せていて胸元も薄かったが、赤い唇と、見方によっては娘にも年増《としま》盛りにも見える、その蠱惑《こわく》的な風貌《ふうぼう》は、人の目を引きつけずにはいなかった。

見つめられているのに気づいたのか、女が天徳の方に顔を向けた。

色硝子《いろがらす》のように薄く透き通った瞳《ひとみ》で見つめ返し、赤い唇を歪《ゆが》めて笑いかけてくる。

た。

「天徳、手が止まってるよ」

背を流している顔馴染《かおなじ》みの年寄りにそう言われ、天徳は慌《あわ》てて肌に糠袋《ぬかぶくろ》を擦りつけた。

手を動かしながら再び脱衣場を見たが、女の姿はもう、そこにはなかった。

白い靄で覆《おお》われている洗い場を探すと、女は備え付けの毛切り石を擦り合わせ、そその毛の手入れをしている。名前も素性も知らぬが、時々、通ってくる女だった。

一度だけ、声を掛けられて背を流したことがある。

その時の妙な感触が忘れられなかった。違和感の正体が何なのかはわからない。幼い頃から老若男女、何百何千もの背中を流してきたが、明らかに何かが違っていた。

以来、女が来る度に声が掛かるのを待っているが、目が合えば軽く会釈《えしゃく》をしたり微笑《ほほえ》みかけたりはしてくるものの、天徳が呼ばれることはなかった。

「天徳、こっちも頼むよ」

男女別湯になっている浴室へと女が消えて行くと、洗い場の別の方角から声が掛かった。

「今すぐに」

天徳が動くと、背中の長須鯨が生きているかのように身をくねらせる。湯気の中を歩くと、夜明け間もない朝靄の掛かった海原を泳いでいるかのように見えた。

捻り鉢巻きに下帯一枚の天徳が、糠袋を使って背中を流し始めると、お富《とみ》というその年増女は、艶《つや》めいた声を上げげた。

「あんた、蓮根稲荷の初午の勧進相撲に出るんだろう？」

お富は背後にいる天徳に、体を預けるように寄り掛かってくる。

悪戯《いたずら》っぽい笑みを浮かべて天徳の手を握ると、豊かな胸に導いた。

こういうからかいごとには慣れていたから、天徳は何事もなかったかのように手を払い、傍らの留桶に手を伸ばして、お富の肩から湯を掛けてやった。

洗い場の簀《す》の子《こ》の間から落ちた湯が、傾斜している床を、中央を通る樋《とい》へと流れて行く。

お富は面白くなさそうに眉《まゆ》を寄せて鼻を鳴らした。

「小僧のくせに相変わらずだね。少しは照れた顔でもしてごらんよ」

「あいすみません」

「いいよいいよ。どうせ私は年増ですよ」

ふて腐れたように髪をまとめ直しながらお富が言った。

「こう見えても、長屋の若い衆の筆下ろしはみんな私が相手をしてやっているんだ。

あんたも見たところ、そっちの方はまだだろう？　何なら私が相手をしてやろうか」

冗談めかしてそう言い、お富は口元に笑みを浮かべる。

実際、天徳はまだ女の肌を知らなかった。

「お富さん、うちの天徳をからかうのは、よしとくれ」

高座から拍子木を打つ音がして、千歳の声が聞こえてきた。

「あら、いやだね、聞いていたのかい」

洗い場にいる客たちの間に、朗らかな笑いが起こる。

年寄りもいれば子供もいる。皆、天徳にとって馴染みの人たちばかりだった。

湯屋の亭主である仙六と、おかみである千歳は、天徳の育ての親である。

昔は十三層の楼閣には風呂がなく、仙六と千歳が出していた湯船は、十三層を囲む堀の外には出られない遊女たちに人気だった。

船底に設《しつら》えた竈《かま》で、仙六がせっせと湯を沸かし、桶と手拭いを手に並んでいる遊女たちを千歳が捌《さば》く。行水船も何艘《そう》か出てはいたが、きちんとした浴槽を積んでいたのは、当時はこの湯屋が出していた湯船だけだった。

最下層の一番安い女郎屋で育った天徳は、その図体《ずうたい》を見込まれたのか、下働きとして仙六に雇われた。前の日までは優しかった母が、急に冷たくなり、お前はいらないから出て行けと言われた。十三層の堀に浮かぶ湯船に乗せられ、わけもわからずに泣きながら、離れていく河岸《かし》沿いに立つ母の姿を眺めていたのを覚えている。それからもう十数年が経《た》つ。

「ありがとうよ」

天徳が背を流し終えると、お富はそう言って立ち上がり、洗い場から浴室へと向かった。石榴口をくぐるために腰を屈めた時、お富の大きな尻《しり》の間から、そそ毛と赤い割れ目が見えた。

「天徳、二階に客が来ているよ」

そろそろ終業の暮れ五つになろうかという時、高座から身を乗り出すようにして千歳が声を掛けてきた。

額に巻いた手拭いを取り、それを絞って天徳はざっと顔に浮いた汗を拭う。客と言われても思い当たる相手はいない。訝しく思いながらも、脱衣場にある狭い階段を上がる。

中二階の天井は六尺ほどの高さしかなく、上背のある天徳は、常に屈んでいなければならなかった。

広い板敷きの部屋には、碁や将棋の盤が並び、一杯やっている者もいる。

「天徳、こっちだ」

見ると、部屋の隅に仙六がいた。

脚気を患《わずら》ってからは歩くのも困難になり、湯屋の奥にある屋敷から出てくることも滅多にない。わざわざ脚の痛みを押して中二階に上がって待っているということは、よほど大事な客なのだろう。

若い頃は天徳と同じ撿力で、剛力で鳴らしたこともあるらしく、湯屋の仕事の合間には、よく稽古をつけてくれたものだが、病に罹《かか》ってからは、すっかり痩せて精彩がなくなってしまった。

その仙六のすぐ傍らに、壁に背を預けるようにして、縦横一尺ほどの小さな覗《のぞ》き窓から、洗い場を見下ろしている男がいた。

肩に刀を凭《もた》せ掛けており、他の客たちとは少しばかり様相が違った。

「婆《ばば》あばかりでつまらねえな」

男はそう呟くと、上がってきた天徳に目差《まなざ》しを向ける。

「矢車長吉《やぐるまちょうきち》親分のところの用心棒で、清十郎《せいじゅうろう》さんというそうだ」

仙六がそう言うと、清十郎と呼ばれたその男は、手にしていた酒の碗《わん》を床に置いた。

「お前が天徳か。長吉親分がお呼びだぜ。十三層に座敷を取ってある。あの人が部屋を使うとなったら、皿や盃《さかずき》、畳から襖《ふすま》に至るまで、全部新しいものに総取っ替えだから、普通の客が使う時の三倍は揚げ代がかかるんだ。お前、よほど金になると思われてるな」

男はそう言って、壁に穿《うが》たれた覗き窓の引き戸を閉めた。

「これじゃ戈尹斎の危な絵の方が、よほど抜けるぜ」

足の悪い仙六を残し、十三層へは天徳一人が赴くことになった。

子供の頃に過ごした場所だが、訪れるのは十数年ぶりである。

住んでいた時ですら、天徳は楼閣の二層目より上には登ったことがなかった。

周囲を幅の広い堀に囲まれ、夜ともなれば七色の光に照らされる十三層は、遠くから眺めると、何重にも回された朱色の高欄の向こう側に、いくつもの人の姿が影になって揺れているのが見える。何も知らなかった子供の頃は、あの十三層の天辺《てっぺん》に、ただ一人だけ住む太夫《たゆう》とはどのような女なのかと、よく思いを巡らせたものだった。

清十郎の案内で、天徳は歩いて行く。十三層へと至る道は人家もなく、長い一本道になっていた。そこではお互いに見知った顔に出会っても、素知らぬふりをするのが決まりだ。

　それでも道行く人が「お、天徳じゃねえか」などと呟くのを何度か聞いた。戈尹斎の絵のせいか、本人が思っている以上に、天徳の顔と名は広く知られているようだった。

「回りくどいのは苦手なんでな、大事な話から済ませちまおうか」

　かしこまって座敷に端座する天徳に、好々爺《こうこうや》の如き柔らかな笑みを浮かべた矢車長吉が言った。まるで鶏《とり》がらのように痩せた小柄な老人で、見てくれや体裁はあまり気にしない質《たち》なのか、着古した粗末な野良着《のらぎ》に縄帯を締めている。

　詳しいことは天徳にはわからぬが、蓮根稲荷の勧進相撲を取り仕切っているのは、この長吉という老人と、その一家だということだった。

　案内された座敷で、長吉は手下を何人か連れて酒を飲んでいたが、騒いだりするような様子もなく、遊女に酌をさせているだけで、割合に品の良い飲み方をしている。

「巷間《こうかん》でこのところ人気の天徳鯨右衛門さんに取組に出てもらえば、賭《か》け札の売れ行きはいつもの三倍、いや五倍だ」

　取組が賭けの対象になるのは、別段、珍しいことではない。

　むしろそれを目当てに足を運ぶ見物客の方が多いくらいだ。取組の組み合わせが決まると賭け札が売られ始め、当日も桟敷《さじき》の後方で、立ち見客に混じって賭け札を腰に何枚もぶら下げた連中が、それを売っている姿を見かける。無論、これを仕切っているのも、興行を仕切っているのと同じ連中だ。

賭け札を買った者らは、取組が終わった後、同じ相手に買い戻してもらう。札の値段が買った時より高くなるか安くなるかは、もちろん取組の勝者がどちらだったかによる。

札の数には限りがあり、注目されている一番だと、我先に買おうとするから、自然と札の値段も上がる。

「天徳さんの今度の勧進興行の取組の相手は鬼鹿毛《おにかげ》だ」

長吉にそう言われ、天徳は内心、それならば勝てると思った。

鬼鹿毛といえば、小兵《こひょう》ではあるが、十年ほど前までは大場所にも出ていた拘力である。以前に比べれば格は落ちているが、それでも天徳が勝てば金星だ。

「今なら天徳さんに分があると見て、たくさんの連中が賭け札を求める」

長吉はそう言って酒を口に運ぶ。

「だが、鬼鹿毛も小兵ながら猿《ましら》のような機敏さで知られた拘力だ。天徳さんが得意の棲取りにきたところをひらり、体を入れ替えて土俵の外に押し出してもおかしくはない」

訝しく思いながらも、ひと先《ま》ず天徳は口を挟まずに長吉の話に耳を傾ける。

「得意先への賭け札の出方は、今のところ八対二で天徳といったところだ。当日の煽《あお》り方次第じゃあ、九対一まで上がるだろう。こんな偏《かたよ》った売れ方は久々だ。まさに天徳様々ってところよ」

回りくどいのは苦手と言ったくせに、長吉の話はどうにも的を射ない。

「天徳、察しろ」

座敷の隅で、壁を背に刀を抱えて座っている清十郎が、舌打ちまじりに声を上げた。

それでやっと天徳にも話が見えた。

これは、儲《もう》けのために、わざと負けろと八百長《やおちょう》を持ちかけているのだ。

「清十郎、てめえは黙っていろ」

長吉の口調は静かだったが、その場が凍りつくような冷たさがあった。

清十郎が慌てて居住まいを正す。好々爺の如き表情は崩していないが、薄く開いた長吉の瞼《まぶた》の間が、ぎらりと白く閃《ひらめ》いたかのように見えた。

「俺はこちらの天徳さんに、例えばそんなこともあるかもしれねえと言ってるんだ。誤解を受けるようなことは言うんじゃねえよ」

口調は柔らかだったが、座敷にぴんと張り詰めた空気が流れる。

「いけねえいけねえ、座が白けちまった。さ、天徳さん、今の話は忘れてくれ」

長吉はそう言って銚子《ちょうし》を向けてくる。

それを受けるか受けないか、天徳の方で決めるような余地は、なさそうだった。

参《さん》

蓮根稲荷の境内に、呼び出しの声が響く。

四隅に角柱が打ち込まれ、綱の張られた角土俵に天徳が足を踏み入れると、同時に蓮根稲荷の境内に集まった鈴なりの観客たちから歓声が上がった。

天徳が軽く肩を回すと、背中の長須鯨が生命を得たかのように体をくねらせる。その様子に、再び客が沸く。

すでに取組相手の鬼鹿毛は土俵に上がっていた。呼び出しは後の方が格上の扱いだ。それが不満なのか、天徳より頭一つ背の低い小兵の鬼鹿毛は、睨《ね》めつけるような視線を向けてくる。その名の通り、髷に結われた髪の毛は栗色《くりいろ》をしており、首筋から背筋にかけて、獣の鬣《たてがみ》のように同じ色をした毛が生えていた。

土俵の下では、まるで小間使いのように、長吉がうろうろしている。

その長吉に向かって、職人風の若い男が、よく見えねえぞと罵声《ばせい》を浴びせ、手にしている蓮根餅《れんこんもち》を挿した竹串《たけぐし》を投げつけた。長吉が軽く顎《あご》を動かすと、土俵際《どひょうぎわ》にいた手下と思《おぼ》しき人相の悪い連中が、その男の両脇を抱えてどこかに連れて行った。

行司に従い、お互いに仕切りに入ると、鬼鹿毛が殆ど地面に這いつくばるように平《ひら》蜘蛛《ぐも》の体勢を取った。

これはやりにくい相手だと天徳は思った。

わざと立ち上がりを遅らせて低く立ち、懐《ふところ》に深く潜り込んでくる平蜘蛛は、鬼鹿毛の得意技の一つである。

立ち合いに失敗すれば土俵の角を背負うことになり、後の展開が苦しくなる。

上方では当たり前の丸土俵と、天府で盛んな角土俵での相撲の一番の違いは、この「角の攻防」があるかないかだ。丸土俵ならばどちらを背にしても同じだが、角土俵では、角柱を背負うのは逃げ場のない隅に追い詰められることになるので、圧倒的に不利になる。

当麻蹶速は野見宿禰に地面に転がされ、上から踏み殺されそうになったが、その宿禰の蹴り足を取り、棲取りで転がして逆に馬乗りになり、勝利を得た。

蹶速が逆転の末に宿禰を破ったこの故事にちなみ、土俵の内側では土が付いても負けにはならず、勝敗はどちらかが参ったを入れるか、土俵の外への押し出し、突き出し、送り出しなどに限られる。

互いに土まみれになって何度も転がしあっても勝負がつかず、双方一歩も引かぬ時は、取り組みに半刻かかるようなこともざらだった。そのため、近頃は天府でも丸土俵を使い、俵の内側でも、どちらかに土が付いたら勝負ありの「宿禰相撲」で取り仕切ることもあったが、やはり相撲は荒々しい角相撲、捔力を名乗るなら蹶速相撲である。

奇策を警戒し、天徳は少し下がって立ち合うことにした。平蜘蛛の体勢から、この間合いを飛び込んでくるのは無理だ。

天徳が掌《たなごころ》を下ろすと同時に、行司が合ったと見て軍配を上げた。

透かしてくるかと思ったが、鬼鹿毛は思い掛けず、飛び跳ねるようにして低い体勢から天徳の顎を狙《ねら》ってぶちかましの頭突きを放ってきた。

だが、やはり距離が足りなかった。

天徳は左の張り手を放って鬼鹿毛の足を止め、上体を起こさせるために右の肘《ひじ》で肩口をかち上げた。

肉と肉とがぶつかり合う乾いた音が、境内に鳴り響く。

典幻通りから隙間《すきま》なく並んでいる赤い千本鳥居の貫にぶら下がった、縁起物の蓮根が、一斉に揺れたような気がした。

かち上げた肘が、相手の首筋か顎に入ったのか、鬼鹿毛が膝《ひざ》から崩れ落ちた。

そのまま吊り出してしまおうと天徳が廻しを握ろうとした時、鬼鹿毛が天徳の片足にしがみついてきた。

失神したと見せかけ、油断させて懐に飛び込み、天徳との体格差では下手を取っても不利と見て、朽木《くちき》倒しを狙ったのだろう。

だが天徳は、足を踏ん張って堪えた。転がされた後、土俵の中で寝技に入れば、場数で上回る鬼鹿毛の方に遥《はる》かに分がある。若い天徳が手練《てだ》れの鬼鹿毛に勝とうとするなら、相手に土俵を割らせるしかない。

「おい、わかってるんだろうな」

太腿《ふともも》にしがみついている鬼鹿毛が、小声で囁《ささや》いた。

傍らにいる行司の耳にも入った筈《はず》だが、表情を変えないところを見ると、そちらにも言い含めてあるのだろう。

当の天徳は、八百長を持ちかけられていたことすら忘れていた。

天徳は迷った。

「鯨さん！　鯨さん！」

その時、土俵の下から千歳が張り上げる必死の声が聞こえてきた。

意識をそちらに奪われたため、天徳の体が考える前に動いた。

腰を引き、太腿の裏側でがっちり握り合わされた鬼鹿毛の手を切ると、上手を取って、出し投げを放つ。

鬼鹿毛は一旦《いったん》は堪えたが、体勢を崩してつんのめり、大きく片足を上げた。

その瞬間、周囲の景色がゆっくりと動いているような錯覚を天徳は覚えた。

宙に浮いた相手の足首を摑み、褄取りにすると、そのまま脇に力を蓄え、足を踏み出すと同時に、鉄砲の要領で真《ま》っ直《す》ぐに片腕を突き出す。

足首の骨が折れる感触が手に伝わり、鬼鹿毛の体が丸ごと空中に吹っ飛んだ。

客席に落下した鬼鹿毛に巻き込まれて、客たちが将棋倒しになる。

行司が軍配を上げ、天徳の名を叫ぶ。

我に返った天徳が、土俵の盛り土の上から見下ろすと、桟敷の真ん中に倒れた鬼鹿毛を囲むように人集《ひとだか》りができていた。

その傍らでは、顔に何の表情も浮かべていない矢車長吉が、薄目を開いてこちらを見上げていた。

肆《し》

「明坂藩《あけさか》からお抱えの話があった」

湯屋が招牌を下ろす暮れ五つの鐘が鳴り、洗い場の掃除をしていた天徳に、珍しく杖《つえ》をついて現れた仙六がそう告げた。

「聞いて驚くな。三十石八人扶持《ぶち》、支度金は十五両だ」

「よかったじゃないか、天徳」

横に付き添っている千歳が、嬉しげな声を出す。

仙六は手近の留桶を引き寄せると、それを逆さまに伏せて椅子《いす》代わりにして腰掛けた。

「受けてもよろしいんで？」

「よろしいも何もあるか」

「しかし、風呂焚きやらの三助の仕事は……」

「何言ってるんだい。そんなこと気にしなくていいんだよ。出世じゃないか」

はしゃいだ声を上げる千歳に、仙六も満足げに頷く。洗い場の床に膝を合わせて端座した天徳は、何やら申し訳ないような気がして、大きな体を縮こまらせた。

明坂藩は坂州《ばんしゅう》に本拠を構える小藩であるが、過去に何人も大場所の大関取を輩出している。下屋敷には立派な土俵や稽古場もあり、特に拵力には力を入れている藩だった。

藩のお抱え力士となれば、上方や天府での大場所に出る機会も得られるだろうし、出世すれば給金や祝儀も上がり、今まで育ててくれた仙六や千歳にも恩返しができる。

考えるまでもなかった。

「そうしたら、近々、明坂藩の下屋敷にご挨拶《あいさつ》に伺おう」

天徳が頷くと、仙六はそう言って笑い声を上げた。

明くる日、天徳が葵屋に足を運ぶと、やはりというか、戈尹斎の筆による、蓮根稲荷勧進興行での鬼鹿毛との一番を画題とした新しい錦絵が出ていた。

見世に入ると、並んでいる刷り出しは、ほぼ戈尹斎一色で、天徳を画題にしたものの他は、美人画か危な絵の類《たぐい》ばかりだった。

他の絵師の手による女の絵は、ただ綺麗《きれい》であったり色っぽく描かれているだけで、どれも似たり寄ったりだが、戈尹斎の描く女は多彩である。

胸も膨らみきっていない娘盛りの未熟な裸体から、年増女の腹の弛《たる》みまで、他の絵師なら見落としてしまうような、独特の艶《なま》めかしさを逃さずに描いている。

日常の景色を、ありのままに切り取ったような、その冷静な筆致が、男だけでなく、世の女たちにも刷り出しを買い求めさせる人気の元なのであろう。

それに比べると、天徳を画題にしたものは、ずいぶんと誇張されていた。同じ者の手による絵だというのは、素人《しろうと》の天徳でもわかる。実際の取組を描いたものは、美人画や危な絵と同じく、ただ目に映った景色を忠実に写し取ったような按配《あんばい》だったが、鬼退治の天徳、団扇がわりに碁盤を扇《あお》ぐ天徳などは、戈尹斎の普段の筆致に比べると、描き手の思いのようなものが感じられ、やや過剰にも見える。

そんなことを考えながら、見世の中を冷やかしていた天徳の姿を見つけ、番頭が慌てて主人を呼んできた。

「戈尹斎殿にお会いしたい」

用件を告げると、葵屋の主人は困ったような顔をして天徳を奥の座敷に招じ入れた。来訪の意図がわからず、店の中で暴れられては大変とでも思ったらしい。

「申し訳ありませんが、こればっかりはお教えできません」

そわそわとした様子で主人はそう言った。毅然《きぜん》としたつもりのようだが、やはり目の前の天徳が怖いらしい。

差し出された茶碗《ちゃわん》を、天徳は猪口《ちょこ》でも持つように母指と示指でつまみ、口に運んでひと息で啜《すす》った。その音で、主人の後ろに控えていた番頭が、身を竦《すく》ませる。

「別に自分を画題にしていることに文句があるわけでも、金をせびろうというわけでもない」

「では……」

「礼を言いたいだけだ。それでも駄目か」

主人は困ったような顔を見せた。

「戈尹斎殿のお陰で名が知れて、蓮根稲荷の勧進興行に呼ばれた。その一番が元で、さる藩からお抱えの話も出ている。恩義を感じているのだ。是非会って、礼を述べたい」

「いや、しかし……」

主人が口ごもる。

「実を言うと、私どもも戈尹斎がどこの誰だかわからないもので」

言いにくそうな主人の代わりに番頭がそう答えた。そちらを見やると、慌てたように番頭は体の前で手を振り、弁解めいた口調で言う。

「隠し立てしているわけじゃございません。新作の下絵は、仲介人を通してお願いしているような様子で」

「ならばその仲介人に会わせてくれ」

「それも……」

どうやら教えるつもりはないらしい。もっとも、人気絵師の所在や取り次ぎ先をおいそれと教えているようでは、版元としては失格であろう。

仕方がないと、天徳は立ち上がった。

葵屋の見世先を出ると、空はもう暮れかかっていた。

湯屋までの道のりは五、六十町ほどあり、歩くと半刻はかかる。往来にはまだ人通りがあるが、完全に日が落ちるまでに湯屋に戻りたかった。

普段なら避けて通る道だが、雁仁堀《がんじん》に沿った道を行くことにした。深夜ともなれば、十間ごとに追《お》い剝《は》ぎや強盗が並んで待っていると言われるほど物騒な場所だが、宵のうちに通り過ぎれば大丈夫だろう。わざわざ天徳のような巨漢を選んで襲ってくる間の抜けたやつもいるまい。そう考えた。

淀《よど》んで腥《なまぐさ》い臭《にお》いを発している堀の水面に、小舟がいくつも浮かんでいる。多くは、舟売りと呼ばれる、色を売る商売の女を乗せた小舟で、瘡掻《かさっか》きの病が出て十三層の最下層からも放り出された憐《あわ》れな女や、六十七十に手が届く老女、ひどい醜女《しこめ》などが、驚くほどの安値で商売している。

それでも買いに来る連中はいるようで、ところどころ、妙な揺れ方をしている小舟もあった。

堀端の狭い道に沿って、粗末な苫屋《とまや》が軒を並べており、時折、目付きの怪しいやつが、獲物を狙うように家と家の間から往来を窺っている。

早足で通り過ぎようとする天徳の前に、待ち受けていたかのように人影が立ちはだかった。

「よう、天徳、聞いた話じゃあ、景気いいみたいじゃねえか」

声には覚えがあった。

長吉の使いとして湯屋に来た、浪人風の流れ者である。確か名は清十郎といったか。

「だが、お前のお陰でこちらは大損、長吉親分の面目も丸潰《まるつぶ》れだ。お前だけがいい思いをして良いわけがねえわな」

そう言うと、人影は腰に帯びている刀を抜いた。

青白い月の明かりを反射して、ぎらりとした光が天徳の目を射る。

傍らに浮かんだ小舟から、嗄《か》れたよがり声が微《かす》かに聞こえてくる。

天徳は仕切りの体勢を取り、二間ほど先に立っている清十郎を睨《にら》みつけた。得物は何もないが、体ごとぶちかましていけば、刀を持った相手でも何とかなると思った。うまいこと相手を堀にでも落としたら、後は一目散に走って逃げるつもりだった。

腕に自信があるのか、清十郎は存外に落ち着いている。

一気に踏み込み、突進しようとしたその時——。

不意に足の裏に激痛が走った。

うっと呻《うめ》いて体勢を崩し、天徳は片手を地面に突いた。その手の平にも激痛が走る。薄暗い中、手の平を顔に近づけて見ると、鋭く尖《とが》った鉄菱《てつびし》が、深く突き刺さっていた。

どうやら清十郎は、先回りして道いっぱいに鉄菱を撒《ま》いていたらしい。

だが、今ごろ気がついても、もう遅い。足の裏を貫いた太い鉄菱には返しが入っているのか、踏みしめる度に、背筋を突き上げるような激痛が起こる。これでは走って逃げるどころか、歩くのもままならない。

「熊《くま》や猪《いのしし》とやり合うようなもんだからな。冗談抜きで最初は虎挟《とらばさ》みでも仕掛けようかと思っていたくらいだ」

笑い声を上げながら清十郎が言う。

「見せしめだから命までは取らねえよ。だが、掬力としては今日で終わりだな。湯屋で客の背中を流すのに、腕は二本もいらねえだろう」

「ま、待ってくれ」

天徳がそう言う間もなく、刀身が閃き、痛みで身動きが取れずにいる天徳の腕の先を切り落とした。

暗い闇《やみ》を、さらにどす黒く塗りたくるように、血が噴き上がる。

清十郎はすぐに背を向け、走り去った。

出血で朦朧《もうろう》としてきた天徳は、その場に蹲《うずくま》った。助けを求めたところで、ここは雁仁堀だ。止《とど》めを刺して懐のものをいただこうというような輩《やから》が集まってくるだけだ。

近寄ってくる足音が聞こえ、天徳は身を強《こわ》ばらせて顔を上げた。

そこに立っていたのは、予想に反して、赤い小袖を着込んだ女だった。

――湯屋にやってくる、あの女だ。

雨も降っていないというのに、傘を広げて肩に掛けている女の姿を、地面に跪《ひざまず》くような格好で天徳は仰ぐ。

そこで天徳の意識は遠のいた。

伍《ご》

──お前を授かった時、お腹《なか》の中に鯨が宿った夢を見たんだ。

どこからか母の声が聞こえてきたような気がした。

暗い箱の中で、天徳は膝を抱えて蹲っている。

背中に描かれた長須鯨《ながすくじら》が暴れ出すと、手脚の隅にまで描かれた波濤《はとう》の化粧彫りが肌を浮かせて動き始め、やがて天徳の体から海原が溢《あふ》れ出した。

天徳は一頭の鯨となり、水柱を上げて波間に飛び込む。

鮮やかに青く色づく海の中に、光が幕のようになって差し込み、揺れているのが見えた。

「気がついたか」

男の声に呼び戻され、微かに瞼を開くと、そこは見知らぬ場所だった。

「ここは」

「雁仁堀で斬《き》られたところを、伊武《いグ》が見つけてお前をここまで担《かつ》いで連れてきた」

どうやら天徳は石畳の床の上に寝かされているようだった。

辺りの空気はひんやりとしている。外からの明かり取りらしきものはなく、蠟燭《ろうそく》や行灯《あんどん》の炎もなかったが、どういうわけか部屋の中は明るかった。

天徳は上半身を起こす。

目の前に、齢《よわい》六十くらいの男が立っていた。

藍染《あいぞめ》の小袖に、ちりめんの長羽織を掛けている。どこか小役人を思わせるような風貌だったが、それだけに、片目の瞼に挟み込んでいる、何やら筒状の拡大鏡のようなものが、余計に際立って奇妙に見えた。

「お主は……」

「幕府精煉《せいれん》方手伝、釘宮久蔵《くぎみやきゅうぞう》。ここは儂《わし》の屋敷だ。生憎《あいにく》、医者ではないが、金創を縫うくらいのことはできる」

そう言われ、天徳は慌てて己の腕を見た。

肘の先から切り落とされた右腕に、きつく白布が巻いてある。先端からは薄く血が滲《にじ》んでいた。

「目が覚めたのなら、とっとと帰れ。そうでなくとも、お前のような図体のでかいやつに場所を取られて迷惑だったのだ」

「釘宮様、そうおっしゃらずに何とかして差し上げてください。お引き留めしてくだされば、後は私が……」

「何を言っている。あと二、三日は、お前はそのままの格好だ。細部に亘《わた》って検分しなければならぬ」

「わかっておりますが……」

誰と喋《しゃべ》っているのだろう。天徳は訝《いぶか》しく思った。

久蔵の視線の先には、大きな台が並んでいる。

床で体を起こしている体勢では台の上はよく見えないが、声はそこから聞こえてきた。

「へい」

「お前は擒力らしいな。天徳鯨右衛門とかいったか」

天徳は気の抜けた返事をする。

「片腕を失ってはもう廃業だな。それでは相手と差し手を争うこともできまい」

そのとおりだった。

「お抱えの話があった矢先で、湯屋の主人や、おかみさんにも、やっと恩を返せると思っていたところでした……」

「泣き言は家に帰って言うんだな」

興味なさげにそう言うと、久蔵は背を向け、台の方へと戻って行く。

仕方なく天徳は左手を突いて体を起こし、立ち上がった。

そして、目に入ってきた光景に息を飲んだ。

部屋の中央には、大小六つの台があり、いずれも白く発光している。

中央の台が一番大きく、そこには女の首なし胴が載っていた。

その中央の台から三尺ほど離れて両脇《りょうわき》と手前に二つずつ細長い台があり、そちらには左右の腕と脚が置かれている。

いずれも、中央の台にある胴体から、束になった数十本の管で繋《つな》がっており、台と台の間に、それが緩く垂れ下がっていた。

最も奇妙なのは、それらの向こう側に、まるで首実検の如《ごと》く鎮座している女の首だった。

「これは……」

あまりの異様さに、却《かえ》って天徳は取り乱すこともなく声が出た。

女の顔には見覚えがあった。そうだ。数年前から湯屋に時々やってくる、あの赤い小袖の女……。

「指を動かしてみろ。一本ずつ、ゆっくりだ」

困惑する天徳を無視して、久蔵が声を上げる。

手脚の断面の奥には、鈍く輝く、削り出しと思われる金属の骨格が見える。ひっきりなしに蠢《うごめ》いているように見えるのは、ぎっしりと隙間なく仕込まれた歯車や撥条《ぜんまい》の機巧のようだった。

首だけの女が、頷《うなず》くかわりに瞼《まぶた》で返事をすると、別の台に載った腕の指先が、母指から順に、ひとつひとつの関節を試すようにゆっくりと動き始めた。

「この腕は……作り物でござるか」

「腕だけではない。この女は隅から隅まで機巧で出来ている」

そう言われ、天徳はその機巧というものを仔細《しさい》に見ようと、首なし胴と腕の断面に顔を近づけた。

「そんなに見ないでください」

湯屋では裸を晒《さら》しても恥ずかしそうな顔ひとつ見せなかった女の首が、顔を赤らめて瞼を閉じ、唇を噛《か》んだ。

慌てて天徳は断端から目を逸《そ》らす。

「気にするな。人の形をしているだけで、命は宿っておらぬ」

とてもそうは思えなかった。この表情も、心があるように見せかけているだけで、意味のない形だけのものなのだろうか。

天徳は自分の右腕の先を見た。そこにはもう、自分の腕はないが、不思議と手がそこにある感触だけは残っていた。

「釘宮様……」

女の首が口を開いた。

「何だ」

「天徳様に、腕をつくって差し上げてください」

驚いて天徳は顔を上げた。

「そんなことができるのか」

久蔵が眉間《みけん》に深く皺《しわ》を寄せ、瞼に挟んだ拡大鏡のようなものを取り外す。

「人の体と機巧を繋げたことはない」

「でも、釘宮様なら……」

「伊武、お前は少し黙っていろ」

押し殺したように久蔵が言うと、女の首は素直に瞼を閉じた。

「戈尹斎《かいんさい》とかいう絵師の錦絵《にしきえ》が話題だろう。あれでお前のことを覚えたらしい」

どういうわけか、弁解めいた口調で久蔵は言う。

だが、天徳の頭の中は、腕が元に戻るかもしれないという、そのことでいっぱいだった。

表情から、それを察したのか、久蔵の方から口を開く。

「さっきも言ったが、人の体と機巧とを繋げたことはない。魂のない機巧を、心のままに動かせるようなら、心が乱れれば動きもおのずと乱れるかもしれぬ。どうなるかはわからないぞ。それでもいいか」

天徳は頷いた。

「金はあるのか。腕一本とはいっても安くないぞ」

「明坂藩のお抱えになれば、支度金として十五両が入る。それで何とか……」

少しばかり考える様子を見せてから、久蔵は頷いた。

陸《ろく》

長吉たちとのいざこざで、密《ひそ》かに殺されたのではないかと噂《うわさ》されていた天徳が、ひょっこりと湯屋に戻ってきたのは、それからひと月ほど経ってのことだった。

仙六や千歳に問い質《ただ》されても、どこに行っていたのかは言わず、無事、明坂藩のお抱えになっても、支度金の十五両はすぐになくなってしまった。

それでも仙六や千歳は、何か事情でもあるのだろうと、深く追及することはなかった。その優しさが、胸に沁《し》みた。

明坂藩の下屋敷に居を移し、同じお抱えの捔力《すまいとり》たちと起居を共にし、稽古《けいこ》で汗を流すようになっても、天徳は紋日《もんび》には欠かさず湯屋に顔を出し、孝行のつもりで、その時、自分が出せるだけの祝儀《しゅうぎ》を出した。

大場所の土も踏むようになると、天徳は順調に番付を上げていった。

「あら、天徳じゃないか」

その日も、天徳が湯屋に姿を現すと、千歳が高座から身を乗り出して、嬉《うれ》しげな声を上げた。

「今日は紋日でしょう。祝儀を持ってきました」

高座に置かれた三方に、天徳は持参してきたおひねりを入れた。ずしりと重く、中身はかなりの額である。

「大丈夫なのかい。お前、借金でもあるんじゃないかって、うちの人が……」

お抱えの時の支度金十五両を釘宮久蔵への支払いに充《あ》てたせいで、どうやらいらぬ心配をかけているらしい。

「せっかく来たんだ。ひとっ風呂《ぷろ》浴びていったらどうだい」

千歳にそう言われ、天徳は少し迷ったが、雪駄《せった》を脱いで脱衣場に上がった。

浴衣《ゆかた》を脱ぎ、洗い場に入ると、見知った顔ばかりだった。

三助をやっていた時は下帯を締めて仕事をしていたが、今は手拭《てぬぐ》い一枚で大事なところを隠しているだけだ。

洗い場だからそれが当たり前なのだが、妙に気恥ずかしかった。

「天徳じゃないか。久しぶりだね」

洗い場の片隅にいたお富が、早速、天徳の姿を見つけて手を振った。

「大した出世ぶりじゃないか。私も鼻が高いよ。早速だけど、お願いできるかい？」

「やめとくれ。天徳は今日はお客なんだから」

高座から身を乗り出して千歳が言う。

「冗談だよ。将来の大関取に背中を流させたんじゃあ、心付けをいくら払ったらいいかわかりゃしないからね」

そうお富が言うと、洗い場にどっと笑い声が上がった。

他の客たちも、天徳の背や胸板を叩《たた》いて、声を掛けてくる。

どうにも据わりが悪く、天徳は逃げるように浴室への石榴口《ざくろぐち》をくぐった。中は薄暗く、白い湯気が靄《もや》のように籠《こ》もっている。

浴槽に足を入れ、湯が大量に流れ出してしまわないよう、遠慮がちに腰まで浸《つ》かった。手で湯を掬《すく》い、顔を洗う。

ふと、天徳は自分の右腕を見た。

指先と手の平以外には、余すところなく白い波濤を模した化粧彫りがしてある。これは伊武という、久蔵のところにいる機巧人形《オートマタ》が描いたものだった。巧みなもので、どこが機巧との境目なのかもわからない。もっとも、皮膚を一枚剝がせば、その下には鈍く光る金属の腕が付いている。

何度か握ったり開いたりしてみたが、違和感はなく、本物の手がそこにあるとしか思えなかった。

いや、本物以上だ。

釘宮久蔵の屋敷で、右腕を機巧化してから数か月。

大場所に出るようになってから、天徳の取組は大きく変わったと評判だった。

以前は褄取《つまど》りなどの掛け手を得意としていたが、大場所に出てくる各藩お抱えの拘力らに、そのような小手先の技が利《き》く相手はおらず、自分の相撲が通じないことを、天徳は痛感していた。

黒星が続いたある日、右腕の様子を見せに久蔵の元を訪れた天徳は、思い余ってそのことを相談した。

常人の二倍、三倍の力が出るようにならないかと持ちかけたのだ。

大場所で勝ち越した時に藩から出る祝儀五両を代金にするからと頼み込むと、眉《まゆ》を顰《ひそ》めたのは久蔵ではなく伊武だった。

「それでは八百長ではありませんか」

投げ出すように台の上に載せた天徳の右腕の傍らで、伊武が言う。

切り落とされた腕の断端と、機巧の腕との間が、どのように融合しているのかは、詳しくはわからなかったが、刺青《いれずみ》の入った仮の皮膚が捲《めく》られると、確かにその下には、生身の人体では有り得ない、光沢のある金属の腕が現れる。久蔵は瞼に挟んだ拡大鏡を近づけ、耳かきか茶匙《ちゃさじ》のような細い道具を両手に持って、黙々と手を動かしている。

伊武はその反対側から覗《のぞ》き込み、手元の紙に細筆を使って図を写し取っていた。

あの時、久蔵は何も言わなかったが、確かに右腕の力は数倍になった。

上手からでも下手でも、とにかく右手で差せば、どんな巨漢でも簡単に転がすことができた。一度など、四つに組んだ相手に耳元で、「お前、河岸沿い生まれで捨てられたんだってな」と囁かれて逆上し、気がつけば夢中で相手の首を喉輪《のどわ》で絞めていた。

行司が割って入るのが遅ければ、もう少しで殺すところだった。まるで腕そのものが意思を持ったかのように、その時の天徳は無意識にそうしていた。

心が乱れれば、機巧の動きも乱れるのかもしれぬ。

浴槽に浸かりながら、複雑な思いで久蔵の忠告を思い出していた天徳の耳に、声が聞こえた。

「よう、天徳、景気いいみたいじゃねえか」

見ると、白い湯気の向こう側に人影があった。石榴口から誰かが入ってきた気配はなかったから、最初からそこにいたのだろう。

「その腕はどこから生えてきたんだ？　俺は確かにお前の腕を切り落とした筈なんだがな」

声の主は清十郎だった。

天徳は慌《あわ》てて立ち上がる。浴槽に張られた湯が大きく波立つ。

だが、逃げ出そうにも、出入り口になっている石榴口は低く、巨体の天徳は腹這《はらば》いになってそこをくぐらなければならない。相手が匕首《あいくち》でも持っていれば、刺してくれと言っているようなものだ。

「お前のお陰で散々な目に遭ったぜ。焼きを入れられた上に、女房を十三層に売られた。その上、可愛《かわい》い倅《せがれ》を人質に取られている。示しをつけて帰らねえと、何をされるかわからねえ。腕一本で済ませてやるところだったが、死んでもらうぜ」

そう言うと清十郎は浴槽の中で立ち上がった。

どうやって中に持ち込んだのか、手には長さ二尺ばかりの小刀が握られている。

「お父ちゃん、早く早く」

石榴口の向こう側から、小さな男の子の声が聞こえた。

天徳は石榴口を塞《ふさ》ぐように立ち、狭い浴室の中で、刀を構えた清十郎と対峙《たいじ》した。

小刀の切っ先で、清十郎が鋭く突きを放ってくる。天徳はそれに、右腕で鉄砲を合わせた。

鈍い金属音が、浴室の中に反響する。

尖端《せんたん》が天徳の右手の平に刺さったが血は流れず、貫通もしなかった。折れた刀の切っ先が反動で跳ね返り、清十郎の喉に突き刺さる。

切り裂かれた喉笛から空気が漏れ、ひゅっという音が立つ。

刀の柄を握ったまま、清十郎は飛沫《しぶき》を上げて浴槽に横倒しになった。湯が大きく波立ち、浴槽の縁から溢れ出す。痩《や》せた背中を上にして湯の中に浮かんだまま、清十郎は動かなくなった。

まずい。

天徳は腹這いになって滑るように浴室の外に出た。

洗い場の様子は、先ほどとあまり変わっていない。

石榴口をくぐろうとしていた小さな男の子が、腹這いになった天徳の背中にある長須鯨の刺青を、小さな手の平でぽんぽんと叩いた。

天徳はそちらを見る。

「天徳の背中の鯨に触れたら、強くなれるって聞いたんだ」

満面に笑みを浮かべて、椎《しい》の実のように小さな一物《いちもつ》をぶら下げた男の子が、そう言った。

「あれあれ、ごめんよ天徳。うちの人が目を離すから……」

腹回りの肉叢《ししむら》の緩んだ、母親と思しき中年増《ちゅうどしま》が、前も隠さずに慌てて男の子の傍らに小走りしてくると、足を滑らせてそのまま大きな音を立てて尻餅《しりもち》をついた。

その様子に、洗い場にいた者たちが笑い声を上げる。

「……ご免」

だが、一人だけ顔面蒼白《そうはく》の天徳は、呟《つぶや》くようにそう言うと、急ぎ足で洗い場から脱衣場に向かった。

「おや、もう帰るのかい」

高座から身を乗り出して声を掛けてくる千歳にも答えず、天徳は濡《ぬ》れた体を拭いもせずに、大急ぎで下帯を回して浴衣を羽織ると、湯屋の外へと飛び出そうとした。

「湯の色が赤いよ。今日は何湯の日だい？」

木戸から飛び出す時、先ほどの男の子が頓狂《とんきょう》な声を上げるのが背後から聞こえた。

こうなってはもう終《しま》いだ。

日が傾きかけた往来を、途方に暮れて天徳は歩く。

二、三日のうちに、人殺しの下手人として番所に手配されるだろう。明坂藩の下屋敷にも、もう戻れぬ。

殺した相手は長吉の手下だから、そちらからも追っ手が掛かる筈だ。

道を歩いていても、「お、天徳」などと声を掛けてくる者や、体に触れようと近づいてくる者がいるのが鬱陶《うっとう》しかった。

人気のない方、寂しい方へと歩いて行くうちに、雁仁堀に差し掛かった。

少しの間だけ身を隠すのならちょうど良いと考え、天徳は堀端に浮かんでいる小舟の一つに足を載せた。天秤《てんびん》が掛かったように小舟が大きく揺れ、味噌汁《みそしる》のような色合いに濁った水面に何重にも波紋が広がる。

板葺《いたぶ》きの低い屋根がついた小舟の中は、寝床一枚分ほどの広さしかない。肩を狭めて中に入ると、灯明に使う鰯油《いわしあぶら》の腐った臭《にお》いがした。

炎の明かりの中に浮かぶ女の姿を見て、天徳はぎょっとした。

齢《とし》はわからぬが、見た目には七十か八十の老婆《ろうば》のようだ。薄手の肌衣だけを羽織り、お面のように顔を白く塗りたくって唇には濃い色合いの紅を引いている。殆《ほとん》ど白髪となっている長い髪は、半分以上がごっそりと抜け、袖《そで》や胸元から見える地肌には、いくつもの染《し》みと膿疱《のうほう》が見えた。明らかに、何か悪い病気を患《わずら》っている。

「あらあら、大きな人だねえ。私に相手ができるかしら」

媚《こ》びたような口調で女が言う。

「できれば一晩、身を隠したいだけだ。頼む」

懐《ふところ》から金子《きんす》を取り出すと、天徳は女に差し出した。

「おや」

金に飛びつくかと思ったが、女はむしろ天徳の顔をまじまじと見て、不思議そうに首を捻《ひね》った。

「どこかで見たことがあるね」

天徳はうんざりした気分になった。まさか雁仁堀で舟売りをしている女にまで知られているとは思わなかった。

「こう見えても、私は昔、十三層でも上の方に部屋を持っていたんだよ」

だが、女は、妙なことを話しはじめた。

「ところが馴染《なじ》みの子を孕《はら》んでねえ。一度、鳥屋《とや》にはついていたから、子はできないと思っていたんだが、私は産むと決めて、遣《や》り手《て》に折檻《せっかん》を受けてもお腹は守り通したよ。強い子でね。どんなに腹を蹴《け》られても殴られても流れなかった。だけど私は、それが元で最下層落ちさ」

もしかしたら、少しばかり頭の方にも病が回っているのかもしれない。天徳はごろりと黴臭《かびくさ》い寝床の上に横になり、女が勝手に語っている身の上話に聞くともなしに耳を傾ける。

「大きな子でね。臨月にはお腹が満月みたいにぱんぱんに膨らんだ。その頃は、何度も腹の中に鯨が宿った夢を見たものさ」

愕然《がくぜん》として天徳は体を起こした。

「この先ずっと十三層の河岸《かし》沿い暮らしじゃ可哀《かわい》そうだと思って、親切な湯屋の夫婦に預けたんだが、あの子、今はどうしているんだろうねえ」

女は目を閉じて顔を俯《うつむ》け、目の端に涙を浮かべている。

あわあわと口を動かし、天徳は女の姿を仔細に見つめた。

何か声を掛けようと口を開いた時、不意に右腕が意思に反して動いた。

細く折れそうな女の首を摑《つか》み、一気に寝床の上に仰向けに押し倒す。

首を絞められて咳《せ》き込みながら女が言う。

「あんた、こういうのが好きなのかい。慌てなくてもお代は貰《もら》っているから、ちゃんと朝まで相手を……」

「違う」

尚《なお》も女の首を絞めようとする右腕を、天徳は左手で必死に摑み、引き剝がそうとした。いつだったか、土俵で相手を喉輪で殺しかけた時と同じだ。右腕が、天徳の意に反して勝手に動いている。

やがて女は本気で呻き声を上げ、暴れ始めた。小舟が激しく揺れる。

女の首からやっとの思いで剝がした右腕と格闘しながら、天徳は狭い小舟の中から月明かりの下へと這い出した。

「いたぞ！　天徳だ！」

小舟の繫がれた堀端の上に、複数の人影があり、龕灯《がんどう》の明かりが、いくつもこちらを向いている。

どうやら長吉の放った追っ手のようだった。激しく揺れる小舟を妙に思って集まってきたところに、探していた天徳が出てきたといった按配だろう。

機巧の右腕が堀端の石垣を摑み、天徳の巨軀《きょく》を引き摺《ず》り上げた。

追っ手の一人が斬りつけてきた刀を摑んで折り、棍棒《こんぼう》のように振るった右腕の内側が、相手の喉笛に強《したた》かに当たると、首の骨が折れる感触とともに追っ手は後ろ向きに一回転して頭から落ち、痙攣《けいれん》した後、動かなくなった。

他の追っ手が、体ごとぶつかってきた。

長さ一尺ばかりの匕首が、根元まで天徳の腹に突き刺さる。

当の天徳も、風車のように暴れる右腕に振り回されていた。必死になって腹に刺さった匕首を左手で引き抜くと、言うことをきかぬ右腕を切り落とそうと何度も斬りつけたが、暗闇に火花が散るばかりでやがて匕首の方が折れてしまった。

尋常でない天徳の様子に、残る追っ手たちが怖《お》じ気《け》づいて逃げ出すと、血だらけの天徳は地面に倒れた。

匕首の先が内臓に達したのか、流れ出る血は止まらず、やがて意識が遠のいてきた。

舟売りの女がどうなったか気になって、それでも地面を這い、天徳け小舟に乗り移ろうとしたが、その前に力尽きた。

漆《しち》

仲介人が持ち込んだ戈尹斎の下絵を見て、葵屋《あおいや》の主人は眉根を寄せた。

「『箱の中の天徳』？」

「こりゃいったい、どういう冗談で？」

画題には確かに天徳とあるが、その下絵は中央に碁盤の如き厚みのある木の箱と、それを縦横に展開し、歯車や撥条が事細かに描かれた機巧の細かい図が描かれているだけだ。目を引くのは、中央の箱に透かすように描かれた、何やら皺の寄った水母《くらげ》のような形をしたものくらいで、色気もなければ洒落《しゃれ》っ気もない、およそ戈尹斎の筆致とは思えぬ絵柄だった。

「気に入らなければ結構。戈尹斎は、もう描く気が失《う》せたようだ」

「まさか他の版元に移るつもりじゃないでしょうな」

疑うような主人の言葉に、久蔵は首を横に振った。

引き留めようとする主人を置いて葵屋を出ると、自邸への道を歩きながら、久蔵は考えた。

最初は刑場の腑分《ふわ》けの現場に伊武を立ち会わせ、骨格や臓腑の様子を筆写させていたが、それがなかなか良い出来だった。

これはと思い、同じく機巧人形を作る際の参考にするために、湯屋に通わせて老若男女関わりなく人の裸を覚えさせて描かせたが、描き手の主観が入らず、ただ覚えた光景を忠実に描き写すだけなのが、却って良かった。

試しにそれを、本業の者が見たらどう思うのかを聞くために、版元が興味を示しそうな女の裸を写した絵ばかりを選んで、久蔵が仲介人となって葵屋に持ち込んだのが、戈尹斎の始まりだった。

伊武の名前から、人でないものが描いた絵だということで伊の字から人偏を取り、それに合わせて武の止部を削ってほこがまえを残し、上下入れ替えた洒落である。

奇怪に思われたのは、ある時期から伊武が天徳の絵ばかりを好んで描くようになったことだ。

調べてみれば、その取的《とりてき》は、人体を描かせるために伊武に通わせていた湯屋の三助であった。

自らの意思で画題を選ぶようになった伊武を、久蔵は敢《あ》えて放っておいた。

人の形をした物には怪《け》が宿るというが、それと同様のことを、過去にも何度か経験している。

だが、それすらも、機巧の一部として再現できると久蔵は思っていた。飽くまでも、自らが仕込んだ機巧の中に、意図せぬ働きをする仕掛けが紛れ込んでいるのだと考えていた。それを知るためである。

機巧に魂が宿ることなど有り得ない。

久蔵はそう考えていた。だが——。

屋敷に戻ると、伊武は碁盤の如き、四つ足のついた箱に寄り掛かって眠っていた。

いや、眠っているように見えるだけだ。瞼を閉じて動きを止めているだけである。

伊武が瀕死《ひんし》の天徳を見つけたのは、雁仁堀で舟売りしている女の小舟の中だった。

機巧化した右腕は消えており、刺された腹の傷は腐って虫が湧《わ》いていたが、かろうじてまだ息はあった。

病気持ちのその女が、きちんと天徳の看病をしていたかどうかは疑わしいが、道端に放り出されたままだったら、物騒な雁仁堀でのこと、誰かに息の根を止められていたかもしれない。

箱は天徳のなれの果ての姿だった。

危急の策ではあったが、これを果たして人と言って良いものかどうか、久蔵は首を捻った。

「伊武」

声を掛けると、伊武がぱちりと目を開いた。

人の形をした命の宿らぬものと、命が宿っているだけのただの四角い箱。

面白い取り合わせだが、例えば自分なら、どちらも愛することはできぬと久蔵は思った。

そこでふと気がついた。すると人は、人を愛する時、形でも命でもない、別の何かを愛しているということになる。

だが、それが何なのか、久蔵は思い浮かばなかった。

「……今、夢を見ておりました」

「機巧が夢など見るものか。馬鹿馬鹿《ばかばか》しい」

にべもなく久蔵は言い放ち、その場に腰を下ろす。

「鯨になって海原を泳ぐ夢です」

そう言って伊武は箱を愛《いと》しげに撫《な》でた。

神代《かみよ》のテセウス

壹《いち》

大川を跨《また》いで中洲《なかす》観音《かんのん》へと向かう太鼓橋《たいこばし》は、その幅の広さから十間橋《じっけんばし》と呼ばれている。

袂《たもと》に立つと、山なりになった太鼓橋の頂は見上げるばかりで、参詣《さんけい》のために行き来する人が、まるで人形のように小さく見える。

田坂甚内《たさかじんない》は、橋を上り始めた。河口に近いので、微《かす》かに潮の匂《にお》いがする。朱塗りの欄干では、ところどころ海鳥が羽を休めているのが見えた。

十間橋の頂のところで、甚内は足を止めた。

ひょいと欄干から下を覗《のぞ》くと、漁網を載せた小舟が走っていくのが見えた。水面からの高さは五、六間といったところか。

続けて、十間橋の向こう側に広がる、中洲観音を一望する。

小島のような中洲全体に伽藍が広がっており、橋から繋《つな》がった参道は、途中に二層造りの梵天門《ぼんてんもん》を挟んで、鋭く天を突くような五重塔の相輪と、金箔《きんぱく》を押した瓦《かわら》で葺《ふ》かれた巨大な観音堂へと至っている。

傍らでは、遠くから参詣に来たと思《おぼ》しき旅装の老婆《ろうば》が、人目も憚《はばか》らず橋の上に跪《ひざまず》き、数珠《じゅず》を手に何やら拝んでいた。

初めてこの中洲観音を訪れる者は、十間橋を越える時に目の前に広がるこの荘厳《そうごん》な風景に、極楽浄土を思い浮かべるらしい。

一方の甚内は、この中洲観音の絢爛《けんらん》ぶりが、あまり好きではなかった。

十間橋を渡りきり、仲見世をひやかす参詣客の間を、甚内は辺りには目もくれずに歩いて行く。

今日は特別に人の姿が多かった。

月初の午《うま》の日には、中洲観音に縁日が立つ。境内には恒例のからくり屋台も出るらしく、見物目的の者も多いのだろう。

見上げるような大きさの梵天門をくぐると、その先は広場になっており、さらに賑《にぎ》わっていた。

広場の西と東に、二層で屋根が葺かれ、山車《だし》のように車輪のついたからくり屋台が、出番を待って鎮座している。

人混みをすり抜け、観音堂に足を向けると、そちらは思いの外、人影はまばらだった。

参道の傍らに建っている百度石の前で、甚内は足を止める。

白い石柱の、ちょうど目線の高さが灯籠《とうろう》のように空洞になっており、四面にそれぞれ、札をぶら下げた鉄の棒が差し渡されていて、お百度を踏んだ数を勘定する算盤《そろばん》になっている。

そのうちの一つが、使用中のようだった。

観音堂に目を向けると、そこには目当ての女がいた。

目も覚めるような赤い小袖《こそで》を着ており、黒髪は長い簪《かんざし》でひと纏《まと》めにしている。うなじの色は吸い込まれるように白かった。

女の名は、甚内が調べたところでは伊武《いぶ》。

幕府精煉《せいれん》方手伝、釘宮久蔵《くぎみやきゅうぞう》の屋敷に住んでいる女だが、家中の者なのか、それとも女中などの下働きの者なのかはわからない。久蔵に内儀はおらず、娘がいるという話も、今のところ出てこない。

この女は、何か用向きがあって大川端に出てくると、必ずこうして中洲観音でお百度を踏んでいく。

百度石にぶら下がっている算盤の札を見ると、あと数度で終わりといったところだった。

邪魔をしないように少し離れて、根気よく待つ。

最後のお参りを終えて戻ってきた伊武が、百度石に寄り掛かって待ち構えている甚内を見て、戸惑った表情を見せた。

その瞳《ひとみ》は、暗緑色の瑪瑙《めのう》のように、透き通るような色合いをしていた。思わず奥へと引き込まれそうになる。

「何か」

手を伸ばし、白く細い指で札の最後の一枚を横に動かしながら伊武が口を開いた。

声を聴くのは初めてだったが、思っていたよりも低く、落ち着いた声だった。

「いつもこちらで何かの願掛けをしていますね」

努めて穏やかに、天気の話でもするような口調で甚内は言った。

「時々お見かけすることがあって、気になっていました」

「そうですか……」

困惑したような口調で伊武が答える。

「いや、実は故郷に妹がいて、実によく似ていなさるのです」

「嘘《うそ》ばっかり。そんな手には乗りませんよ」

そう言って伊武は、口元に少しばかり笑みを浮かべる。

「嘘ではござらぬ。今日は露店も出ているから、ここはひとつ、団子でもご馳走《ちそう》させてください」

「よろしいですよ。男の人に声を掛けられるなんて、初めて」

さして嬉《うれ》しくもなさそうに言うと、伊武は赤い小袖の襟元を正した。

うまくいった。内心、甚内はほくそ笑む。

参道を広場の方へと引き返しながら、ほんのひと月前、幕府懸硯《かけすずり》方の屋敷に呼ばれた時のことを甚内は思い出した。

「精煉方の金の流れについて調べろと?」

平伏していた甚内が顔を上げると、目の前に座している懸硯方の柿田阿路守《かきたあじのかみ》が、微かに頷《うなず》いた。

「貝太鼓《かいたいこ》役の芳賀《はが》家から、詮議《せんぎ》無用で千五百両もの公金を精煉方に流すよう、毎年、下知《げじ》が出ている」

「では、それを……?」

詮議無用のものを、甚内のような公儀隠密《おんみつ》を使って探ることは咎《とが》となる。

つまりこれは、懸硯方による内偵ということだ。

「何、弱みさえ握ってしまえばこちらのものだ。貝太鼓役など恐れるに足らぬ」

まるで髭《ひげ》のように長く伸びた白い眉毛《まゆげ》を指先で引っ張りながら、柿田は言う。これは苛々《いらいら》している時の癖だ。

貝太鼓役は、その名の通り、表向きは戦に於《お》ける法螺貝《ほらがい》、陣太鼓などの奏楽を司《つかさど》る職である。天府《てんぷ》開幕の折から、芳賀家によって世襲されているが、戦のない太平の世にあっては仕事もなく、年に一度の鷹狩《たかが》りの行事で日頃の鍛錬を披露するだけの閑職だった。少なくとも、世間や公儀の要職たちの多くからは、そう思われている。

一方、懸硯方は、幕府の公金のうち、枢機《すうき》に関わるところを握る役職である。ただし、家格としては貝太鼓役の方が上であり、公金に関して口出しされれば従わないわけにはいかず、柿田はそのことを苦々しく思っているようだった。

甚内が属する公儀隠密は、立場としては直参なのだが、公には存在しないことになっているので、どこからも扶持《ふち》は出ていない。普段はそれぞれ勝手に公儀内の役職に仕えており、甚内の場合は、懸硯方から御付として扶持を得ていた。

御公儀に内憂外患の一大事でも起これば、御休息御庭之者《ごきゅうそくおにわのもの》として将軍の号令下に集まることになっているが、戦がなければ存在している意味すらない。その点では、貝太鼓役と同様だった。

「釘宮久蔵という男を知っているか」

柿田の言葉に、甚内は首を横に振る。

「精煉方手伝という立場にある男だ」

「手伝？」

あまり耳慣れない役職だ。

「機巧を専門にしているようだが、役付並みの屋敷を構えている。金の流れの隠《かく》れ蓑《みの》になっている疑いがある」

手伝という曖昧《あいまい》な役職をつくり、そこに資金を蓄えていることは、十分に考えられそうだ。

「わかり申した」

柿田の屋敷を出ると、日はまだ高かった。

夏でもないのにいつも藪蚊《やぶか》の多い、竹林に囲まれた長い坂道を下りると、その足で早速、教えられた釘宮久蔵の邸宅へと向かった。

途中、しとしとと霧雨が降り始めたが、それは却《かえ》って好都合だった。雨はこちらの気配を消してくれる。笠《かさ》を目深《まぶか》に被《かぶ》り、濡《ぬ》れるのも構わず甚内は早足で目当ての屋敷へと向かう。

釘宮邸は、各藩の下屋敷が並ぶ辺りから、川ひとつ隔てた寂しい場所にあった。聞いていたとおり敷地は広く、築地塀《ついじべい》越しに様子を窺《うかが》ってみたが、本宅の他に、さらに大きな別邸もあるようだった。

外側をひと回りし、甚内は立ち去ることにした。人気もなく、他に何もないだけに、用もなくうろうろしているのは怪しまれる。

築地塀の角に差し掛かり、そこから顔を出した甚内は、不意に人影を認めて足を止めた。

赤い傘を差した女が、釘宮邸の門から出てくるところだった。

それが今、甚内の目の前にいる伊武という女だった。

中洲観音のからくり屋台の催しは、見せ場に差し掛かっていた。

高さ三間ほどのからくり屋台の天辺《てっぺん》に、一間ほどの長さで樋《とい》のようなものが迫《せ》り出している。

梵天門前にある広場の東側と西側、それぞれの屋台の傍らに、毛氈《もうせん》が敷かれた台が組まれており、笛や提琴《ていきん》が音を奏《かな》でている。

ふと、東側の台から何かが跳ねる大きな音がして、迫り出した樋の上を、後ろ向きに宙返りしながら、背の丈三尺ほどの童子の人形が現れた。

集まった観衆たちが歓声を上げる。

童子の人形は、金銀の糸で飾られた豪華な素襖《すおう》を身に纏《まと》い、腰には太刀《たち》を佩《は》いていた。

どのようなからくりになっているのかはわからないが、樋の先端でくるりと向き直り、背筋を伸ばすと、何と腰の太刀の柄《つか》を握って抜いた。甚内も感嘆の声を上げる。

ふと傍らに立つ伊武の方に甚内は目を向けた。

どういうわけか、伊武は憂《うれ》いを浮かべた表情で、憐《あわ》れむように、屋台の樋の先端で見栄《みえ》を切っているからくり人形を見つめている。

甚内の公儀隠密としての勘が、どうもこの女は普通ではないと訴えかけてくる。ただ、その違和感の正体がわからなかった。こんなことは初めてだった。

鳴り物が響き、今度は西側の屋台が動き出した。

下腹に響くような低い太鼓の音とともに、屋台の奥から、墨染めの僧衣を着た、背丈四尺ばかりの人形が現れる。

東側の人形ほどの派手さはないが、どっしりとした動きで、首を左右に振りながら前へ前へと進んでくる。手には大長刀《おおなぎなた》が握られており、刺股《さすまた》や金棒を背負っていた。端整な顔をした童子の人形とは違い、こちらは剃髪《ていはつ》に髭面《ひげづら》でいかつい面相をしていた。

双方の人形が樋の先端に立つと、今度はそれを載せたからくり屋台が、丸ごと動き出した。

屋台の間にいた見物客が道を空けるように移動し、迫り出した樋の先端と先端が、触れんばかりにまで近づくと、からくり人形同士が、太刀と大長刀を交えて争い始めた。

甚内は唸《うな》った。評判こそ聞いてはいたが、これほどまでとは思っていなかった。

刃と刃が合わさるたびに、空中に線香花火のような小さな火花が散る。

からくり屋台を支える下方では、烏帽子《えぼし》を被った軍師のような格好をした男が樋の先で激しく争うからくりを睨《にら》みつけながら、采配《さいはい》を握って何か指示を出している。どうやら屋台の下層に何人か、それとも何十人いるのかわからないが、人形の所作を操る綱元《つなもと》が隠れているらしい。

やがて素襖を纏った童子が、僧衣の男を成敗し、からくり屋台の催しはお開きとなった。

集まっていた群衆が三々五々に散り始めると、甚内と伊武の二人も、十間橋に向かって人の流れに押されるように歩き出した。

「私が釘宮家の者だと知っていて声を掛けたのでしょう？　何かお聞きになりたいことがあるのではありませんか」

不意に伊武がそんなことを言い出した。

これには甚内の方が面食らった。

「いや、それは……」

どの程度、この女が見透かした上で言っているのかわからず、曖昧な返事をする。

「参りましたね。白状しましょう。以前にあなたの姿をお見かけして、ひと目で心を奪われてしまいました。ずっと声を掛ける機会を見計らっていたのです。釘宮様のご息女と見受けておりますが……」

飽くまでも色男のふりをして甚内は答える。

「私は、釘宮様の本当の娘ではありません」

甚内の方を見て首を傾《かし》げ、やや寂しげな表情を浮かべて伊武は言う。

「というと……」

「釘宮様も、良くしてはくれますが、私のことを娘とは思っておりません。いつか本当の娘になれるようにと、観音様に願掛けをしているのです。叶《かな》わないことなのはわかっていますが……」

「左様でござるか……」

掛ける言葉が何も浮かんで来ず、思わず甚内は声を濁らせた。

弐《に》

「どうもきな臭いのう」

そう呟《つぶや》いたのは、梅川《うめかわ》喜八《きはち》である。

「と、申されますと？」

「先年の暮れに牟田《むた》藩が改易にあっただろう」

甚内は頷く。

白い玉砂利が敷き詰められた天府城本丸の一角で、甚内と喜八は言葉を交わしていた。

長閑《のどか》な陽気だった。喜八は細い丸太で組まれた脚立《きゃたつ》の上に乗り、両手鋏《りょうてばさみ》を手に、花も実も落ちた梅の木の枝を切っている。

作務衣《さむえ》を着込んだ甚内は、脚立が揺れたり倒れたりしないよう、足元で押さえていた。

天府城の警固は、甚内ら公儀隠密に課せられた大事な義務の一つだが、戦のない世では、やることは見回りか、警固とは名ばかりの雑務くらいのものだ。

城内の詰め所に、常に出仕しているのは御休息御庭之者役の梅川喜八だけである。好々爺然《こうこうやぜん》とした小柄な老人で、いつ会っても、まるで能の翁面《おきなめん》のような笑顔を浮かべている。箒《ほうき》を片手に作務衣姿で城中をうろついていても、誰も気にも止めない。世話焼きなので、城中に仕える女中たちや、大奥の女たちからも慕われているが、その実は公儀隠密の元締めだった。

「闘蟋《とうしつ》改方《あらためかた》に当たったところ、やはり先年の御公儀御上覧の闘蟋会に、機巧化された虫が持ち込まれる騒動があったらしい」

両手鋏を手に、一本一本、吟味するように丁寧に枝を切りながら喜八が言う。

その耳の早さに甚内は舌を巻いた。

公儀隠密は、普段はそれぞれに雇い主が違い、抱えている案件も様々である。お互いの利害が絡《から》んでいることもあるから、どのような事情で動いているかは、同じ隠密同士でも明かさない。

ただし、例外がある。元締めである喜八だけは、配下である隠密たちがどのような案件で動いているかを、大まかにではあるが把握している。何日かに一度、こうして義務づけられている天府城での警固の見回り役の際に、促しておけば、次に会った時には、必ずそれらしい話を仕込んでいてくれる。

これは誠に重宝だったが、得られた報《しら》せを生かすか殺すかは、隠密本人次第だ。誰が抱えている案件なのか、何のために探っているのかまでは、さすがに喜八も教えてはくれない。

多くの隠密たちは、天府城の雑務や警固のために登城しているというよりは、喜八に会いに来ていた。中には義務づけられている日数よりも多く出仕している者もいる。

「闘蟋会では、最初は薬水虫《やくすいちゅう》が疑われたらしいが、その場で虫が機巧であることが明らかになったそうだ」

闘蟋は、元は天帝家の行事だったらしいが、今は御公儀だけでなく、広く市井《しせい》でも、賭《か》けの対象などとして行われている。

「牟田藩改易の理由はそれだと？」

「おそらくな」

枝を鋏の刃先で整えながら喜八が言う。

御公儀御上覧の闘蟋会に、機巧化した蟋蟀《こおろぎ》を持ち込んだとなると、これは前代未聞《みもん》のことであろう。

「それだけではない。八百長《やおちょう》を暴《あば》いた牛山《うしやま》藩の江川《えがわ》某という藩士も、行方知れずになっている」

不穏な話だった。

すぐ傍らを、二本差しした天府城詰めらしき者らが、連れ立って談笑しながら通り過ぎて行く。甚内たちには目もくれない。

喜八はいつもこの調子だった。まるで今日の天気か、昼餉《ひるげ》は何を食うかというような、世間話でもしているような按配《あんばい》だ。これでは喜八にその一件を漏らした闘蟋改方の者も、自分が何を喋《しゃべ》ったかすらも覚えていないだろう。

「その江川という藩士、消える直前まで、久蔵を伴って足繁《あししげ》く十三層に通っていたそうだ」

十三層といえば、天府の外れにある堀に囲まれた遊郭のことだ。

甚内は地面に散った枝葉を、綺麗《きれい》に箒で掃いて片付けると、喜八に心付けを渡し、天府城を辞した。

喜八の話は妙に引っ掛かった。実物を見たわけではないから俄《にわか》には想像がつかないが、蟋蟀のような小さな虫を、本物に見せかけるような機巧の技術を持つ者が、存在するのであろうか。

つい先日、伊武と一緒に見た、中洲観音のからくり屋台のことを甚内は思い出す。

甚内は、いわゆる機巧人形《オートマタ》の技術に関しては詳しくないが、密偵を始めてからの短い間に知ったことでは、それは元々、比嘉《ひが》恵庵《けいあん》なる人物が、卯州《うしゅう》で開いていた私塾から広まったものだという。

この恵庵というのは、別の件で、公儀隠密の間では知らぬ者がいない人物だった。

今を去ること三十年ほど前、舎密、電氣、機巧などについて教える私塾、「幾戒院《きかいいん》」を開いていた恵庵の元には、老若を問わず、それを学びに来る者たちがいた。

一時は百人を超える弟子を取り、卯月《うつき》藩からも特別な待遇を受けて、知識を学ぶために入所を希望する、諸藩の大名や旗本の子弟なども受け入れるほどの活況を呈していた。

その一方で、この恵庵という人物は、御政道に不満のある浪人者を秘《ひそ》かに集め、ごく側近の弟子たちとともに、火種のいらぬ鉄砲や大筒、どう使うのかもわからぬ奇妙な武具兵器の類《たぐ》いを大量に考案して製造し、それを隠し持って、虎視《こし》眈々《たんたん》と倒幕を狙《ねら》い、準備をしていた。

結局のところ、謀反《むほん》は恵庵の元に出入りしていた浪人者らの密告により未遂に終わった。恵庵は捕縛の上に打ち首獄門に晒《さら》され、弟子たちの多くも捕らえられ、同様の運命を辿《たど》った。

その後、幾戒院からは、多くの書物や図彙《ずい》、機巧などが押収《おうしゅう》されて詳しく検分され、精煉方が発展する礎《いしずえ》になったとも聞いていた。

それらはおそらく、精煉所の敷地内にある精煉方の屋敷か、蔵などに保管されているに違いない。

幕府精煉方の役職は、懸硯方の柿田阿路守もそうだが、世襲の貝太鼓役などとは違い、御公儀内の旗本や老中などが就いている。要は御政道に関わる者たちで担われており、精煉その他の技術を専門とする学者が役職にいるわけではない。特に精煉方は、調べてみればその特殊さ故《ゆえ》か、ここ十年ばかりで二回も役替えがあった。手伝である釘宮久蔵の方が遥かに長いくらいである。

やはり精煉方そのものよりも、釘宮久蔵の周囲や、比嘉恵庵との関係について詳しく探った方が良さそうだ。甚内はそう考えた。

気がつくと、足が勝手に中洲観音へと向かっていた。

心の内に、一緒にからくり屋台を見上げた時の、伊武の寂しげな表情が思い出される。

十間橋を渡って梵天門をくぐっても、広場に先日のような賑わいは見られなかった。観音堂に足を向け、百度石の前に至り、算盤を覗き込んだが、使われている様子はない。

妙な気分だった。落胆が半分。ほっと胸を撫《な》で下ろす気持ちが半分。

実際、伊武に会っても話すことなど何もない。先日のような形で何度も接するのはむしろ好ましくなかった。その一方で、無性に伊武に会いたい、言葉を交わさずとも、その姿を見たいと思っている自分がいる。

観音堂には向かわずに引き返し、十間橋を登ったところで、甚内はふと足を止めた。天府の町並みの遥《はる》か向こうで、白い煙を棚引かせているのは、幕府管轄《かんかつ》の精煉所に設置されている、二基の反射炉の煙突だった。

「比嘉恵庵様について聞きたいって？」

おどおどとした様子で、松吉《まつきち》という名のその男は上目遣いに甚内を見た。

物騒なことで名高い雁仁《がんじん》堀のほど近く。流れてきた板を使って建てたような小汚い一膳飯屋《いちぜんめしや》で、甚内はその男に会っていた。

「口の利《き》き方に気をつけな。甚内の旦那《だんな》には世話になってるんだ」

松吉の隣に座っている佐山半兵衛《さやまはんべえ》が、足先で強《したた》かに松吉の臑《すね》を蹴《け》り上げながら言う。

怯《おび》えた松吉が肩を縮こまらせる。

この半兵衛という男は、奉行所の廻り方同心に仕えている目明かしだが、元は窃盗やかっぱらいをやっていた半端者《はんぱもの》だ。

こういう連中の常で、立場が変わると今度は十手《じって》をちらつかせて、かっての仲間や同類を脅して金をせびり始める。

最も嫌いな質《たち》の相手だったが、何も言わずに甚内は縁の欠けた碗《わん》に手を伸ばし、白く濁った酒を口に運んだ。こういうやつは、餌《えさ》を与えて飼い馴《な》らせば、意外に従順で使い道がある。

「長吉《ちょうきち》親分には話を通してあるから、何でも聞いたらいい」

松吉の背中を拳《こぶし》で強く叩《たた》き、不必要なくらいの大声で半兵衛は笑った。

長吉とは、雁仁堀から蓮根稲荷《れんこんいなり》の辺りまで、天府のほぼ半分近くを縄張りにしているやくざ者のことだ。

かつて比嘉恵庵の事件に関わった者で、捕縛後、打ち首になっていない者の何人かは、帳外無宿の沙汰《さた》を受けている。長吉が身柄を預かっている者もいるだろうと、半兵衛に金を渡して探させ、連れて来られたのが松吉だった。

今は長吉の庇護《ひご》の下、物乞《ものご》いのような生活をしているらしいが、幾戒院に籍を置いていたというからには、一度は学問を志したことのある者だということだ。

だが、松吉には精彩がなかった。痩《や》せていて、ぎょろりと浮き出した目は、鼬《いたち》の巣に放り込まれた兎《うさぎ》のように、怯えた様子でひっきりなしに辺りを見回している。よく手入れもされていない月代《さかやき》には、白い毛がまばらに生えていた。

「取って食おうというわけではないから、気楽に」

甚内は、松吉の前に置かれた碗に酒を注いでやった。

正直、この男から面白い話が聞けそうだとは期待していなかった。

死罪を免れ、帳外れ程度で放免になっているということは、恵庵が起こそうとした謀反にも、さして深くは関わっていないということだ。知っていることは少ないだろう。

「旦那が注いでくださってるんだ、ちゃんと礼を言って飲み干さねえか、辛気くせえ」

なみなみと酒の注がれた碗を、黙って見つめているだけの松吉を怒鳴りつけ、半兵衛がまた卓の下で松吉の臑を鋭く蹴った。よけることも文句を言うこともせず、松吉はただ低く呻《うめ》き声を上げる。

「話ができぬ。少し黙っていてくれ」

鬱陶《うっとう》しく思い、甚内は押し殺した声でそう言った。

半兵衛は苦笑いを浮かべると、卓の上に載っている酒徳利を手にして、隣の卓にたむろしている柄の悪い連中に喧嘩《けんか》を売りに行った。

「すまんな。堅苦しい話ではないんだ。幾戒院にいたと聞いているが、その時の様子を教えてくれるだけでいい」

隣の卓で飲んでいた連中と、半兵衛が怒鳴り合いを始める。

松吉はそちらが気になって仕方がないようだが、面倒なので甚内は見向きもせず、放っておいた。

「その……旦那は奉行所の人で？」

「いや、違う。身分は明かせぬが、事情があって少し調べていることがある」

今にも摑《つか》み合いになるか、刃物を抜くかといった様子だった隣の卓のごろつきたちが、急に大人しくなった。

おそらく、半兵衛が懐《ふところ》の十手をちらつかせたのだろう。

ちらりと目をくれると、にやついた顔をした半兵衛と、うんざりした表情のごろつきたちが、揃《そろ》って同じ卓に座り直したところだった。

わざと因縁を吹っ掛けて、喧嘩になってから十手をちらつかせて脅し、後は相手に金を払わせて好き放題に飲み食いしたり、女を買いに行ったりする。こういうことを繰り返す十手持ちは多いが、いずれは恨みを買って雁仁堀にでも浮かぶことになる。そんな輩《やから》は今まで何人も見てきたが、仮に半兵衛が同じ道を辿ったとしても、知ったことではない、代わりはいくらでもいる。

「拙者はあまり詳しくないのだが、機巧人形というものは、比嘉恵庵の考案による技術だと聞いているが……」

半兵衛はごろつきたちに酒を注がせて、大声で昔の捕り物の自慢話を始めている。

甚内の問いに、松吉は慎重に思案し、それから訥々《とつとつ》と語り出した。

「手前が幾戒院に内弟子として入ってから、ひと月もしないうちに例の事件がありました」

甚内は心の中で舌打ちした。すると、この男は殆《ほとん》ど何も知らないまま、事件に巻き込まれたということだ。

不運には同情するが、これでは無駄足だ。

「『其機《そのき》巧巧之《こうこうの》如何《いかん》を了知する能《あたわ》ず』……」

松吉が呟く。

「ん、何だ？」

それと同時に、隣で半兵衛が大きな笑い声を上げた。ごろつきども付き合いで気のない笑い声を上げる。

「うるせえっ、静かにしろ」

こういう愚かな連中を相手にする時は、格差を思い知らせるために敢《あ》えて汚い言葉は使わないようにしている甚内だったが、苛ついて思わず口を衝《つ》いて出た。

思っていた以上に、その言葉には切れ味があったのか、半兵衛は意気消沈し、隣の卓は、まるで通夜《つや》の酒のようになった。

「よく聞こえなかった。もう一度、言ってくれ」

深呼吸し、気持ちを落ち着けてから松吉に声を掛ける。

「恵庵様は、天帝家に招かれて『神代《かみよ》の神器《じんぎ》』について調べておりました」

「ほう」

甚内は興味を引かれた。「神代の神器」とは、帝位のしるしとして天帝家に伝わるものだと朧気《おぼろげ》に聞いたことはあるが、それが具体的にどういうものなのかは知らない。

「その神器のことを、恵庵様は『其機巧巧之如何を了知する能ず』と申しておりました」

「つまり、神器とは何かしらの機巧だということか」

「私にはわかりません」

「もう少し飲むか？」

ひどいあばたを浮かべた店の女に声を掛け、新しい酒を持って来させると、殆ど減っていない松吉の碗に、甚内は酒を注ぎ足そうとした。

徳利を傾けた時、松吉が置かれた碗を手に取り、一気にその中身を呷《あお》った。何が可笑《おか》しいのか、半兵衛がそれを指さして笑い声を上げたが、甚内がひと睨みするとすぐに黙った。

「ひと月かふた月に一度、恵庵様は御所に呼ばれて上方に出向いておりました。機巧人形の技術は、『神代の神器』を検分することによって得たものだと、兄弟子から聞きました」

「うむ」

甚内は頷いた。

天帝家は十干十二支が還暦する六十年に一度、御所を丸ごと遷宮《せんぐう》する。上方とは、御所のある場所を指す帝家の言葉だ。

直近の遷宮は三十年ほど前だ。天帝家は神代の昔から女系によって世襲されているが、不思議なことに、久しく女児に恵まれていなかった。何かの呪《のろ》いのように、生まれてくる子は男児ばかりで、今上の天帝が継ぐまでは、傍系の宮家に生まれた女児に譲位する話まであった程だ。その天帝も体を壊し、今は殆ど人前に姿を現さない。

釘宮久蔵のことや、牟田藩改易のことを探っているうちに、話がどんどん妙な方に向かっている。

幾戒院が持っていた、機巧に関する秘技秘伝の類いは、多く精煉方に受け継がれたと聞いているが、そこには何か、天帝家に関する秘密が含まれているのかもしれない。だとすると、これは危険な案件だった。事は懸硯方が不審に思っている公金の流れや、柿田阿路守が考えているような、けちくさい御公儀内での政道の駆け引きでは済まないかもしれぬ。

精煉方や、未《いま》だその人となりが明らかでない釘宮久蔵の背後に、底なしの闇《やみ》のようなものを甚内は感じた。貝太鼓役がこれに嚙《か》んでいるのも気に掛かる。

「『其機巧巧之如何を了知する能ず』か……」

思わず甚内は口の中で呟いた。まるで呪文《じゅもん》のような言葉だ。

比嘉恵庵ほどの天才が、了知する能ずと言った機巧とは、いったいどのようなものなのか。

「やはり、牟田藩の御改易には、何か恵庵様のことが関わっているんで……？」

不意に松吉の方からそんなことを言い出した。

「どういうことだ」

聞き返す甚内に、困惑したような表情を松吉は浮かべる。

「だって旦那、牟田藩といったら、例の事件の時に、御公儀に計画を漏らした浪人が、その後、藩士に取り立てられたところですぜ」

上目遣いに甚内の顔色を窺いながら松吉が言う。

それは考えの埒外《らちがい》だった。牟田藩が、どこで機巧化された闘蟋を手に入れたのかは探っていたが、これはもしかすると、牟田藩の連中も知らないうちに、闘蟋がすり替えられていたということかもしれない。

薬水虫を指摘された時、牟田藩の者は、自信満々に闘蟋を茶碗に張った水に浮かべ、闘蟋改方や行司たちの前で検分を受けたという。考えてもみなかったが、その一件は、何者かが牟田藩の改易を狙って行った策略だということも考えられる。かつての恵庵の弟子による仕業とは考えられまいか。

「いろいろと参考になった。ありがとうよ」

そう言うと、甚内は立ち上がった。

參《さん》

精煉方手伝、釘宮久蔵。

その居宅に住む女、伊武。

比嘉恵庵の事件に、牟田藩の改易。

そして天帝家に伝わる、「神代の神器」……。

精煉方に流れる金の行方を探っているうちに、次から次へと新たな謎《なぞ》が顔を覗かせてくる。

『其機巧巧之如何を了知する能ず』……。

その神器の正体が、最も甚内の心をくすぐった。

比嘉恵庵は、反幕の重罪人であるが、その一方で、機巧の技術を広く世に送り出した功労者でもある。

武士でもない、市井のいち学者であった恵庵を、反幕に駆り立てたものが、「神代の神器」なのではないかと甚内は睨んでいた。

幾戒院にあった機巧その他の図彙は、恵庵の捕縛後、精煉方の元で検分され、保管されていると聞く。

これは一度、精煉方の敷地に忍び込まなければならないかもしれぬ。

恵庵が残した機巧の技術が、そもそも「神代の神器」から得られた知識を元にしているなら、それはすなわち、天帝家の持つ秘密が、そのまま流出したものだとも考えられる。

ただし、それが恵庵のような学者や、機巧師以外の者が見てもわかるものなのかどうかは疑問だった。仮にそれを甚内が垣間見る《かいまみる》機会があったとしても、理解できるかどうかは目にしてみるまでわからない。

懸硯方、柿田阿路守の屋敷に向かって歩きながら、甚内はどう報告するべきか思案していた。

この何日かの間に甚内が調べ上げたことは、いずれも柿田が期待するような内容ではない。肝心の金の流れはわからず、摑み所のない謎が増えただけだ。

柿田の屋敷は、猫地蔵《ねこじぞう》坂と呼ばれる長い坂道の上にあった。

日が暮れてすっかり暗くなった道を、息を切らすことなく甚内は上って行く。見上げれば月相は朔《さく》で、道理でいつもよりも余計に暗く感じられる。

屋敷に辿り着くと、いつものように家人を呼ぼうとしたが、どうも様子がおかしい。不審に思い、甚内は一度、敷地の外に出ると、屋敷の裏手に回った。表から見たところでは明かりはついていない。生垣の切れ目から裏庭に入り、勝手口の戸板に手を掛けると戸締まりはされておらず、あっさりと横に開いた。

暗い土間に入ると、竈《かまど》の前に俯《うつぶ》せに人が倒れていた。女中であろう。触れずとも死んでいるのがわかる。着ている物がどす黒い血で濡れていた。

血腥《ちなまぐさ》い臭《にお》いに満ちている台所の土間から逃れるように框《かまち》を上がると、血の臭いは薄まるどころかさらに濃厚になった。

直感が囁《ささや》く。殺されているのは一人や二人ではない。ことによると家人全員が惨殺《ざんさつ》されたか。

柿田がいつも使っている書院を探し、甚内は襖《ふすま》を開いた。

血や屍《かばね》など見慣れている甚内でも、思わず眉を顰《ひそ》めるような光景が、そこには広っていた。

消えかかった行灯《あんどん》の炎が微かに照らす中、柿田阿路守が死んでいた。

体は俯せに倒れているのに、顔は天井を向いている。確実に息の根を止めるためか、首は皮一枚を残して殆ど取れかかっていた。床だけでなく、白い漆喰壁《しっくいかべ》にも天井にも、返り血が飛び散っている。

押し込み強盗などの仕業のようには見えなかった。

傷口を見ると、首は後ろから一撃で斬《き》られている。並の腕前ではない。おそらく悲鳴を上げる暇もなかっただろう。

血の臭いの濃さから考えると、殺されてから一刻《いっとき》以上は経《た》っている筈《はず》だ。周囲で騒ぎになっていないところを見ると、家中にいた者は一人残らず殺されたものだと見える。逃げる間も与えず、段取りよく仕留めて回った証拠だ。

この仕事ぶりは、自分と同様の公儀隠密の手口を思わせた。

顎《あご》に手を当て、甚内は柿田が殺された理由について考えた。思いつくのは、今、自分が調べて回っている一件に関することくらいだ。喜八に問うても教えてはくれないだろうが、懸硯方の不穏な動きを探っている者がいたのかもしれない。

その時、屋敷の表側の戸口が激しく叩かれ、聞き覚えのある声がした。

「西町奉行所、廻り方同心手下の佐山半兵衛と申す！　番所に知らせがあり、様子を窺いに参った。どなたかおられぬか。返事がないなら検分のため上がらせてもらうぞ！」

これは嵌《は》められたか。

息を殺しながら甚内は立ち上がる。

時合いが良すぎる。甚内が柿田の屋敷に足を向けたところを見計らって、番所に知らせが入ったとしか思えない。

気配からすると、半兵衛はどうやら、番所詰めの手下どもを十数人、連れてきているようだった。張り詰めた声の様子からいっても、殺しがあったことを見越してここに来ているのだろう。

懸硯方は御公儀の要職である。おそらく、奉行所にも番所から知らせが走り、廻り方同心が数十人の捕り方を連れてこちらに向かっているに違いない。最も近い番所に詰めていた、目明かしの半兵衛らが、ひと足早く現場の囲い込みに来たのだろう。

のこのこと出て行けば、何を言っても下手人の疑いを掛けられ、取り押さえられるに決まっている。

こういう場合、番所付の目明かしの役目は、廻り方同心らが到着するまで、中から猫の子一匹出てこないよう見張ることだが、功名心に駆られた半兵衛は、愚かにも自ら屋敷に乗り込んで家捜ししようと考えたようだった。中に下手人が残っていて、廻り方同心が到着する前にそれを取り押さえれば、手柄になる。

表戸が開かれ、その濃厚な血の臭いに、入ってきた者らが、うっと呻きを上げるのが聞こえてきた。

半兵衛がよほどの馬鹿《ばか》でない限り、裏手の勝手口も手下どもが見張っている筈だ。

虚勢のような怒号を上げながら半兵衛らが入り込んでくる。もはや一刻の猶予《ゆうよ》もなかった。

甚内は、微《かす》かに火が残っている行灯を蹴り倒した。

火皿に残っていた油が床にこぼれ、消えかけていた火種が、一気に火焔《かえん》となって広がった。

辺りが煙に巻かれるのを待ってから腰の刀を抜き、部屋の外に飛び出した。

そこで半兵衛らに出くわした。

「だ、旦那？」

狼狽《うろた》えた声を出す半兵衛に向かって、甚内は容赦なく刀を振り下ろす。

半兵衛はそれを十手で受けようとしたが、上手《うま》くできずに弾《はじ》き飛ばされた。ごろつきを脅す以外の目的で使うのは、おそらく初めてだったのだろう。

怯《ひる》んだ隙《すき》に、半兵衛の胸板に、強かに正面から蹴りを入れた。廊下に一列に並んだ手下どもが、巻き込まれて将棋倒しになる。

火勢が増す前に、倒れた半兵衛らに背を向け、入ってきた時と同じ土間にまで戻ると、勝手口の戸板を体ごとぶつかるようにして破り、表に出た。

すぐに刀を構えて襲撃に備えたが、半兵衛は思っていた以上に馬鹿だったようだ。裏手を見張っているのは、たった一人だけだった。まるでやくざ者の出入りよろしく、半兵衛は連れてきた手下の殆どを引き連れて正面から押し入ってきたらしい。

勝手口から飛び出してきた甚内を見て、目を丸くしている手下の首元に向かって、思い切り刀の峰を打ち下ろした。

手下が呻き声を上げてその場に崩れ落ちる。

気絶した手下を担《かつ》ぎ上げ、甚内は手近の竹藪に入り込んだ。

素早く衣服を脱がせ、自分の着ているものと取り替える。

咄嗟《とっさ》に斬りつけなかったのは、手下の着ている服が破けたり、血が飛び散るのを避けたからだ。

鉢巻きを奪って締め、着物の裾《すそ》をからげて番所の手下風に帯の間に挟むと、甚内は屋敷を振り向いた。

だいぶ火の手が回っている。濃厚な煙が周囲に広がり始めていた。

着ている物を脱がされ、藪の上に倒れて気絶している手下の額に刀を突き立てて止《とど》めを刺すと、甚内は竹藪を突っ切って猫地蔵坂へと抜けた。

案の定、坂を上ってくるいくつもの御用提灯《ちょうちん》の明かりが見えた。

辺りに半兵衛ら、番所の手下どもの姿はない。廻り方同心が到着するまで確保しておかなければならない現場が燃えてしまい、どうしたら良いのかわからずに、まだおろおろとしているのだろう。

甚内は、明かりに向かって両手を振りながら坂道を走って下り始めた。

「大変でござる！　柿田殿の屋敷が燃えておりまする！」

できるだけ慌《あわ》てた様子で、素《す》っ頓狂《とんきょう》な声を上げる。

先頭にいる、火事羽織に陣笠《じんがさ》を被《かぶ》った廻り方同心と思《おぼ》しき男が、甚内に向かって怒号を上げた。

「急ぐべし！　急ぐべし！」

同心と、その後ろに連なっている数十名の捕り方に道を譲り、煽《あお》るように大袈裟《おおげさ》に両手を振り回しながら甚内は叫んだ。坂の上で炎と煙を上げている屋敷を目指し、駆け足で坂を上って行く捕り方らを見送ると、甚内はほっと胸を撫で下ろし、そのまま猫地蔵坂を走り下りて逃げ出した。

肆《し》

柿田阿路守の屋敷が焼失して数日後、甚内は柿田殺害の下手人として奉行所に手配された。

ある程度、覚悟していたことではあるが、これでは事情を探るために、御庭番である喜八に会いに行くこともできない。

懸硯方《かけすずり》であった柿田が殺され、甚内がその濡《ぬ》れ衣《ぎぬ》を着せられたのは、やはり精煉方《せいれん》についての探っていたからだろう。だが、実際には、こちらは何も知らないも同然である。

口封じに柿田を殺したのが何者であるにせよ、隠そうとしているものが何なのかを突き止めてやろうと思った。この状況では、却《かえ》ってそれを知っていた方が切り札になる。どう動くべきかの指針にもなるだろう。奉行所に出向き、申し開きをするならその後だ。

中洲観音の百度石を見張ること数日、ようやく伊武が姿を現したのは、初めて会った時と同じ、からくり屋台の立つ縁日の日、毎月の初午《はつうま》の日だった。

怪しまれぬよう竹笠を被り、大川の岸で釣り糸を垂れ、十間橋を中洲へと渡る人々に目を光らせていた甚内は、その中に、赤い小袖《こそで》を着て歩く女の姿を見つけた。

慌てずに、じっくりと待ってから、釣り竿《つざお》を足元に置いて十間橋を渡った。

百度石のある辺りまで来ると、やはり算盤《そろばん》が使われていた。

観音堂の方を見ると、人の群れの中に、伊武の着ている赤い小袖が見え隠れしている。

待っていれば、またこの百度石のところまで戻ってくる。

竹笠を深く被り直し、甚内は百度石から少し離れた場所で待った。やがて、つっかけた下駄を引《ひ》き摺《ず》りながら、砂利を踏んで戻ってくる女の足音が近づいてきた。

白く細い指先で、算盤の札を横にずらす。

その手首を、甚内は摑んだ。

「一緒に来てもらおうか」

頭一つ背の低い伊武が、笠の下の甚内の顔を見上げる。

慌てる様子もなく、訝《いぶか》しげな表情を浮かべて伊武は首を傾げた。

「前にここでお会いしたお侍様ですか？」

不思議に思うのも当然だった。前に声を掛けた時とは、甚内の様相は、身に着けている物から佇《たたず》まいまで、大きく異なっている。

伊武にだけ見えるよう、甚内は着物の合わせの下に隠した匕首《あいくち》をちらつかせた。

それで察したのか、伊武は微かに頷《うなず》き、甚内に従った。さほど狼狽えた様子は見られない。

甚内に促されるように、参道を十間橋の方に向かって引き返し始める。

「逃げぬのか」

こっそりと抜いて衣服の下に隠した匕首の先で、伊武の腰の辺りを小突いて歩きながら、甚内は言う。

参道を行き交う人に、そのことに気づく者はいない。すれ違いに、仲見世で売っている風車と水飴《みずあめ》を手にした子供らが、早く早くと親に向かって叫びながら走って行く。

「何か私に話があるのでしょう？」

歩きながら、振り向きもせずに伊武が言う。

「私もあなたに話があります」

その口調に、何故《なぜ》だか甚内の方が寒気を覚えた。

隠れ家にしている木賃宿まで連れて行こうと思っていたが、思いがけず甚内の方が誘導されている。

伊武の足は十間橋の方ではなく、参道を外れて、中洲の端にある、人気のない静かな、石玉垣に囲まれた分社が並ぶ一角へと辿り着いた。

大川に面した中洲の浜に近いその辺りは、黒松が何本か生えており、日陰が多く、涼しかった。

観音堂と違い、分社の周りに人影はなかった。猫が一匹、日向《ひなた》にある崩れかけた石《いし》灯籠《どうろう》の上で丸くなっているだけである。

鳥居をくぐり、玉垣の内側に入った伊武は、まるで神様の長屋といった按配で並んでいる稲荷や八幡《はちまん》、蹶速《けはや》神社の小さな分社の前にある、手近な石に腰掛けた。

ひと先《ま》ず甚内も、抜いていた匕首を鞘《さや》に収め、伊武がいきなり逃げ出さないように鳥居を背にしてその前に立った。

「話があると言ったな」

「釘宮様の何を探っているのです」

甚内の問いに、伊武が単刀直入に答えた。

「気づいていたのか」

眉根《まゆね》を寄せて言う甚内に、伊武が微かに頷く。

「前にここで声を掛けられた時から、わかっておりました」

声を掛けた甚内を、あっさりと相手にしたのは、この娘の方も、こちらが何者かを探っていたということか。

「面倒なことになりますよ」

上目遣いに忠告めいたことを言ってくる。

「もう遅い。すでに面倒なことになっている」

唸《うな》るように甚内は言った。

「雇い主が殺された。拙者も今、その殺しの嫌疑をかけられて追われている。率直に聞こう。釘宮久蔵は、比嘉恵庵と、どのような関係にあるのだ」

暗緑色をした瑪瑙《めのう》を思わせる瞳《ひとみ》で、伊武はじっと見つめてくる。まるで心の中まで覗《のぞ》かれているような気分だった。

「……甚内様は、この川を泳いで渡ることができますか」

海に向かって流れていく大川の方に目をやりながら、不意に伊武がそう口にした。

何を言い出すのかと訝しく思いながらも、甚内は答える。

「わからんな」

大川の川幅は広く、広い川というのは、ゆっくりに見えても、存外に流れの速いことがある。

「では、渡れたとして、同じ川をもう一度渡って戻ってくることができるでしょうか」

「何が言いたいのだ」

真意がわからず、苛《いら》ついて思わず甚内はそう問うた。

「同じ川を二度渡ることはできないのです」

伊武はじっと甚内を見つめながら言う。

「大川という、川の名前は、ただその形を示すものに過ぎません。水は常に流れており、海に注いでいます。昨日の大川と、今日の大川が同じに見えても、そこに昨日の大川の流れを構成するものは、何一つ残っていないのです。……では、大川という実体は、いったいどこにあるのでしょう」

「それは……」

口を開いたまま答えられずにいる甚内を後目《しりめ》に伊武は立ち上がり、着物の尻《しり》の辺りを軽く手の平ではたいた。

「奉行所も、貝太鼓役も、懸硯方も、まったく見当違いのことで動いているようですね。それにあなたも」

伊武が一歩、前に出ると同時に、甚内は一歩、後退《あとじさ》った。

甚内は匕首の柄《つか》を握ったが、丸腰の娘相手に、まったく心許《こころもと》ないざわついた気分だった。こんなことは初めてだった。

「帰ります。どいてください」

言われた通り、甚内は道を譲るより他なかった。

伊武は軽く会釈《えしゃく》をしながら甚内の脇《わき》をすり抜け、しゃなりとした足取りで去って行く。

気がつけば、甚内は水を浴びたように全身に汗を搔《か》いていた。

伍《ご》

黒い忍び装束に身を固めた甚内が、幕府精煉所の高い築地《ついじ》塀《べい》を乗り越えたのは、その日の夜半のことだった。

反射炉の注孔から覗く、赤く融《と》けた鉄が、遠くの闇にぼんやりと浮かんでいる。昼夜休まず、交代で精煉を続けている職方や人足たちの姿が、煙突の下に設《しつら》えられた小屋の軒下に、ぼんやりと影になって見えている。

警固は思っていたよりも薄く、忍び入るのは容易だった。そもそも敷地の殆どが精煉所なのだから、甚内が抱えているような事情でもなければ、忍び込む理由がない。反射炉や人足小屋のある方向ではなく、同じ敷地内にある、精煉方の屋敷へと甚内は向かう。

――まったく見当違いのことで動いているようですね。

伊武の口にした言葉が、脳裏にこだまする。

自分は何か大きなことを見落としている。そんな気がした。

殺された柿田阿路守は、精煉方の金の流れを気に掛けていただけだった。

奉行所は、単純に柿田殺害の下手人を甚内だと思い込んで動いているだけだろう。

わからないのは貝太鼓役と、精煉方の本当の目的、それから釘宮久蔵と伊武の正体だ。

単身で貝太鼓役の身辺を探るのは難しい。となると、残された方法はやはり、精煉方の敷地に忍び込み、比嘉恵庵の幾戒院から押収された、天帝家の「神代の神器」に関する書物か図彙を探ることだけだ。

問題は、甚内がそれらしいものを見分けられるかどうかだった。仮にこれが現物だと言って見せられたとしても、何が書いてあるのか理解できない可能性すらある。時間もあまりない。

反射炉のある辺りに比べると、精煉方の屋敷の付近は静かだった。

瓦葺《かわらぶ》きの立派な屋敷の傍らに、併設するように土蔵が建っている。幾戒院から押収された書などがあるとしたら、そちらの方だろう。

見張られている様子や、人の気配は感じられなかったが、慎重に土蔵の前まで移動すると、開器を使って戸口の南京錠《ナンキンじょう》を外した。

必要な分だけ薄く扉を開き、中に滑り込む。

暗闇の中、懐を探って胴火を取り出すと、持参してきた蠟燭《ろうそく》に火を灯《とも》した。

土蔵の中は、やはり書庫になっていた。天井近くまでびっしりと棚が設けられ、平積みにされた書物の小口が並んでいる。

予想していたことではあるが、これでは量が多すぎて手に負えない。何の手掛かりもなく、たった一晩でこの書物の中から、それらしいものを選び出すのは不可能のように思えた。

だが、そんなことを今さら考えても仕方がない。場合によっては、何度かに分けて忍び込むしかあるまい。

甚内は、端から順に、書名と巻数が書かれた小口書だけを確かめていく。それだけでも夜が明けてしまいそうだった。

一刻ほどの間、我慢強く一冊一冊の書名を改め、意味もよくわからぬその名称を、逐一頭の中に叩き込んだ。いずれまた忍び込む時のためだ。

ふと、棚の中段に何気なく置かれた書物に、甚内は強烈に引きつけられた。

『其機巧巧之如何を了知する能ず』

やや厚手の小口には、そう書いてある。

聞き覚えのある言葉だった。松吉の話に出てきた、比嘉恵庵が口にしたという、「神代の神器」を表す言葉……。

その一冊を甚内は抜き出した。表題にも同じ言葉が書かれている。

捲《めく》ってみると一枚目から、図が記されていた。

「これは……」

甚内は思わず息を呑《の》む。

内容の殆どは図面だった。詳しい寸法などの記載はあるが、それが何なのかは具体的には書かれていない。

だが、余計な解説などは不要だった。むしろ、何の但《ただ》し書きもないのが不気味に感じられた。

『其機巧巧之如何を了知する能ず』という言葉を知らなければ、他の書物に紛れて気がつくこともなかっただろう。内容を見ても、それが何なのかわからず、見過ごしていたかもしれない。

紙を捲るたびに、甚内の手が震えた。

御公儀のうち、このことを知っているのは誰と誰なのか。

もしこれが、貝太鼓役だけが握っている事実だとしたら、大変な事態になる。

比嘉恵庵は、この秘密を守るために幕府転覆を狙ったのか。

それまで漠然として繋《つな》がらなかったあれこれが、甚内の中で嵌め絵のように組み合わさる。

これは、釘宮久蔵に会わねばなるまい。

そう考え、甚内は手にしている書物を懐に仕舞い込んだ。

これを盗み出したことが知れれば、どのような申し開きも立たなくなるだろうが、知ってしまったことがもはや間違いだ。ならばとことんまで突き詰めなければ、気が済まない。

甚内は土蔵から出ると、南京錠を元通りに施錠し、再び精煉所の広い敷地を囲む築地塀を乗り越えた。

陸《ろく》

釘宮久蔵の屋敷は、各藩の下屋敷が並ぶ城下の町並みから、川ひとつ隔てた外れにある。

もしかすると奉行所の者たちが張っているのではないかと思っていたが、そんな様子はなかった。

深い緊張を孕《はら》みながら、甚内は釘宮邸の敷地に足を踏み入れる。

そこには、まるで甚内の訪問を予測していたかのように、赤い小袖を着た伊武が立っていた。

「お待ちしておりました」

伊武が深々と頭を下げる。

甚内は何も言わず、案内されるままに釘宮邸の敷居を跨《また》いだ。

奥の間に通されると、久蔵を呼びに行くためか、伊武が席を外した。

調度品は見慣れないものも多く、何に使うのかよくわからない品も置いてある。

部屋の隅では、金剛鸚哥《こんごういんこ》というのであろうか、背は瑠璃色《るりいろ》、腹は山吹色の鮮やかな色をした南国の鳥が飼われていた。螺鈿《らでん》細工の施された、高さ四尺ほどの漆塗りの黒い箱から突き出した、自然木でつくられた止まり木に、足枷《あしかせ》と細い鎖で繫げられ、退屈そうに自らの羽を啄《ついば》んでいる。

四つ足のついた、ちょうど碁盤のような形をした四角い箱も置いてあった。表には達者な筆致で、波飛沫《なみしぶき》を上げる長須鯨《ながすくじら》の絵が描いてある。手近にあったので、甚内はそれを引き寄せて腰掛け、久蔵か伊武が姿を現すのを待った。

落ち着かない気分で、懐に携えた、精煉方の蔵から盗んできた書物に触れる。何から問えばいいのか、まだ頭の中の整理がついていなかった。

人が戻ってくる気配があり、甚内はそちらを見た。

襖が開き、伊武が再び姿を現す。背後には男が二人、立っていた。

「ああ！」

甚内を見るなり、伊武が口を大きく開け、裏返った声を上げた。

そのまま小走りに近寄ってくると、当て身を食らわすようにして甚内を突き飛ばす。

わけもわからぬままに甚内は、床の上に仰向けにひっくり返った。

「これは腰掛けではございません！　座らないでください！」

長須鯨の絵が描かれた四角い箱を、両手で抱きしめるようにしながら、伊武が必死の顔で甚内を睨《にら》みつける。

「……初めてお目にかかる。田坂甚内殿か」

部屋の入口に立つ老齢の男が、面白くもなさそうに声を上げた。

足を投げ出して床に尻餅《しりもち》をついている甚内は、ばつが悪い思いで立ち上がった。

傍らでは、伊武がぶつぶつと文句を言いながら、着物の袖口で箱の表面を拭《ふ》いていた。何か大事なものだったようだ。

「釘宮久蔵だ。……こっちの男は知っているだろう」

久蔵は傍らに立つ小柄な男を示した。

そう言われても、誰なのかすぐには思い出せなかった。

よくよく顔を眺め、やっとそこに立っているのが松吉だとわかった。長吉の配下で物乞《ものご》いをやっているという、かつての幾戒院の内弟子。

前に会った時のようなおどおどした様子はなく、こざっぱりした格好で背筋を伸ばし、にやにやとした表情で甚内を見ている。

「伊武、お前は下がっていろ」

久蔵がそう言うと、伊武は腰掛けに使われたのがよほど嫌だったのか、四角い箱を大事そうに両手で抱え上げ、部屋から出て行った。

「さて、いろいろと遠回りしたが……」

手近にある舶来品の椅子《いす》を甚内に勧め、久蔵は自らも椅子を引き寄せて腰掛けた。松吉も同じように座る。

「ここに来たからには、恵庵が記した書を、お前も見たのだろう」

松吉が言う。この男が何でここにいるのかはわからないが、甚内はじっと二人を睨みつけながら言葉を吐いた。

「それよりも前に、こちらからも聞きたいことがある」

「だろうな」

久蔵が頷く。

甚内は深く息を吸い込み、気持ちを整えてから、口を開いた。

「……今、御所におられる天帝は、人ではないな？」

時が止まったかのような沈黙が訪れた。

やがて松吉が声を上げて笑い出し、久蔵も我慢しきれぬ様子で声を押し殺して笑い始めた。

「何がおかしい」

苛々とした気持ちで甚内は言う。

「見事だ。公儀隠密《おんみつ》で、そこまで辿《たど》り着いたのはお前が初めてだ」

そう言った松吉は、半兵衛と一緒に会った時とは、まったく雰囲気が異なっていた。すぐに誰か気がつかなかったのはそのせいだ。

「松吉、お前はいったい……」

「貝太鼓役付の公儀隠密だ。名は明かせぬ。松吉でよかろう」

甚内は言葉を失った。梅川喜八の他は、誰がどこに潜り込んでいるかは、同じ隠密同士でも知らない。

「では、幾戒院にいて、事件の際に捕縛されて帳外になったというのは……」

「お前の飼っている、あの佐山半兵衛とかいう十手《じって》持ち、換えた方がいいぞ。幾戒院の出の者を探しているというから、適当な話をでっち上げて近づいたら、裏も取らずにあっさりと信じ込みやがった」

松吉は笑う。

「お前もお前だ。長吉親分に裏を取らなかっただろう。調べてみな。長吉のところに、松吉なんて名前の物乞いはいねえ。もっとも、長吉にも金を渡して口裏を合わせていたから、どうせわかりゃしなかっただろうがな」

明らかに数枚上手の相手だ。貝太鼓役付の隠密だけのことはある。

おそらく、甚内が懸硯方の指示で精煉方を調べ始めた時から、動き出していたのだろう。

甚内の頭は混乱した。天帝が人ではない……おそらく、機巧人形《オートマタ》であろうという考えは間違っていないようだが、何がどうなっているのか、さっぱりわからない。

「比嘉恵庵殿は、『神代の神器』を検分するために御所に通っていた」

久蔵が口を開く。

「天帝家は久しく女児に恵まれなかったが、そんな中、先帝が第二子を懐胎された。ところが無惨にも、体の弱かった先帝は子を産むとともに崩御され、生まれた女児も、間もなく神上《かむあ》がられた。遷宮の費用だけでなく、あらゆる面で幕府に頼りきりだった天帝家は、公儀に付け入る隙を与えぬため、一計を案じた。直系に女児が生まれるまで、女児が生まれたと偽って機巧人形をつくり、そちらに帝位を譲ろうと考えたのだ」

甚内は息を呑む。

「それを可能にしたのが、天帝家に伝わる『神代の神器』だ。恵庵殿は秘密とされてきた『神代の神器』を検分することで、当時は不可能と思われていた、人と寸分違わぬ機巧人形を作り上げることに成功した。それが、お前が見た『其機巧之如何を了《そのきこうこうのいかん》知する能《あたわ》ず』という図彙《ずい》に記されていたものだ」

書物の内容は、まさに神代の時代に何者かによって作られた機巧人形の、詳細な図面だった。

書物には、それが神代の昔に封じられた天帝陵の、奥深くの石室の中にあった鉄の厨子《ずし》から見つけ出されたこと、それを元に、いかにして天帝の機巧人形が作られたかが記されていた。

さらに、天帝の機巧人形の詳細な設計図、赤子に始まり、節目節目に年相応に作り替えられ、恵庵が密《ひそ》かにその製作と検査分解、修繕を任され、御所に通っていたことが窺《うかが》えた。

「天帝家に女児が生まれれば、即、譲位がなされる予定だったが、生まれぬままに五年が経ち、十年が過ぎた。やがて御公儀にも、そのことを訝しく思うものが出てきた」

「貝太鼓役だ」

松吉が久蔵の話を引き継ぐ。

「比嘉恵庵は、その秘密を守るため……というよりも、自分のつくった天帝の機巧人形が、我が子のように可愛《かわい》かったのであろうな。それが明らかになる前に、幕府転覆を狙《ねら》って、浪人者などを集めて倒幕を謀《はか》ろうとした。実際、恵庵は弟子たちに指示して、舎密《せいみ》や機巧などを駆使し、見たこともないような武具兵器などを作ってそれに備えていた。天府と上方で同時に事を起こし、天府城に火を放って要人を暗殺した後は、自分の娘同然の天帝から勅命を受けて、幕府を討伐するつもりだった」

だが、その計画は賛同していた筈の浪人者から裏切りがあり、志半ばで頓挫《とんざ》した。密告者がその後仕えた牟田藩は、昨年の闘蟋《とうしつ》会で、機巧化した虫を持ち込んだ嫌疑をかけられ、藩ごと改易となっている。

「恵庵と弟子たちは捕らえられ、もはや天帝の機巧人形を新たに製作し、修繕できる者はいなくなった。体調を崩したと偽り、娘の姿のまま成長の止まった天帝は、御所に籠《こ》もって出てこなくなった」

「そこまで知っていて、天帝家が追及を受けないのは、その秘密を貝太鼓役が独占して、肝心の将軍家に知らせていないということだな」

息詰まるような空気に、喘《あえ》ぎそうになりながらも甚内は言う。

つまりそれは、貝太鼓役も別の形で幕府転覆を狙っているということだ。おそらくは、恵庵の狙った武力による倒幕のような方法ではなく、御公儀内での立場を守ったまま、改新のような方法で実権を掌握しようという動きだろう。その切り札となる事実を横から掠《かす》め取り、握っているということだ。

「察しが良いではないか。貝太鼓役は、予《あらかじ》め幾戒院に『やらせ訴人』を送り込んでいたのだ。それが……」

松吉が、傍らの久蔵に視線を送る。

「釘宮久蔵、お前か」

甚内は唇を噛んだ。

久蔵は表情一つ変えず、冷たい瞳で佇んでいる。

釘宮久蔵が、比嘉恵庵の元高弟なのではないかというのは予想していたが、まさか貝太鼓役の手先だったとは。

「その頃の儂《わし》は、天府ではそこそこの腕前と評判を持つ機巧師だった。伊武と一緒に中洲観音のからくり屋台を見たらしいな。あれは当時の儂の作だ」

「『神代の神器』の秘密を探らせるために、この久蔵に声を掛けて、恵庵のところに送り込んだ。俺が自分で潜り込んでも、舎密だの機巧だのわからんことだらけだから、すぐに馬脚を露《あらわ》してしまうからな」

松吉が言った。

「やらせ訴人」とは、予め潰《つぶ》したい藩や組織などに人を送り込み、五年十年かけて信頼を得た後、その相手の隠し事や悪事などを探らせて訴人に仕立て上げる一種の計略である。

「さて、そろそろお前が盗み出してきたものをこちらに渡してもらおうか」

そう言って松吉が、甚内に向かって手を差し出した。

「お前がそれを精煉方の蔵から盗み出してくるのを期待して、わざわざ書名を教えたのだ。奉行所が押収《おうしゅう》し、内容の意味もわからずに精煉方に預けたものだが、いずれ意味のわかる者が出る前に、貝太鼓役の手に渡さなければならぬ」

「渡したら、拙者も用済みということか」

「ますます察しが良いではないか。惜しいな」

周到な相手だ。自ら盗みに入って万が一、捕まれば、今度は貝太鼓役が疑われることになる。精煉方手伝の立場にある久蔵なら、閲覧したり持ち出したりすることは可能かもしれないが、処分することはできないし、特別な書物であることを、他者に勘付かせてしまうかもしれない。

それらを避け、何の関係もない甚内を操って、こうして目の前に欲しいものを盗み出させて持ってこさせたのだ。

「渡すものか」

懐《ふところ》に隠した書物を守るように、甚内は腰の刀の柄に手を掛けた。

「これを持参し、出るところに出れば、拙者の濡れ衣も晴らすことができよう」

「無駄無駄。貝太鼓役が何を目論《もくろ》んでいるかなど、奉行所の連中如《ごと》きは知りもせぬ」

そう言って、松吉は戯《おど》けて法螺貝《ほらがい》を吹く真似《まね》をしてみせた。

「日がな一日、法螺貝を吹いたり太鼓を叩《たた》いて暮らしているのが貝太鼓役だ」

どこに仕込んでいたのか、松吉は細身の小柄《こづか》を引き出した。

甚内も鯉口《こいぐち》を切る。

「あまり人の家の中を荒らさんでくれよ」

松吉の背後で久蔵が言ったが、すでに相対している二人は、相手の動きに一切の意識を集中しており、返事もしない。

甚内の額に浮き出た汗が、こめかみを伝い、顎《あご》から滴《したた》り落ちて床に触れた時――。

居合いのように先に甚内の手が動き、同時に松吉も動いた。

そして火薬の破裂する、大きな音が鳴り響いた。

一瞬、何が起こったのかわからなかった。

飛び込んできた松吉が、そのまま勢いを失って床に倒れる。

その向こう側で、久蔵が奇妙な形の短銃を手にしていた。銃口からは白い煙が上がっている。

「さすがは恵庵殿の考案した短銃だ。使うのは初めてだが、大したものだな」

飄々《ひょうひょう》とした様子で久蔵が言う。

倒れた松吉が、血の流れ出した床を爪《つめ》で掻きながら、呻《うめ》き声を上げる。

「ふむ、撃たれても死なぬとは、まるで蜥蜴《とかげ》のようだな」

「久蔵、おのれ……」

松吉は凄《すさ》まじい形相で久蔵を見上げている。

「どういうことだ」

状況が飲み込めず、甚内は警戒して久蔵に刀の切っ先を向けた。

「お陰でこやつとの縁を切れた。礼を言うぞ」

冷徹な口調で久蔵が言う。

「いくら背中から狙っても、この男を相手に一対一では、隙を窺えないからな。千載一遇の機会だった」

久蔵はそう言って、甚内を見て頷いた。

「止めを」

躊躇《ちゅうちょ》しながらも、甚内は松吉の喉《のど》に刀を突き立てた。蛙《かえる》のような呻き声を上げ、松吉が息絶える。

「事は急を要する。すぐに貝太鼓役の元に赴き、お前にかかった奉行所からの嫌疑を晴らす手筈を整えよう。松吉の替わりに、お前が新たな貝太鼓役付の隠密となるのだ。秘密を知る者は少ない方がいいからな」

松吉の心の臓が止まっていることを確かめた久蔵は、立ち上がるなり、そう言った。

久蔵には何か企《たくら》みがあるようだった。弱みを握られているようなものだから、甚内に否《いや》も応《おう》もない。これで懸硯方が察していた不穏な金の流れの件も、うやむやのまま闇《やみ》に葬《ほうむ》られるのだろう。

「何が何だかさっぱりわからぬ」

「先ほど言ったとおりだ」

久蔵は無念を感じさせる素振りで首を横に振った。

「機巧師として、からくり屋台の人形などを作っていた儂は、松吉に誘われ、『やらせ訴人』として幾戒院に入門することになった。入門するための金も伝手《つて》もなかった儂に、これは渡りに船のような話だった。最初は、当代随一と言われた比嘉恵庵の技術や知識さえ盗めれば、それで良いと思っていたが、何年もの間、師の下で学ぶうち、儂はすっかり恵庵様に傾倒してしまった。だが、松吉は公儀隠密だ。裏切れば命はなく、高弟となっても儂はそのことを、恵庵様に打ち明けることができなかった」

久蔵の言葉には、深い後悔が感じられた。

「天帝の機巧人形の製作に関わるうち、儂もその技術の元となった『神代の神器』を検分する機会を得たいと思うようになった。だが、それは叶《かな》わず、事件が明るみに出て、恵庵様は捕縛され打ち首となった。そもそも『やらせ訴人』として幾戒院に入っていた儂は、貝太鼓役の手で、すぐに放免となり、精煉方手伝の役職を得た。だが、儂は松吉の口車に乗って幾戒院に入ったことを今でも後悔している。儂のような人間は、市井《しせい》のいち機巧師で終われば良かったのだ」

息絶えた松吉の姿を見下ろしながら、久蔵は訥々《とつとつ》と語る。

天才か、それとも悪魔かと呼ばれるほどの機巧師である釘宮久蔵が、このような捩《ねじ》れを内に抱えているとは思わなかった。

やがて久蔵が部屋を辞すと、入れ替わりに伊武が姿を現した。

「伊武殿……」

「お支度を。貝太鼓役のところに向かいましょう」

そう言って伊武は微笑《ほほえ》んだ。

漆《しち》

算盤が百度目を数えるのを待ち、甚内は中洲観音の百度石の前に立った。

戻ってきた伊武が、少しばかり目を丸くして、百度石に寄り掛かっている甚内を見た。

「甚内様」

「その節は」

短くそう言って、甚内は笑う。

伊武は百枚目の算盤の札を横に動かすと、構わず十間橋に向かって歩き始めた。

「近く、天府から離れることになった」

伊武の歩調に合わせて付いて行きながら、甚内は言う。

「そうですか」

御庭番の梅川喜八を通じて、遠国御用《おんごくごよう》を言い渡されたのは、つい昨日のことであった。

あの後、久蔵があれこれと手を回し、奉行所からの手配はなくなり、死んだ松吉の代わりに、甚内が貝太鼓役付の新しい公儀隠密となった。

久蔵は久蔵で、今回の件で松吉を消し、その監視から逃れるのを狙っていたようだった。初めて声を掛けた時から、すでに伊武は甚内を公儀隠密と見抜いており、久蔵は松吉を殺した後、甚内を後釜《あとがま》に据えることまで予め考えていたらしい。

遠国御用は、表向きは奉行所から疑いを掛けられたことへの、御休息御庭之者《ごきゅうそくおにわのもの》役からの処分の形だったが、実のところは、御所から出てこない天帝について引き続き調べよとの貝太鼓役からの任であった。

「釘宮様は、深く悔いております」

歩きながら、伊武が言う。

「その証拠に、秘密が伝わらないよう、御公儀からの手が伸びる前に恵庵様のところから姿をくらました私を、どこにも突き出すことなく、娘のように扱ってくれております」

「すると、以前にお主が、自分は釘宮殿の本当の娘ではないと言っていたのは……」

言いかけた甚内に向かって、伊武は微笑んでみせる。

「私が、比嘉恵庵様の娘か何かだと思ってらっしゃいますか？」

「違うのか？」

「まだ、お気づきになられないのですね」

伊武は参道の真ん中で足を止める。

「甚内様はとても不思議な方ですわ。鋭い眼力の持ち主かと思えば、時々、肝心なことを見落としになる」

往来を行く人たちが、足を止めた二人をよけて、左右に分かれて流れて行く。

「私がお百度を踏んでいるのは、いつか人間になれたらと願っているのですよ」

一瞬では意味がわからず、聞き違いかと甚内は耳を疑った。

「……まさか」

「馬鹿《ばか》な願いだとはわかっています。でも、願うのは自由でしょう？」

再び伊武は歩き出した。

「すると、伊武殿は恵庵殿の手による作ということか」

だとすれば、伊武は天帝の機巧人形とは姉妹のようなものになる。

「釘宮様はそう思っているようです」

「どういうことだ」

太鼓橋になっている十間橋の、最も高いところで、伊武はまた足を止めた。手摺《てす》りから身を乗り出し、大川の水面を覗《のぞ》き込む。欄干を止まり木代わりにしていた海鳥が、慌《あわ》てて観音堂の金箔瓦《きんぱくがわら》の屋根に向かって飛び去って行く。

「いつだったか、同じ川は二度渡れないという話をしましたよね」

甚内は頷いた。話の内容はよく覚えているが、何故《なにゆえ》に伊武がそんな話をしたのかは、今でもわからなかった。

「天帝の機巧人形を作製するため、その手本として『神代の神器』を検分した恵庵様は、数年に亘《わた》って、その細部まで検査分解し、修繕と称して部品を取り替えていきました」

伊武の傍らに立ち、甚内も欄干から大川を見下ろす。

漁網を積んだ舟が一艘《そう》、川の流れに乗って、ゆっくりと通り過ぎて行くのが見えた。

「釘宮様もそうですが、機巧師というのは、未知なるものを見ると、どうしてもそれを手元に置くか、それが叶わなければ詳細に記しておきたくなるようです」

伊武が何を言おうとしているのか察することができず、甚内はその横顔を見た。

そこには、からくり屋台の人形を一緒に見上げていた時と同じ、憂《うれ》いの表情を浮かべる伊武がいた。

「古い部品と新しい部品を、少しずつ取り替えて行き、最後にはすっかり全部交換して、古い部品だけを使って組み直したら、本物はどちらということになるのでしょうね」

　そう言って伊武は甚内の方を振り向いた。

　その暗緑色の、瑪瑙のような色合いの瞳の奥に、神代から続く数千年の記憶を垣間《かいま》見《み》たような気がして、甚内は不意に背筋が寒くなった。

「天帝陵には今も、『神代の神器』と呼ばれているものが眠っています」

「だが、今の話からすると……」

「釘宮様は、私の体を細部まで検分することにより、恵庵様を凌《しの》ぐほどの機巧の腕前と知識を得ました」

　伊武は微笑む。

「いつか自らの手で『神代の神器』を検分するのが夢だと釘宮様はおっしゃっています。いざそれが実現した時、がっかりしなければ良いのですが……」

　伊武は軽く頭を下げると、十間橋を下り始めた。

　呆然《ぼうぜん》とした気分で、甚内はその後ろ姿を見送る。

　遥《はる》か遠くでは、幕府精煉所の反射炉の煙突が、相変わらず煙を棚引かせているのが見えた。

制外のジェペット

壹《いち》

「申しょーう、おひるーでおじゃあー」

舎人《とねり》寮に女孺《にょじゅ》の声が響き渡ると、春日《かすが》は眠い目を擦《こす》りながら、寝床から起き出した。

同じ部屋で寝泊まりする、同じ年頃の帳内《とばりのうち》の娘たちと一緒に、手早く白羽二重の丸《まる》袖《そで》に腕を通し、緋袴《ひばかま》を穿《は》く。

「寒いね」

「うん」

身支度を整えた他の帳内の娘たちと声を掛け合って微《かす》かに笑い、春日らは舎人寮を出た。

上から袿《うちき》を羽織っていても、身震いするほどに肌寒かった。まだ東の空は薄紅色に染まり始めたばかりで、吐く息は白い。

舎人寮のある郭《くるわ》の敷地は、高い石垣で三角形に仕切られている。

他に四つある郭も、いずれも同じ形をしていた。中央の五角形の郭に接し、御所のどこからでも、必ず中央にある天帝陵を通らなければ、他の郭には行けない構造になっていた。上から見下ろせば、御所は五芒星《ごぼうせい》の形をしている。

「おひる」とは、天子様が目をお覚ましになったことを示す御所言葉だ。

御所の朝は、天帝の目覚めから動き始める。

以前は判で押したように毎朝同じ時刻に目覚めていたが、ここ一年ほどは、よほどにお加減が悪いのか、数日に一度は、今日のように夜も明けぬうちから「おひる」になって御所の者たちを慌《あわ》てさせたり、日が高くなっても起きてこられず、逆にやきもきさせることがあった。

どこからか、ぼおーっという音が聞こえてくる。

輿丁《よてい》らが、火を焚《た》き始めたのだろう。

御所には縦横無尽に鉄管が張り巡らされている。御所の外塁にある炉に薪《まき》がくべられ始めると、夜のうちにすっかり凍《し》みついた鉄管の中を蒸気が通り、まるで楽器のような音を鳴らす。

それらは三十年前の遷宮《せんぐう》の際、幕府精煉《せいれん》方の手によって造られたもので、暖房の他、大膳寮《だいぜんりょう》での食事の用意などにも使われる。鉄管の継ぎ目に隙間《すきま》などない筈《はず》なのに、何《なに》故《ゆえ》に音がするのかと何度も調べたらしいが原因はわからず、御所の不思議の一つとなっていた。

足を汚さぬよう、舎人寮のある郭と、中央の郭を結ぶ渡殿《わたどの》を伝って、厚い築地《ついじ》塀《べい》に穿《うが》たれた重い通用口を開くと、その向こう側には天帝陵があった。

とはいっても、それ自体は周囲十数間ほどの低い築山のようなものである。

異様なのは、その入り口を塞《ふさ》ぐ蓋《ふた》の物々しさであった。

築山の外側を覆《おお》うように、半球状の分厚い鉄の屋根が被《かぶ》されており、さらにその外側に、蓋を押さえつけるように縦横無尽に重い鉄の足場が設《しつら》えられている。年に一度、錆《さび》を落とす掻《か》き起こしの行事はあるのだが、黒光りする鉄の表面は、ところどころ茶色く変色していた。地下から熱が上がってきているのか、天帝陵を覆う巨大な鉄の覆いからは、薄白く湯気が上がっている。

急拵《きゅうごしら》えに塞いだものを、さらに慌てて上から何重にも覆ったというような印象で、御所の随所に見られる優雅さや華美さのようなものは少しも感じられない。

かわたれ時の薄闇《うすやみ》の中、それらが描き出す影の向こう側に、炉の煙突からもうもうと煙が流れているのが見えた。すでに御所の者たちは全員起き出している筈だが、鉄管が立てる、ぼおぼおという獣の吠《ほ》え声のような音以外には、何も聞こえてこない。

天帝陵は、この場所に御所が築かれる以前からあった。

遷宮の際、大亀《おおがめ》の腹甲に祭文を刻んで火にくべて焼き、その亀裂《きれつ》で占う亀甲占《きっこううらない》で出た方角から、新宮を築くのに最も相応《ふさわ》しい場所として選ばれたのが、地下に「神代《かみよ》の神器《じんぎ》」が眠ると言われるこの天帝陵だった。

御所の中央に位置し、もっとも広い敷地を占めているこの天帝陵は、その一方で、普段は殆《ほとん》ど誰にも顧みられない。近づくのさえ禁忌で、春日も郭を行き来する時に、渡殿から遠目に眺めるくらいだ。

春日らは、天帝の眠る御格子《みこうし》の間へと向かう。

郭に入ると、「表」と呼ばれる御殿の手前で、女嬬の案内は終わりである。

待ち受けていた舎人が、今度は案内役となり、次に「奥」と呼ばれる御内儀《おないぎ》、つまり天帝の私邸の領域へと通じる、龍《りゅう》の絵が描かれた杉戸まで連れて行く。

杉戸の向こう側では、命婦《みょうぶ》が待っている。

今度はそちらに引き渡され、春日ら数名の帳内は、ぞろぞろと奥への渡殿を通り、膝行《しっこう》して中の口《もうし》から御内儀に入る。

毎朝毎朝のことだが、実に面倒だ。

途中、何度も案内が変わるのは、女嬬は表には入れず、舎人は表まで、奥から先は典侍《すけ》や命婦のほか、天帝のごく側近に仕える者しか入れないからだ。

天帝へ近づいて良い距離は、身分によって厳密に決まっており、「奥」の更に奥、「帳《とばり》」の内に入ることができるのは、天帝の親族以外では文字通り帳内の娘たちと、他には御差《おさし》や侍医のような特別な立場の者だけで、女官らの頂点である権命婦《ごんのみょうぶ》や権典侍《ごんのすけ》にも許されない。

一方で、帳内は御所に仕える官職の中では、侍従の属官である内舎人《うどねり》の、更に下に仕えており、禁中での身分は誰よりも低い。そのために却《かえ》って奥でも表でも人のようにも思われておらず、奥に仕える者たちからは、まるで空気のように扱われていた。

地下《じげ》家の子女などが、数年の短い間だけ官職に就くのが習わしになっており、家から帳内を出せば、六位蔵人《くらんど》と同等の家格となる。

寝室である御格子の間に入ると、天子様はまだ帳台で仰向けに横になっておられた。

相変わらず、うつろな目で虚空《こくう》を見上げている。

当番で御格子の間の隣室に泊まっていた二人の帳内が、帳台を覆う牡丹地紋《ぼたんじもん》の白緞《どん》子《す》の緞帳を上げており、後は天子様が自ら起き上がるのを待つばかりという様相になっていた。

寝間着は素足が寝具に触れぬよう、足先が袋状になっている。丸袖から出ている細い腕は、胸元で軽く組まれていた。

腰の辺りまである、緩やかに癖のある髪は栗色《くりいろ》をしており、その瞳《ひとみ》は琥珀《こはく》を思わせる透明な色合いを湛《たた》えていた。

初めて天帝のこの姿を目の当《ま》たりにした時、春日は息を呑《の》んだものだ。今はもう三十近い齢《よわい》になる筈だが、春日らと変わらぬ十四、五の年端《としは》もいかぬ娘にしか見えない。

重い患《わずら》いのせいで成長が止まっていると言われており、帳内の娘たちもそれを信じている。舎人寮に戻って同僚たちの会話に耳を傾けていても、素直に天子様のことを不憫《ふびん》がり、中にはそれを思って涙を流すような、純朴な子もいた。

帳内の方から天帝に話し掛けることは禁じられており、挨拶《あいさつ》をすることすら許されていない。従って、帳台から起きるように促すなど以《もっ》ての外で、天帝自ら起き上がるまで、黙って待つしかない。

春日は、お化粧《しまい》の支度を整えるため、同僚二人と帳の外に出た。

袖を紐《ひも》で襷掛《たすきが》けにすると、奥の別の場所にある湯殿に向かう。

鉄管の中を通る熱気で温められた熱湯が、もうもうと湯気を立てて樋《とい》を流れ、香木で組まれた浴槽から溢《あふ》れている。

桶《おけ》を使って湯を大盥《おおだらい》に移し、三人掛かりで持ち上げて、それを運ぶ。娘ばかりの帳内にはきつい力仕事だ。しかも奥の通路である入側《いりかわ》は全《すべ》て畳敷きであり、一滴も零《こぼ》すわけにはいかない。

御格子の間に戻ると、すでに天帝は起き上がっており、帳内に手伝わせて寝間着を脱いでいる最中だった。

肌は白磁のように滑らかで白く、膨らみ始めたばかりのような小さな乳房の頂には、淡く色づいた桜の蕾《つぼみ》を思わせる乳首が見えた。そそ毛は生えておらず、帳内の誰かが剃《そ》るのを手伝ったという話も聞いていないから、おそらく元から無毛なのだろう。

運ばれてきた大盥の傍らに屈《かが》み、天帝は手の平で湯を掬《すく》うと、二、三度に分けて顔を洗った。

それが終わると、今度は帳内たちが絹布《けんぷ》を湯に浸して堅く絞り、四人がかりで天帝の体の隅々まで清拭《せいしき》する。終わるまでの間、一糸纏《まと》わぬ姿の天帝は、肩幅に足を開いて立ち、両腕を肩の高さにまで上げて、微動だにしない。

化粧着に着替え、念入りに髪を梳《と》かして髷《まげ》を結い、白粉《おしろい》を塗って唇に紅を引くと、天子様は東司《とうす》、つまり厠《かわや》に向かわれる。御用便を済まされている間、東司を隠す緞帳の間から手首より先だけを出し、侍医が脈を診るという。

帳内も、さすがに東司まで付いていくことはせず、臭《にお》い消しの香を焚いたり、用が済んだ後の尻《しり》を拭《ふ》くなどの、おとうの世話は、御差と呼ばれる専門の女官がいるという話だったが、春日は会ったことがなかった。もしかすると、役回りが役回りなだけに、他の官職と接するのを禁じられているのかもしれない。

それらが終わると、「おなかいれ」と呼ばれる朝餉《あさげ》が始まる。

「申しょーう、おなかいれでおじゃあー」

目覚めの「おひる」を告げる時と同じく、命婦が舎人にそれを伝え、舎人が女孺にと、順々にそれを伝える声が、朝の明るい日射《ひざ》しに包まれ始めた御所に、長閑《のどか》に響き渡るのが聞こえた。


「春日」

不意に名前を呼ばれ、春日は驚いて辺りを見回した。

うとうとしていたから、空耳だろうか。

雪洞《ぼんぼり》の灯《とも》った御格子の間で、緞帳の下ろされた帳台の傍らに座し、天子様の寝息が聞こえてくるのを今か今かと待っているうちに、うっかり眠ってしまったらしい。

おひるやおなかいれと同様、天帝が眠りについたことも、「みこうし」として御所全体に知らせなくてはならない。御所での各々《おのおの》の動きは、天子様のご様子に合わせるのが原則なので、これは重大な役回りだ。天帝が眠りにつかない限り、殆どの官職も眠らずに、何か申しつけがあった時のために起きていなければならないからだ。

帳内がうたた寝をして、命婦にみこうしを伝えるのを忘れたら、下手をすると御所にいる全員が、夜が明けるまで一睡もせずに待機することになる。

慌てて春日は膝行し、緞帳の向こう側に耳を澄ました。寝息が聞こえるようなら、一度、帳の外に出て、控えている命婦に天帝がお休みになられたことを伝えなければならない。

「春日」

また声が聞こえた。

春日は再び辺りを見回す。

誰もいないのに声が聞こえるのはどういうわけだ。

肌が粟立《あわだ》つのを感じながらそう思った時、ふと、この部屋に自分以外にいる者のことを思い出した。

――天子様だ。

だが、春日はまだ半信半疑だった。

よくよく考えると、帳内として御所に仕えるようになって二年ほどが経《た》つが、一度も天子様の声を聞いたことがない。

御格子の間にいるのは、春日一人だけだった。

天帝のみこうしとおひるを伝えるため、御格子の間には毎日、交代で帳内が二人、泊まることになっている。一人は夜中に天帝が起き出して用事を伝えるようなことがあった場合のために、帳台の傍らに寝床を敷き、もう一人は控えの間で眠る。

こちらから声を掛けて確かめるわけにもいかず、仕方なく春日は、ご様子を窺《うかが》うために中を覗《のぞ》くことにした。

緞帳の合わせ目に指を差し込み、ごく控えめに一寸ほど開く。

見ると、天帝は目を覚ましており、帳台の浜床《はまゆか》に敷かれた寝具から体を起こし、こちらを見ていた。

ここぞとした春日の様子が可笑《おか》しいのか、天帝は口に手を当てて笑っている。

春日は狼狽《うろた》えた。

緞帳に指を挟んで覗き込む妙な体勢のまま、体が固まってしまった。もしかしたら自分はたいへんな不敬を働いたのではないかと気持ちが焦《あせ》る。

「名前は春日であっているよね。先ほどから何度も呼んでいるのに返事がなかったのは、眠っていたの？」

「お、お許しあそばせたもう」

あまりのことに畏《おそ》れ入ってしまい、驚いて声が裏返ってしまった。

膝を折った体勢のまま、蝦《えび》のように跳ねて一間ほど後退《あとじさ》り、額を床に擦りつける。

「面白い子ね。命婦にみこうしを伝えてらっしゃい。後で少し話し相手になってもらえないかしら」

そう声がする間にも、くすくす笑いが聞こえてくる。

言われた通り、春日はみこうしを伝えるために、一度、御格子の間から出た。まるで夢か幻でも見たかのような気分だが、天子様がそう言うなら従わざるを得ない。

遠くみこうしを伝言する官職たちの声を聞きながら、薄暗い御格子の間に戻ると、天帝が自らの手で上げたのか、帳台の緞帳の一枚が捲《まく》り上がっていた。

その向こう側で、体を起こした寝間着姿の天帝が、口元に笑みを浮かべて春日に向かって手招きをしていた。

貳《に》

上方《かみがた》の外れにある岡場所は、天府《てんぷ》の十三層の楼閣に比べれば、ずいぶんとうらぶれた感じがする。

御所から少し離れれば、賽《さい》の河原を思わせる蘆刈《あしかり》川の岸には、石葺《いしぶ》き屋根の掘立小屋が並び、砂埃《すなぼこり》のひどい往来を、痩《や》せた犬が歩いて行く光景が見られた。

それでも、この辺りでは最も高級な引手茶屋の二階の座敷を借り切って、遠く御所を囲む石垣を眺めながら、田坂甚内《たさかじんない》は盃《さかずき》に注いだ酒を口に運んでいた。

御所の外塁には、幕府精煉所にあった反射炉を思わせる煙突があり、白煙が棚引いている。

「譲位を奏上する御公儀の使者が、このところ頻繁に表御座所を訪れています」

「政務は誰が？」

「天子様はお患《あ》い悪しく、ずっと比留比古《ひるひこ》親王が執り行っております る」

比留比古親王は、今上の天帝の兄に当たる。

男子ゆえに帝位の継承権はないが、先日、妃《きさき》との間に女児が生まれた。

「ふむ」

頷《うなず》いて、甚内は目の前に座っている公家面《くげづら》の男を見た。

酒肴《しゅこう》を載せた膳を前に、いやにそわそわしている。早く遊女を呼びたいのだろうが、それは大事な話が終わってからだ。

男は、御所の大舎人だった。

幕府貝太鼓役《かいたいこ》が手懐《てなず》けている内通者だ。もっとも、本人にそのつもりがあるかどうかは別だが。

天帝家は、女系によって世襲されている。

女子である天帝の腹から生まれた者のみが、正しく天帝の血筋であるという建前である。

比留比古親王の妃は、将軍家の娘だった。

三十年前の遷宮の際、その費用の殆どを、天帝家は公儀から借り入れており、先帝崩御の喪が明けた頃、当時五歳だった万里《まり》姫を比留比古親王に輿入《こしい》れさせる話が出た際も、天帝家は断わることができなかった。そのことは、つい最近まで機密費を取り扱う懸硯《かけすずり》方付の隠密《おんみつ》だった甚内も知っている。

親王家もずっと世嗣《よつぎ》に恵まれなかったが、ここに来て帝家待望の女児誕生となった。

譲位を迫る使者が頻繁に拝謁《はいえつ》に訪れるようになったのは、そのためだろう。

今、譲位がなされれば、帝位は親王家に生まれた、まだよちよち歩きもままならぬ女児に受け継がれ、政務は現在のまま親王が摂政《せっしょう》として取り仕切ることになる。いずれ女児が大きくなり、自ら政務を行うようになれば、天帝家は実質的に将軍家に取り込まれることになる。帝家に任命される将軍職が、天帝よりも上の立場になるという逆転が起こるのだ。

巷間《こうかん》で大っぴらに口にする者はいないが、すでに今上の天帝は長きに亘《わた》る患いによって、子を産めぬ体になっているのではないかと噂《うわさ》されていた。それを別にしても、年を取れば取るほど子を産む機会は減っていく。婚礼の話もなく、身の回りの世話を帳内と称する年端もいかぬ娘たちに任せ、内豎《ないじゅ》などの少年らで後宮をつくる様子もない。三十を前にして、未通であるとも言われていた。

「主上に近しい者と話がしてみたい」

酒を口に運びながら甚内は言う。主上とは天帝のことだ。

「近しい者というと」

「身の回りの世話をしている従者だ」

甚内がそう言うと、大舎人の男は困ったような顔をしてみせた。

先帝は、今上の天帝の出生後に崩御している。一時は、死産で母子とも滅したと噂されたが、間もなく今上の天帝の無事だけが伝えられた。

父君は内豎を務めていた少年の一人で、兄である比留比古親王とは種違いである。今上の天帝が即位した後は、その父君は侍従長にまで出世したが、数年前に原因不明の病に罹《かか》り、世を去っていた。

「……それはできぬ」

簡単に承知するものと思ったが、意外にも大舎人の男は渋った。なかなか強《したた》かだ。心の内で舌打ちしながら、甚内は口を開く。

「金なら出す」

男は首を横に振った。どうやらそういうことではないらしい。

「直接、主上の身の回りの世話をしているのは帳内と呼ばれる特別な者たちだけだ。いずれも十五に満たぬ娘ばかり。幼い故に、目先の金やらで誘い出すことは難しい」

酔いで口調は怪しくなっていたが、そこは男も頑《かたく》なだった。

「なるほど」

甚内は頷いた。天帝と接する人数を、ぎりぎりまで減らしているのだろう。

御公儀の中でも、天帝が機巧人形《オートマタ》であることを承知しているのは、貝太鼓役の他は甚内と、あとは釘宮久蔵《くぎみやきゅうぞう》くらいのものだろう。

これは機密中の機密だった。目の前にいるこの大舎人の男も知るまい。帝家でも、それを知るのはおそらく比留比古親王を含め、数名にも満たないであろう。

「それに、帳内の官職についたら辞めるまで御所からは一歩も外に出ずに過ごす。連れ出すのは無理だ」

「では、近く官職から離れる者は？」

「それは……」

酒を飲ませただけで、あれこれとよく喋《しゃべ》っていたものが、急に口ごもった。わかりやすい男だ。

先を促すように甚内は銚子《ちょうし》を手に取り、身を乗り出して男の盃に酒を注いだ。

「先日、帳内の一人が粗相を起こし、近く御所から出ることになった」

「粗相とは何だ」

「詳しくはわからぬ」

「よくあることなのか？」

「稀《まれ》に。帳内は数年の任期を経た後、十五歳になると女嬬になるか、そうでなければ家に戻されるのだが……」

「ほう。その粗相があったとかいう帳内の娘は、家に戻されるわけではないのか」

男の語る言葉尻の、些細《ささい》な調子を見逃さず、甚内は畳みかけた。

「ここだけの話……」

口にするのは憚《はばか》られる話なのか、聞き耳を立てている者がいるわけでもないのに、きょろきょろと辺りを窺いながら男は言う。

「殺されるのか？」

言いにくそうにしていたので、甚内の方から斬《き》り込んだ。

大舎人の男が頷く。

甚内は表情こそ変えなかったが、内心では合点がいった。

これはおそらく、天帝が機巧人形であることに、帳内の娘が気づいたのだ。

天帝の身の回りの世話をする者が少ないのもそうだが、数年という短い間だけの官職になっているのも、御所の外に出るのを禁じられているのも、秘密を守るために違いない。

身近に接していれば、天帝が人間ではないことを看破してしまう者が、稀にいるのだろう。不運にもそれを知ってしまった娘の運命は、どうやら死であるらしい。

「詳しく教えろ」

少しばかり恫喝《どうかつ》するような口調で甚内は言った。

大舎人の男が怯《ひる》むのがわかる。

天帝が機巧人形であることを知った者が、粗相を理由に殺されているなら、かつて帳内を務めていた者を探して話を聞こうとしても無駄だ。もし仮に、その秘密を知っていたとしても、口を閉ざすに違いない。それを口にしたらどういうことになるかわかっているからこそ、無事に官職を終えることができたのであろうからだ。

甚内は腹を決めた。

殺されようとしている、その帳内の娘を勾引《かどわ》かし、話を聞けば、天帝が実際に機巧人形である確証が得られ、どのような状況にあるのかわかる。

「処刑は御所の内で行われるのか？」

「禁中で血腥《ちなまぐさ》いことは……」

その方が、甚内にとっては好都合だった。さすがに御所に忍び入り、人を攫《さら》って出てくるのは難しい。

「娘自身は、自分が殺されるとは知らずに出てくるのだな」

甚内の問いに、大舎人の男が頷いた。そうでなければ御所を出た途端に逃げられる可能性がある。

「よし。その日と段取りが決まったら、拙者に知らせてもらおう。連れ出される帳内の娘の名は？」

「春日……」

甚内は頷くと、手を叩《たた》いた。

控えさせていた遊女たちが数名、部屋に入ってくる。

深刻な面持ちで話していた大舎人の男の顔が、ぱっと輝く。

浮かれた様子を見せる男の姿を眺めながら、醒《さ》めた気持ちで甚内は考える。

これで御所の表の雑務を司《つかさど》る舎人の長だというのだから、今の天帝家を支えている者たちの程度が窺い知れる。

秘密をよく喋る者は、こちらのこともよく喋る。

この仕事が終わったら、人知れず斬ることになるだろう。

そう思いながら、甚内は傍らに寄ってきた遊女の胸元に手を滑り込ませ、白けた気分でその乳房をまさぐった。

参《さん》

「近う へ」

帳台の緞帳の向こう側から、天子様が手招きしている。

痺《しび》れるような気持ちで膝行し、春日は浜床の上に敷かれた天帝の寝床の傍らに寄って行く。

「もっと近う」

薄紅色をした天帝の唇が開き、浜床の上に乗って良いのかどうか躊躇《ちゅうちょ》している春日を呼び寄せる。その言葉の響きには、何か魔力のようなものすら感じられた。

そこで不意に目が覚めた。

駕籠《かご》に乗って御所を出てから、そろそろ半刻《はんとき》も経つだろうか。

窮屈な思いをしながら揺られているうちに、少しの間だけ眠ってしまったらしい。

春日、あなたは——。

あの時、天帝が口にした言葉を春日は思い出す。

天子様は何もかも見抜いておられる。

呆気《あっけ》にとられている春日の前で、天帝は緋縮緬《ひぢりめん》の帯を解き、足元が袋状になった白羽二重の寝間着を脱いだ。

春日は息を呑んだ。

見慣れている筈の天帝の白い肌が、薄ぼんやりとした雪洞の明かりの中で、くっきりと浮かび上がる。

「触って」

天帝は、春日の手首を握った。

その手は、驚くほど冷たかった。

帳内は、天子様の体を拭く時も、髪を梳かす時も、着替えを手伝う際も、決して直に肌に触れてはいけないことになっている。天子様の寝間着が袋状になっているのと同じ理由で、清浄が穢《けが》されるからだ。

だが、天帝はお構いなしに、狼狽える春日の手を、自分の胸元へと寄せた。

浮き出た肋《あばら》の上で、微かに膨らんでいる乳房の谷間に、春日は手を触れた。

心の臓とは明らかに違う何かが、律動を刻んでいる。

春日は顔を上げ、天帝を見た。

琥珀のような色合いの瞳に、自分の姿が映っている。

天帝は両手を伸ばすと、春日の両頰を挟むようにして引き寄せ、胸の中にその頭を抱いた。

「ああ……」

嗚咽《おえつ》を漏らし、春日は耳を押し当てる。

ひんやりと冷たい肌の向こう側から、手で触れた時よりもはっきりと律動が伝わってきた。

春日は目を閉じる。

天輪《てんわ》が回転して振り石にぶつかる微かな金属音。

大小の歯車が、規則正しく正確に嚙《か》み合い、撥条《ぜんまい》が張り詰めて軋《きし》んでいる。

天帝の体の内側にみっしりと詰め込まれた機巧が、閉じた瞼《まぶた》の裏の闇に広がり、春日をうっとりとした気分にさせる。

やはり、天子様は――。

そう思った時、天帝の方から口を開いた。

「朕《ちん》が人ではないことは、もう知っていますね」

瞼を開き、春日は吐息が掛かろうかというほど近くにある天帝の顔を見た。朕とは天帝が自らを称する際の言葉である。

「もう長いこと、朕の体は修繕を受けていません。生みの親である比嘉恵庵《ひがけいあん》様が、この世を去ってしまったからです」

その名前は春日も聞いたことがあった。

浪士を集めて幕府転覆を謀《はか》り、捕らえられて打ち首獄門になった、当代随一の機巧師。

「間もなく、朕の体の機巧は、動きを止めると思います」

「そんな……」

涙声で春日が呟《つぶや》くと、天帝は優しく、春日の黒髪の間に指を滑り込ませ、頭を撫《な》でた。

「そうなった時、あなたは朕を守ってくれますか」

春日は頷いた。自分に何ができるのか、まったく見当もつかなかったが、とにかく頷いた。

「ありがとう」

そう呟くと、天帝は春日の首筋に、微かに唇を触れさせた。

それから間もなく――。

天帝に「おひる」が訪れぬ朝が来た。

御所から駕籠を囲んだ一団が現れたのは、夜も更《ふ》けた子《ね》ノ刻《こく》のことだった。

鬼火のような十数個の松明《たいまつ》の光に照らされ、堀に架かった橋を渡ると、人目を避けるように西に向かって街道を進み始めた。

事前に知らせを受けていた通りの日にちと時刻だ。

忍び装束に身を包み、暗がりに潜んでいた甚内は、野犬の遠吠えを真似《まね》て、付近にいる矢車長吉《やぐるまちょうきち》の配下の者らに合図を送った。

やくざ者たちに忍び働きが務まるとは思っていなかったが、甚内は一匹狼《いっぴきおおかみ》で部下もおらず、選り好みはしていられない。

無宿人どもの元締めである矢車長吉とは、以前、天府であった事件の時に少しばかり絡《から》みがある。

貝太鼓役に事情を伝え、長吉に大金を渡して、刑場から年の頃、十四、五に見える女の死体と、甚内の下働きをする者らを数名、手配させた。

計画はごく簡単だった。春日という帳内の娘を乗せた駕籠を、夜盗のふりをした長吉の手下どもに襲わせる。

治安の悪い御所付近でのことだし、そもそも長吉の子分らは、夜盗とさして違いないごろつきどもだ。そのようなことが起こってもおかしくはないだろう。

しかるのち、御所から出てきた者らを皆殺しにし、春日を勾引かす。その際、用意していた女の死体とすり替える。

元々が春日をこっそりと殺すために、人目を忍んで御所から出てきた者たちだから、実際に春日が殺されたとしても、表立って大きな問題にはならないだろう。事件そのものが隠蔽《いんぺい》されることになるかもしれない。

公儀隠密が直接、手を下す事案としては単純な手筈だが、使うのがやくざ者たちでは、遂行には若干の不安があった。

列の後を、一定の距離を保って足音を立てずに付けながら、甚内は松明の数を数える。討ち漏らしがあってはまずい。

やがて列が、見通しの良い四つ辻《つじ》に差し掛かった時、段取り通り、前方の松明の光が乱れ始めた。

長吉の手下どもが、問答無用で駕籠を取り巻く列に襲い掛かったのだ。

腰の忍び刀を抜き、甚内は一気に距離を詰めた。

護衛たちも一応は武装しているようだったが、腰に帯びた、下げ緒の飾りや鞘《さや》の細工もきらびやかな太刀を抜く暇《いとま》もなく、次から次へと長吉の手下どもに斬り刻まれ、倒れて行く。中には一太刀も交えようとせずに、四《よ》つん這《ば》いになって逃げ出そうとする者もいた。御所の警士など、この程度であろう。

これなら長吉の手下どもに任せておいても大丈夫だ。

甚内がそう思った時である。

輿丁らが担《かつ》いでいた駕籠の中から、人影が飛び出してきた。

息付く間もなく、長吉の手下の一人の首が、勢いよく月に向かって跳ね飛ぶ。

――何だ?

素早く甚内は身を翻《ひるがえ》し、辻に並んでいる六地蔵の陰に転がり込んだ。

長吉の手下どもの怒号が飛び交い、その間を、まるで猿《ましら》のような俊敏さで影が走って行く。

すれ違いざま、また手下の首が飛んだ。

人影が刀を抜いている様子はない。

何を得物に使っているのかはわからないが、武者の動きではない。忍びか、その類《たぐい》の者だろう。

嵌《は》められたか。

甚内は一瞬、それを疑った。

あの大舎人の男が嘘《うそ》をついたか、そうでなければ、こちらの計画がどこからか事前に漏れたか。

そんなことを考えているうちにも、人影は次々と的確に長吉の手下どもを討ち取り、もはや四つ辻に生きて動くものはなく、無言となった警上と長吉の手下の死体ばかりが転がっている。

天帝家が古くから忍びを飼っているという噂は聞いたことがあるが、これがそうなのだろうか。

迷った末、甚内はこれを相手にすることにした。

どちらにせよ、手筈を途中で止めるわけにはいかない。

腰から空の鞘を抜き、甚内は辻の向こう側の藪《やぶ》に投げ込んだ。

仕留めた相手の息の根を確かめていた人影が、音がした方を振り向く。甚内は気配を殺し、相手の動きを待った。

慎重な足取りで、人影は甚内が鞘を放り込んだ藪へと歩を進めた。

かかったな。

甚内はそう思った。

こちらに背を見せた相手めがけて、棒手裏剣を放とうと立ち上がった時――。

それを待っていたかのように人影が振り向き、一気に両手を広げて何かを放ってきた。

一瞬早く、身を伏せながら甚内は後ろに飛び退《の》いた。

同時に、甚内が身を隠していた六地蔵の首が、次々にごとりと地面に落ち、月明かりに何かが反射した。

——鋼糸《はがねいと》か。

小さな分銅を先に括《くく》り付けた、鋭利で細い鋼の糸が、地蔵の首に巻き付き、まるで豆腐でも切るかのようにそれを切り落とした。

このような技を使う相手は初めてだ。

一つ所にとどまっていてはやられると思い、甚内は飛び出すと、辻を斜めに横切って走り出した。

人影も身を翻し、追ってくる。

振り向きざま、甚内は深く身を屈め、殆ど地面すれすれを飛ぶように人影に向かった。

頭上で、鋼糸が風を切る音がする。人影の臑《すね》を目掛けて、甚内は忍び刀を横薙《よこな》ぎに払ったが、刃先は僅《わず》かに届かず、相手が身に着けている裾《すそ》の詰まった裁着袴《たっつけばかま》を切り裂いたのみだった。

だが、甚内はすでに間合いの内側に入っていた。

これだけ近くては、先ほどのような鋼糸の妙技は使えまい。

低い姿勢から、勢いを付けて跳ね上がり、甚内は相手の顎《あご》めがけて下から頭突きを食らわせた。

「うっ」

人影が呻《うめ》き声を上げる。

狼狽えたのは甚内の方だった。

女の声だ。

後退った人影の胸ぐらを摑《つか》むと、甚内は力を込めて体を入れ替え、腰投げにして地面に叩き付けた。すかさず馬乗りになり、体の自由を奪う。そのまま喉笛《のどぶえ》に肘《ひじ》を押し当て、相手の動きが止まるまで力を込め続けた。

やがて相手が力尽きると、甚内はふらふらと立ち上がり、四つ辻に広がっている惨状を見渡した。

殺された御所の警士たちの落とした松明が、点々と地面で燃えている。

まだ燃え残っているものを拾い上げ、甚内は、辻のど真ん中に忘れ去られたようにぽつんと置かれている駕籠を照らした。

目立たぬようにするためか、黒漆塗りで飾りもないが、造りはしっかりとした乗物だった。

人影は駕籠の中から飛び出してきた。もしこの列が、甚内らの目を眩《くら》ますための囮《おとり》だとしたら、中は空かもしれないが、検《あらた》めなければなるまい。

横引きの駕籠の扉は開け放たれたままだった。

腰を屈めて中を覗き込むと、奥で身を竦《すく》ませている娘がいた。

「……お前が春日か？」

甚内は低く押し殺した声を出す。

松明を前に出して照らすと、娘の顔が見えた。

怯《おび》えたような目付きで、微《かす》かに首を縦に振っている。

すると、先ほどの人影は、この娘が逃げないよう、一緒に駕籠に乗り込んでいた者か。

大舎人から、春日の容姿などは聞き及んでいなかったが、思っていたよりもずっと華奢《きゃしゃ》な娘だった。

「着ているものを脱げ」

有無を言わさぬ口調で甚内は言う。

長吉の手下らが運んできた女の死体が、この四つ辻の近くにある納屋《なや》に隠してある。その死体と衣服を入れ替え、死んだと見せかけなければならない。用意している死体の顔は、すでに見分けがつかぬように潰《つぶ》し、髪の毛は燃やしてある。

だが、駕籠の中の娘は、脱げと言われて何を誤解したのか、あわあわと口を動かして首を横に振った。

もどかしく思い、甚内は松明を放り捨てると、駕籠の中に腕を差し入れて娘の両足首を摑み、一気に外に引き摺《ず》り出した。

黄色い悲鳴を上げ、ばたばたと手を動かして暴れる娘の顔を二、三度張って大人しくさせると、甚内は帯に手を掛けて一気に着ているものを引き剝《は》がした。

微かな月明かりに照らされ、娘の初《うぶ》な白い肌がぼんやりと闇《やみ》に浮かぶ。

腰巻き一枚となり、必死になって胸元を手で隠している娘に、忍び装束の上衣を脱いで被《かぶ》せると、甚内は娘を肩に担ぎ上げ、死体が隠してある納屋に向かった。

怯えているのか、抵抗もせず、声も上げない娘を納屋の柱に厳重に縛り付け、死体を引っ張り出して四つ辻に戻ると、駕籠に押し込んで松明で火を付けた。

燃え上がる駕籠を背にして納屋に取って返すと、娘を縛っている荒縄を解き、地味な色合いの小袖《こそで》と帯を与えた。

　この娘を御所の近くに隠して潜伏したり、人目のつく場所を連れ回したりするのは危険だ。

　これから数日かけて天府に戻り、長吉がつけているであろう段取りに従って、娘を十三層の遊郭に隠す手筈《てはず》だった。尋問なり何なりはそこで行い、必要なら貝太鼓役にも引き合わせる。

　あれこれと支度を整え、甚内が娘の方を見ると、小袖に腕を通したまま、帯を手にして途方に暮れていた。

「どうした」

「結び方がわかりませぬ」

「はあ？」

　思わず大きな声が出た。

　御所で働く者は、末席の者に至るまで、公家《くげ》の子息や子女に限られる。御所内では古式に則《のっと》った衣服での生活を強いられるとも聞いていたが、それにしても帯の結び方もわからぬとは、甚内のような育ちの者には思いもかけぬことだった。

「貸せ」

仕方なく娘の手から帯を受け取り、甚内が締めてやることにした。

両腕を挙げた娘の、小袖の前を合わせてやると、腰に手を回すようにして帯をくぐらせ、結んでやった。これではまるで僕《しもべ》のようだ。娘は当たり前のような顔をしている。何やら妙な按配《あんばい》だった。

「下は？」

膝小僧《ひざこぞう》があらわになるのが落ち着かないのか、小袖の裾を下に引っ張りながら娘が言う。

「ない」

短く甚内は答える。御所の女官たちは、おそらく下に緋袴などを合わせるのだろう。公家の出では、袴を略す庶民の着こなしなど、目にしたこともないのかもしれない。

「粗相があって帳内《とばりのうち》を免じられたと聞いているが、その理由に心当たりはあるか」

もじもじと恥ずかしげに内股《うちまた》を摺り合わせて立っている娘が、きっと甚内を睨《にら》みつけた。

「心当たりとは」

「例えば、天帝の重大な秘密を知ってしまったとか、そのようなことだ」

わざと答えをぼかして甚内は問う。

娘の口から、直接言わせなければ意味がない。

甚内を睨みつけながら、娘はじっと考えているようだった。

何故《なにゆえ》に自分が勾引かされたのか、そして甚内が何者なのか推し量っているのだろう。

「お前は殺されようとしていたのだ」

娘の顔を見据えて、甚内は言う。

「こちらの調べでは、過去にも人知れず殺されたと思《おぼ》しき帳内が何人かいる。ただの粗相でそこまでするとは考えにくい」

娘は無言だったが、何かを隠している様子が感じ取れた。

「まあいい。答えたくないなら、自ら話したくなるようにしてやるだけだ」

脅しをかけるように言うと、娘の目に動揺の色が浮かんだ。

「あなた様はいったい何者ですか」

娘が上目遣いにこちらを見る。

「それは教えられぬが、本当のことを話してくれれば、我々の手でお前を守ってやることもできる。手荒なことは拙者もやりたくないからな」

隠密の仕事に情は必要ないが、さすがにこのような年端《としは》もいかぬ娘を拷問《ごうもん》にかけたりするのは気が引ける。

「天府までは数日かかる。その間にゆっくりと考えることだ。言っておくが、御所に戻っても生家に逃げ帰っても、どちらにせよ、もう居場所はないぞ」

「天府へ行くのですか」

娘が目を大きく見開いてそう言った。

肆《し》

「で、その春日という娘は」

「存外に大人しく、素直にこちらの言うことを聞いております」

貝太鼓役である芳賀《はが》羽生守《はにゅうのかみ》の手にしている盃に酒を注ぎながら、甚内は言った。

「しかし、肝心なことはまだ……」

甚内がそう言うと、貝太鼓役は微かに頷いた。

蟹《かに》のような四角い扁平《へんぺい》顔をしており、額の真ん中には大仏のように大きく隆起した黒子《ほくろ》があった。顔の大きさに比して目は小さく、中央に寄っていて黒目がちである。知らぬ者が見れば、愛嬌《あいきょう》のある風情《ふぜい》だろう。

「今、この機会での譲位は阻止せねばならぬ。こちらの地固めが済む前に、御公儀が帝家を取り込んでしまえば、もはや我々が立ち回る余地もなくなる」

御公儀からの使者が、頻《しき》りに譲位を奏上しているという件は伝えていた。

「ところで久蔵のやつめはまだか」

盃が伏せられた、人のいない膳《ぜん》を横目に見ながら、貝太鼓役が言った。

釘宮久蔵もこの席に呼んでいたが、約束の時間から、もう半刻も経とうかというのに、まだ姿を現さない。一介の機巧師が貝太鼓役を待たせるなど、あり得ぬ話だが、久蔵がそのようなことに頓着《とんちゃく》する質《たち》だとも思えなかった。

甚内と同様、久蔵も貝太鼓役の影響下にはあるが、信頼によって主従の関係が築かれているわけではない。酒席を共にすることすら、久蔵は不愉快に思っているかもしれなかった。

久蔵が来てからと思っていたが、そろそろ貝太鼓役の機嫌も怪しくなってきたので、仕方なく遊女らを座敷に呼ぶことにした。

新造を何人も引き連れた、貝太鼓役の馴染《なじ》みの太夫《たゆう》が座敷に現れ、恭《うやうや》しく挨拶《あいさつ》を述べた。

芸妓《げいぎ》が提琴《ていきん》を奏《かな》で、それに合わせて立方《たちかた》が、扇子や手拭《てぬぐ》いを手に舞い始めたが、貝太鼓役と甚内の視線は、遊女たちの末席に連なっている禿《かむろ》姿の娘に釘付けだった。

甚内が御所から勾引かしてきた娘である。

足が痺れるのか、それとも正座の姿勢が慣れぬのか、頻りにそわそわと体を動かしている。座敷に上がっているのが甚内だと気づいてからは、ちらちらとこちらを盗み見てくる。

着飾ると驚くほどに見栄《みば》えがする娘だった。淡い色合いをした長い髪は、禿らしく短く切り揃《そろ》えられ、丁寧に櫛《くし》を通して梳《と》かしたのか、緩く癖のかかっていたものが真《ま》っ直《す》ぐに整えられていた。白粉《おしろい》を塗り、小さく紅を引いて、いかにも愛くるしく仕上がっている。

天府に連れてきた後、娘は長吉の手下が人買いから譲り受けた者として、貝太鼓役の馴染みの太夫に預けられていた。

禿として十三層の楼閣に預けられれば、太夫を始め、その周囲にいる新造や他の禿たちと常に一緒で一人きりになることはなく、また遣《や》り手《て》や若衆などの目が光っていて逃げ出すことはできない。

十三層は奉行所などもおいそれと踏み込むことは許されておらず、また、事情を含めて禿として預けることを太夫に伝えておけば、密談や取り引きの場として使われることも多い十三層では、上層に座敷を持つ遊女ほど口は堅いので安心だ。

わけありの者ばかりが集まるこの場所で、自分は御所に仕える女官であったと、仮に娘が言い出したとしても、本気で耳を貸す者はいないだろう。

勾引かしてきた娘を隠しておくには、十三層は誠に都合が良かった。

久蔵が到着し、酒宴が終わったら、何かしら理由をつけて、この娘だけを座敷に呼ぼうと甚内が考えていたその時――。

突然、大きな爆発音とともに、十三層が揺れた。

座敷にいた遊女たちが悲鳴を上げ、奏でられていた音楽が中断された。

何事かと甚内は立ち上がり、黒漆塗りの枠が入った障子戸を横に開いて、表に面した回廊に出た。

高欄から身を乗り出して下層を見ると、ひとつ下の層の屋根瓦《やねがわら》の向こうから、黒煙が立ち昇っているのが見えた。

急ぎ甚内が戻ると、すでに座敷の外に控えていた芳賀家の武者が貝太鼓役を守り、十三層の若衆が先導して、客と遊女たちを楼閣の外に逃がそうとしている。

「何事だっ」

青ざめた顔で、貝太鼓役が鋭く言い放つ。

「階下にて爆発があった模様。貝太鼓役様は、速やかに外へ……」

「お前は？」

言ってから、貝太鼓役も気づいたようだった。

甚内が様子見に表に出た時には、確かにいたあの娘が、姿を消している。

行けと促すように貝太鼓役が甚内に向かって目配せをした。

もしかすると、若衆に連れられて先に建物の外へ逃げたのかもしれないが、客や太夫より先に禿が連れ出されるとは思えない。

胸騒ぎがした。

この爆発は、娘を奪い返すために仕掛けられたものなのではないか。

不始末や不審火から十三層の一部が炎上したことはこれまでにもあるが、火薬のようなあからさまな手段を仕掛けるのは、普通ではあり得ない。

十三層では、上層には御公儀の要人や各藩の御城使《ごじょうし》など、下層には、やくざ者や博徒《ばくと》、大罪人などの裏社会の実力者が集まっており、騒ぎなど起こせば、表からも裏からも目を付けられ、面倒なことになる。そのため、奉行所もおいそれとは踏み込めないのだ。火付けや爆破など以《もっ》ての外だ。

そんなことも知らぬ、または知っていてもお構いなしというなら、それは十三層とは関わりのない者の仕業である。

思いつくのは天帝家しかないが、上方から遠く離れたこの地で、どうやって十三層にあの娘が隠されているのを突き止めたのか。

座敷から内廊下に飛び出すと、まだ火は回ってきていなかったが、大混乱に陥っていた。

幅の広い階段が二つあったが、爆発が起こったと思しき側からは黒煙が上がって来ている。もう片方の階段に人が殺到し、押し合いへし合いになっていて、怒号が飛び交っていた。

甚内は適当な部屋に飛び込み、器や盃、銚子《ちょうし》などが散乱した座敷を横切ると、障子戸を蹴破《けやぶ》って再び回廊に出た。

こちら側には、まだ火の手は回っていない。

高欄を飛び越え、瓦の上に立つと、迷うことなく急角度の屋根の上を滑り落ちて行き、軒先に手を掛けてぶら下がった。そのまま前後に勢いをつけ、下層の回廊に飛び降りる。

建物の中はすでに黒煙に包まれていた。外側を一周する回廊を駆け、火の手が上がっている方に出る。

いた。

娘を肩に担ぎ、今まさに高欄を乗り越えて遥《はる》か下方の堀に向かって飛び込もうとしている、藍染《あいぞめ》の装束に裁着袴の人影。

御所近くの四つ辻で会った者と同じだ。

甚内はそう直感した。

思い返すと、あの時は勾引かしのための手筈で急いでいて、息の根を止めたか検めるのを忘れていた。不覚だ。

人影の方も、甚内に気づいた様子だったが、構わず飛び降りようとした。

させじと甚内は懐《ふところ》から棒手裏剣を取り出して放つ。

だがそれは高欄に突き刺さって当たらず、娘を担いだ人影は、勢いよく飛び降りた。

同時に、まだ火薬が仕掛けてあったのか、爆発音とともに回廊に沿った障子戸が吹っ飛び、炎が塊になって建物の中から飛び出した。

思わず甚内は熱風を避けて飛び退く。

閃《ひらめ》きながら飛んできた鋼糸が、高欄に巻き付く。

甚内は身を乗り出し、下方を見る。

落下の勢いを、鋼糸でうまく殺したのか、遥か十数間下方の堀の水面に、小さく白い花が咲くように水飛沫《みずしぶき》が上がった。

少し遅れて、火のついた障子戸が数枚、堀に向かってひらひらと落ちて行くのが見えた。

伍《ご》
「それはおそらく、窺見の仕業であろう」

白い玉砂利が敷き詰められた天府城の本丸で、作務衣《さむえ》姿の梅川喜八《うめかわきはち》が、赤松の幹に藁束《わらたば》を巻きながら言った。

「窺見とは？」

「帝家に仕える忍びだ」

喜八が荒縄で藁束を縛る間、落ちないようにそれを手で押さえながら、同じく作務衣姿の甚内は会話を交わす。

十三層での騒動から、数日を経ていた。

娘を連れ去られ、人影を見失った後、甚内は燃え上がる十三層から逃げおおせたが、火事は出火した層の一部を焼いただけで消し止められた。

一方で、十三層の火事は、御公儀の間でも問題になっていた。

幸い、死人こそ出なかったが、上層には御公儀の要人が何人も座敷を取っていた。また、矢車長吉の配下の者らも、血眼になって火付けの犯人を捜している。

天府城本丸の庭木の菰巻《こもま》きを手伝うよう、御休息御庭之者役《ごきゅうそくおにわのものやく》、つまりは公儀隠密《おんみつ》の元締めである梅川喜八から、甚内に出仕が命じられたのは、そんな折だった。

これは異例のことである。

公儀隠密らが、喜八に会うため、見回り役でない日に自ら出仕することはあっても、喜八の方からの呼び出しなど、初めてのことだ。

おそらく、十三層での一件に、甚内が深く関わっていることが、どこからか漏れたのだろう。長吉あたりからか。

菰巻きの済んだ松の周りを片付けるよう甚内に指示すると、喜八は鼻唄《はなうた》まじりに隣の松の下に茣蓙《ござ》を敷き詰め始めた。

これではいつもと同じだ。何故にわざわざ呼び出されたのかもわからない。

腹の内を探られないよう、甚内は慎重に、喜八から必要なことだけを引き出そうとした。

喜八の話術は老獪《ろうかい》で、こちらの知りたいことを聞こうとしていたものが、気がつけばあれこれと余計なことを喋《しゃべ》っている時があるから、用心が必要だ。

「甚内、お前が思っているよりも、ずっと帝家の闇は深い」

すっかり莫蓙を敷き終えた喜八が、その仕上がりに満足げに頷《うなず》き、また同じように松の幹に藁束を巻き始めた。

「釘宮久蔵がどこで何をしているか、よく調べてみることだな」

その後は、最近、巷《ちまた》で流行《はや》っている、大川沿いの茶屋で出す胡桃《くるみ》を練り込んだ焼菓子の話や、中洲《なかす》観音《かんのん》に掛かっている見世物小屋に、最近出始めた糸操りの軽業師の評判、来春の菰焼きはいつ頃にするかなど、たわいもない世間話に終始し、作業が終わると甚内は天府城を後にした。

何やら拍子抜けだった。

わざわざ呼び出しがあったから、場合によっては公儀隠密の暗默を破って、甚内が抱えている案件や、貝太鼓役《かいたいこ》の企《たくら》みについて、尋問でもされるのかと思っていた。

喜八の呼び出しを無視するわけにはいかないから、いざという時のために甚内は隠器をいくつも仕込み、覚悟を決めて自害用の毒薬まで持参して登城したのだが、そんな様子でもなかった。

これはいったい何だ。

考えてみたが、わからなかった。

喜八に言われるまでもなく、十三層に姿を現さなかった釘宮久蔵の屋敷には何度か足を運んでいたが、築地塀越しに見る本宅も、塗籠《ぬりごめ》造りの別邸からも、人気《ひとけ》は窺《うかが》えなかった。

もしや久蔵と伊武《いぶ》は、どこかに拉致《らち》されているのではなかろうか。そんなことすら考えた。

喜八が言っていた窺見という者らの、組織の規模や全容もわからない。甚内が遭遇したのは、御所付近の四つ辻と、十三層での二回だけだ。

考えながら、甚内は足を雁仁堀《がんじん》へと向けた。

遠国御用《おんごくごよう》を言い渡されて上方に赴いてからも、何度か天府との間は行き来していたが、身を潜める必要がある時は、その辺りの木賃宿を転々とすることに決めている。

雁仁堀に近づくにつれ、堀の水は淀《よど》んで、どぶの臭《にお》いを放ち始めた。堀端沿いの細い道には、宿代すらも払えないのか、莫蓙にくるまって道端に寝ている者や、大声で何か喚《わめ》きながら、裸同然の格好でうろついている酔っ払いなどが目につく。

「田坂の旦那《だんな》」

背後から声を掛けてくる者がいた。

後を付けられているのは気づいていたから、驚くでもなく甚内は足を止め、振り向いた。

思っていた通り、ごろつきのような格好をした者が数人、そこに立っていた。いずれも月代《さかやき》や髭《ひげ》の手入れもしておらず、着物の合わせや帯はだらしなく垂れ下がり、足元は素足である。腰に帯びた匕首《あいくち》を、わざとらしくちらつかせている者もいた。

人の後を付けるのに、気配も殺せぬような連中だから、どうせ追い剝ぎか強盗の類だろうと思っていたが、こちらの名前を知っているとなると、事情が違ってくる。

背後から付けてきた者らと足を止めて対峙《たいじ》した途端、今度は反対側にも数名の気配が湧《わ》き上がった。行く先に待ち伏せていた連中が、路地から飛び出してきたのだろう。

「十三層であんな騒ぎを起こされちゃあ、こっちの面子は丸潰れだぜ。長吉親分が、ちょいと話を聞きたいとよ」

甚内は心の中で舌打ちした。

喜八から呼び出されたかと思えば、今度は長吉か。

十三層で何かを起こすとはこういうことだ。次から次へと面倒が舞い込んでくる。あの娘を勾引《かどわ》かした一件から、長吉たちは関わっている。何かあれば、長吉たちも奉行所から一斉に手配を受けることになるから、気が気ではないのだろう。

「今度にしてくれ。火を付けたやつは、こちらでも捜している」

「俺たちは、あんたを連れて来いと親分に言われてるんだ」

話は通じそうにない。

無論、この連中にのこのこと付いていく気もなかった。

長吉は、こんな下っ端どもの命など虫けらほどにも思っていないだろうから、斬《き》り捨てたとしても、事が全《すべ》て解決した後に、改めて埋め合わせをすれば決裂にはならないだろう。

そう判断したが、少し人数が多すぎた。

いかに甚内といえども、十人ばかりをいっぺんに相手するのは難しい。二、三人を瞬時に斬り、相手が怯《ひる》んでいる隙《すき》に逃げることにした。

甚内が腰の刀の位置を直すと、長吉の手下どもの間に、緊迫した空気が流れた。

左手の親指で鍔《つば》を押し、鯉口《こいぐち》を切ると、その動きに反応して、気の逸《はや》った一人が匕首の切っ先を前にして突進してきた。

軽く横に動いてそれをよけると、勢い余ってすれ違ったその男の背中を、甚内は振り向きざまに斬りつけた。

雁仁堀に、悲鳴が響く。

刀を握ったまま、甚内は走り出した。

正面にいた男が、慌《あわ》てて腰の匕首の柄を摑んだが、抜かせる前に地面を蹴って大きく跳躍し、飛び蹴りを食らわせて男を堀の汚れた水の中に落とした。

開けた道を、後ろも振り返らずに駆け出した。

道端で寝ている酔っ払いを飛び越え、軒先から野次を飛ばしてくる連中を無視し、甚内はひたすらに堀端沿いを走る。

怒号を上げて追ってくる長吉の手下どもの声が、徐々に離れて行く。暫《しばら》く走り、雁仁堀が終わる辺りで足を止めて振り向くと、手下どもの姿は四、五人ばかりに減っていた。何とかついてきた連中も、その場にしゃがみ込んだり戸板に体を預けてぜいぜいと大きく息を切らしており、また別の者は、ひたすら走って気分が悪くなったのか、堀に身を乗り出してげえげえ吐いている。一方の甚内は、気息に少しの乱れもない。

戻って相手をすれば、あっという間に片が付きそうだったが、馬鹿馬鹿《ばかばか》しくなって甚内は血振るいして刀を収めた。

それよりも、気になるものがあった。

長吉の手下どもと睨み合いになり、走り出した辺りから、ずっと甚内を追ってくる一艘《そう》の船があった。

雁仁堀にいくつも浮かんでいる、色を売る舟売りの女たちが乗っている屋根付きの小舟かと思ったが、よく見ると様子が違う。

甚内が足を止めたと見ると、舟は舳先《へさき》の方向を変え、堀端へと寄ってきた。

「甚さん、甚さん」

また面倒ごとかと甚内が身構えた時、聞き覚えのある声が耳に入った。

「……伊武殿か？」

赤い小袖を襷掛《たすきが》けにして櫓《ろ》を漕《こ》いでいる、頭に手拭いを巻いた女の姿を見て、甚内はそう声を上げた。

「すると、久蔵殿も今は姿を隠しておられるのか」

湯気に煙る湯屋の洗い場で、糠袋《ぬかぶくろ》を手にした伊武に背を流してもらいながら、甚内は言った。

「はい。何やら大事な用ができたとかで」

着物の袖を襷掛けし、裾《すそ》を端折《はしょ》って膝小僧を出した伊武が、手近の留桶《とめおけ》を手にして、景気よく甚内の頭から湯を掛けた。

近くにいた男の子が、それを見て笑い声を上げる。

手の平で顔を擦《こす》り、甚内は苦笑した。

「こっちも頼むよ」

洗い場の別の場所から声がした。

そちらを見ると、年の頃、三十過ぎの豊満な体をした年増《としま》が手招きしている。

「お富《とみ》さん、あんまりうちの伊武ちゃんをこき使わないでおくれ」

脱衣所の真ん中にある朱塗りの高座から、身を乗り出して湯屋の女将《おかみ》が言う。

伊武は甚内から離れ、声を掛けてきた年増女の元に行くと、そちらの背を流し始めた。どうも妙な按配だ。以前に中洲観音でお百度を踏んでいた時の憂《うれ》いを含んだ様子と違い、まるで別人のように潑溂《はつらつ》としている。女の場合も三助というのかどうかは知らないが、仕事を楽しんでいるようだった。

洗い場は男女共用だったが、浴槽は別になっている。甚内が腰を屈《かが》めるようにして石榴口《ざくろぐち》をくぐると、ちょうど良いことに浴槽には他に誰もいなかった。

熱い湯に肩まで浸《つ》かり、やっと甚内は人心地ついた。

――付けられてますよ。

伊武は、甚内の顔を見るなりそう言った。

甚内が付けられているというのは、無論、長吉の手下たちのことを言っているのではない。公儀隠密の中でも精鋭中の精鋭といえる、喜八の配下の者たちである。

どうやら甚内は泳がされていたらしい。

わざわざ天府城まで呼び出し、甚内が城を出た後にどこに行くか、誰と会っているかを探ろうとしていたのだろう。久蔵らとも接触していると考えたのかもしれない。

甚内が雁仁堀辺りの木賃宿を転々としているのを知っていて、伊武はこの湯屋が昔、十三層まで出張って営んでいた湯船を借りて堀に浮かべ、甚内を待っていたのだ。

さすがの公儀隠密も、舟で逃げられたら追いかけようがない。きっと甚内を見失って歯嚙《はが》みしているに違いない。

浴槽から上がると、甚内は浴衣《ゆかた》を羽織って脱衣所の狭い階段を上がった。

天井まで六尺ほどの高さしかない中二階の部屋を、腰を屈めながら奥まで進み、鬢《びん》付《つ》け油で髪を撫《な》でつけている時、伊武が階段を上がってきた。

「意外だな。まさか湯屋に隠れていようとは……」

苦笑を浮かべて甚内は言う。

襷掛けした紐《ひも》を外しながら、伊武が口を開く。

「女将の千歳《ちとせ》さんを、私はおっかさんのように慕っているのです」

そう言うと、伊武は俯《うつむ》き加減に両手で自分の頰を挟むように包んだ。

「いつか天徳《てんとく》様が戻ってきたら、お前が高座をやっておくれとまで言ってもらってます」

やや顔を赤らめているように見えるのは、錯覚か、それともこれも久蔵が仕掛けた機巧の技術か。

「天徳？　誰だそれは」

「ええっ、知らないのですか。あの大関取の天徳鯨右衛門《げいえもん》様を……」

目を大きく見開き、伊武が声を上げる。信じられないといった口調だ。

「天徳様は、最近までこの湯屋にお勤めでした。今はちょいと事情があって姿を消していますが、心配している千歳さんに無事を伝えるためにこちらに来てから親しくなって……」

「そんなことより……」

甚内は肩を竦めた。

「何か話があって上がって来たのではないか」

脱衣所の中二階には、真っ昼間の中途半端な時間だからか、甚内しかいなかった。

「そうでした。実は折り入って甚内様にご相談があるのです。釘宮様にも内緒のことです」

伊武が居住まいを正す。

久蔵にも秘密とは普通ではない。よほどのことだろう。

「今、釘宮様のお屋敷は、おそらく梅川喜八の配下に見張られています」

甚内は頷いた。こちらの後まで付けていたのだから、久蔵の屋敷が手つかずなわけがない。

「釘宮様からは、甚内様を助けた後は、ほとぼりが冷めるまで、こちらに隠れていろと言われています。ですが……」

「何だ」

「あまりに長く屋敷を空けていると、ともすると火でもかけられかねません。私はそれが気が気ではなくて……」

「どういうことだ」

話の先行きが見えず、甚内は眉根《まゆね》を寄せる。

「覚えておりますか。あの、長須鯨《ながすくじら》の絵が描かれた箱……」

「ああ……」

思い出した。以前に久蔵の屋敷に赴いた時に見かけている。伊武が大事にしていたものだ。

「もし、屋敷に火をつけられるようなことがあれば、あの箱も焼失してしまいます。

今のうちに、何とかあれだけでも運び出せないものかと……」

「伊武殿は、よほどあの腰掛けにご執心なのだな」

「あれは腰掛けではありません！」

憤《いきどお》ったように伊武が言う。

「それに、ご執心だなんて……」

今度は顔がみるみる赤くなった。やはり目の錯覚ではなく何かの機巧が仕込まれているのだろうか。それに、先ほどからの伊武の様子や言動には、ところどころ意味の摑めないところがあった。機巧人形《オートマタ》の考えることは、やはりどこか理解しがたい。

「だが……」

危ないとわかっていて忍び入るのは、どう考えても得策ではない。

甚内が渋っていると、伊武の眉根に皺《しわ》が寄ってきた。

「わかりました。もう頼みません。自分で行きます」

「待て」

立ち上がろうとする伊武を呼び止め、甚内は少し考えてから言う。

「貸しということなら、やってみてもいい」

自分はどうしてまたこの伊武という娘に甘いのかよくわからないが、気がつくとそう口にしていた。

「ただし、上手《うま》くいくとは限らないぞ」

甚内がそう言うと、伊武は何度も頭を縦に振った。


釘宮久蔵の屋敷とあっては、あれこれと怪しげなからくりや仕掛けの類《たぐい》があるのではないかと思っていたが、伊武の話によると、意外とそのようなものはないらしい。頃合いよくその日の月相は朔《さく》で、人気の少ない釘宮邸の周囲は、静けさと暗がりに包まれていた。

忍び装束に身を包んだ甚内は、慎重に辺りの気配を探りながら、屋敷へと近づいた。釘宮久蔵や伊武と関わり始めてから、身の回りではろくな事がない。こう頻繁に忍び装束を着込んで、あちらこちらに忍び入るなど、つい最近までは思いも寄らないことだった。

息を潜めながら、甚内は屋敷の中を奥へと進む。

伊武に頼まれた長須鯨の絵が描かれた箱は、以前と同じく、応接のために使われている奥の間に置いてある筈だった。

それを担《かつ》いで運び出し、無事、湯屋に持ち帰ればいいだけの仕事だが、これではまるで偸盗《ちゅうとう》である。

自分も落ちたものだと、甚内は苦笑した。

その笑いが凍り付いたのは、ゆっくりと慎重に襖《ふすま》を開き、奥の間に入り込んだ時だった。

「甚内、どこに隠れていた」

梅川喜八の声だった。

甚内は驚愕《きょうがく》した。ほんの一、二間ばかりの距離、襖を開ける前は気配すらも感じさせなかったものが、今は部屋から溢《あふ》れんばかりの殺気を漲《みなぎ》らせている。

高さがちょうど良かったのか、喜八は甚内が目当てにしていた長須鯨の絵が描かれた箱に腰掛け、足を組んでいた。

「お前は少し思い違いをしているようだから教えておく。公儀隠密は将軍の直参。扶《ふ》持《ち》は他からもらっていても、本来は御公儀の利益に従って働くべきだ」

部屋の外にも、数名の気配がまるで亡霊のように浮かび上がった。喜八の直近の手下だろう。

「ここは本来の立場を思い出して、貝太鼓役が何を知っていて何を企んでいるのか、洗いざらい喋ってみる気はないか」

甚内は迷った。喜八の言っていることにも一理ある。金を払ってくれる相手に、ついつい尻尾《しっぽ》を振ってしまうが、本来、公儀隠密は御公儀のために働く忍びだ。

これはかつて、釘宮久蔵が貝太鼓役に担《にな》わされた「やらせ訴人」と同様のものであろう。従来通り、貝太鼓役に忠実に仕えていると見せかけながら、喜八にその企みの全てを伝えて筒抜けにし、いざ貝太鼓役を追い詰めることになったら、その証拠固めをする。

この場でそれを了承すれば、おそらく喜八は甚内を悪くは扱わないだろう。むしろ手元に置いて重用するかもしれない。

だが、甚内は首を横に振った。

自分でも不思議だった。以前の甚内なら、喜八の言うことに従っていたに違いない。

「仕方がないな」

溜息《ためいき》をついて喜八は言った。

「お前は見込みがあると思っていたが、今日を限りだ」

それが、公儀隠密を解任するだとかの軽い意味ではないことは、甚内の背後に近づいてきた気配から明らかだった。

陸《ろく》

御所にて天帝御崩御の知らせが天府を駆け巡ったのは、釘宮邸に忍び入った甚内の行方が知れなくなって、数日が経《た》った頃だった。

とうとう御所でも誤魔化しきれなくなったか。

辻《つじ》で読み売りを買った春日が、最初に思ったのはそのことだった。

これでやっと、ほとぼりが冷め、本来の目的を遂行する時が来た。

天帝崩御を受け、春日らが姿を隠している中洲観音の見世物小屋も、一日だけ休業となった。

芸は身を助けるというが、中洲観音にからくり屋台などを奉納している釘宮久蔵の口利《くちき》きで、軽業師の職を得られたのは僥倖《ぎょうこう》だった。思っていた以上に評判になってしまったのは、困ったところだが。

中洲観音を出て、大川に架かる十間橋《じっけんばし》を渡り始めたところで、向こうから赤い小袖《こそで》の女が歩いてくるのが見えた。

初めて会うが、一瞬、背筋が雷に打たれたように痺《しび》れた。

ああ、この方は天子様と同じだ。

やはり釘宮久蔵は本物だった。

これなら天子様を救うことができる――。

あまりのことに春日は胸が熱くなり、目に涙が浮かんでくるのを感じたが、近づいてくるその女は、ぞっとするほど冷たい瞳《ひとみ》をしていた。

「あなたが御所の帳内《とばりのうち》だった、春日様ですね」

春日の数歩先で、赤い小袖の女は足を止めた。

辺りは中洲観音への参拝客が行き交っている。

「釘宮様のお言いつけで、迎えに参りました。あなたと――」

そう言ってから、女はゆっくりと頭を横に振った。

「それから、天帝の機巧人形を」


「出ろ、甚内」

座禅を組んで前屈みになった姿勢で体を縛られ、床に転がされていた甚内は、呻《うめ》きを上げながら這《は》うようにして体を動かし、上を見た。

縦横一尺ばかりの蓋《ふた》を上げ、上から喜八の側近である隠密が、にやけた笑いを浮かべて見下ろしている。

「この格好で、どうやって出ろっていうんだ」

「まだ悪態をつく元気があるか。ほれ」

上から放り込まれた小柄《こづか》が、糞尿《ふんにょう》の溜《た》まった床に飛沫を上げて落ちた。

「後は自分で何とかしろ。解けた頃にまた来る」

天府城内にある、御休息御庭之者役の屋敷。

その雪隠《せっちん》の便槽に、甚内は放り込まれていた。

便槽とはいっても、縦横に三間、高さも三間ほどあり、小部屋ほどの広さがある。髑髏《どくろ》や白骨が転がっているところを見ると、過去にも同じように監禁折檻《せっかん》の目に遭った者がいるのだろう。

ぬるぬると滑る床を這って行き、与えられた小柄を何とか口でくわえると、それを使って手足の自由を奪っている荒縄を切った。

「どうやら、お前と同じ姿にならずに済んだようだぜ」

傍らに落ちている、蠅《はえ》の子が無数に這っている髑髏に向かって、苦笑を浮かべて甚内は声を掛けた。

それにしても、いったい何があったというのだ。

「貝太鼓役の芳賀羽生守に、切腹の沙汰《さた》が下った」

すっかり体を洗い流して清め、引き出されてきた甚内に、梅川喜八がそう告げた。

「御公儀の目を盗み、御所の大舎人《おおどねり》と会っていたそうだな」

あの大舎人の男が何もかも喋ったらしい。やはり早めに斬っておくべきだった。

喜八は、自邸の庭に並べられた鉢植えの枝を、手に持った鋏《はさみ》で丁寧に剪定《せんてい》している。

思わず、甚内は自分の手を見た。左右の小指と、左手の薬指が、すでに根元から切られていた。他にも左脚の膝裏《ひざうら》の腱《けん》、足の指が何本かと、左の耳もなくなっている。

剪定のためによく研がれた、喜八がいつも御庭番の仕事で使っている鋏でやられたものだ。

「それだけではない。芳賀家は改易、貝太鼓役の役職は廃止となる」

御公儀を無視して禁中の者と交渉するに止《とど》まらず、御所の警士や輿丁《よてい》を手に掛け、女官を勾引かしたのは、幕法に反する。理由としては十分だ。

鋏をごとりと台の上に置き、傍らの手下が持っている桶を受け取ると、喜八は柄杓《ひしゃく》で水を掬《すく》い、鉢植えに水をやりはじめた。いずれも喜八が何年もかけて丹念に育て、季節ごとに天府城の各所を飾っているものである。

「天帝が崩御したと……」

そのことについては、先に喜八から聞いていた。

「頑《かたく》なだった比留比古《ひるひこ》親王が、御公儀からの奏上についに折れた。近く、新たな天帝が即位する」

そうなると、いよいよ天帝家は御公儀に取り込まれることになる。

甚内は不審に思った。

天帝が誕生したと言われてから、三十年近くもの長い間、貫き通してきた秘密を、今、崩御という形でなかったことにするのは何故《なぜ》だ。

このような時に、天帝家を他に奪われぬよう、機巧人形を天帝として立てる苦肉の策が講じられたのではなかったのか。

そしてふと、甚内は思いついた。

今まで気にもかけなかったが、春日が行った粗相とはいったい何だ。いや、そもそも――。

最後に思い浮かんだその考えを、甚内は押し殺した。もしかすると、自分は根本から思い違いをしていたのではないか。

「その体では、もう満足に忍び働きはできまい。お前の飼い主だった貝太鼓役も死んだ。当然だが、公儀隠密もお役ご免だ。人別帳からも、すでにお前の名前は消している」

すると、天府城から一歩外に出た途端、甚内は体を壊した無宿人ということになる。

「殺さず外に出してやるのは、新帝誕生の恩赦のようなものだ」

好々爺《こうこうや》のような表情を浮かべて喜八が言う。

「まあ、本当のところは、人の屍《かばね》は腐り始めると糞《くそ》よりも臭くてかなわんのだよ」

喜八はそう言って肩を竦めると、再び柄杓を使って鉢植えに水をやりはじめた。

薄汚れた着物に縄帯だけの姿で、蹴り出されるように天府城を出ると、甚内はその足を釘宮久蔵の屋敷に向けた。

素足に下帯もつけておらず、その異様な風体に、道行く者たちが甚内を避けて行く。

歩きながら、甚内の頭の中を考えがぐるぐると巡る。

もし甚内が気づいた通りだとしたら、御所近くの四つ辻で、駕籠《かご》を襲ったあの時から、自分は間違いを犯していたのだ。

歩くうちに、氷雨《ひさめ》が音もなく霧のように降り始めた。

今の気分にはちょうど良い。ぬかるんだ道を素足で踏みしめながら、甚内は天府の外れにある、釘宮久蔵の屋敷に辿《たど》り着いた。

築地塀の間にある小さな門をくぐり、正面から戸を叩《たた》く。

「甚さん？」

出てきたのは伊武だった。

倒れかかる甚内を、慌てて体ごと支える。

「生きていたのですね、甚さん」

「貸しをつくれなくて残念だ。例の腰掛けは大丈夫だったか」

「えっ、ああ……はい。お陰さまで無事でございます」

何か言いかけて引っ込め、伊武はそう言った。

「すぐに奥で手当を……」

「いや、それには及ばぬ」

そう言って甚内は土間の上がり框《がまち》に腰掛け、水を一杯、伊武に所望した。

「会わせてくれ。拙者の考えが間違っていなければ、ここにいる筈《はず》だ」

運ばれてきた碗《わん》の中の水を一気に呷《あお》ると、甚内は伊武を見た。

「天帝の機巧人形……」

伊武の表情に、明らかに変化があった。

「拙者が春日だと思い込んでいた、あの娘に」

漆《しち》

「これは凄《すご》い。比嘉恵庵《ひがけいあん》殿は、これを一から自らの手で作ったのか……」

筒状の拡大鏡を片目の瞼《まぶた》の上下に挟み、目盛り盤を回して分厚い水晶体《レンズ》の焦点を調節しながら、頻《しき》りに久蔵は呟《つぶや》いている。

部屋の中央には大きな台があり、少し離れて小さく細長い台が四つ置いてあった。

中央の台には、薄い胸板をした胴体が載っており、他の台にはそれぞれ両腕両脚が載っている。それぞれの台の間には、鋼線や何かの管が、髪の毛のように細いものから母指ほどの太さのものまで何百本も垂れ下がっており、それぞれ胴と手足の切り口を繋《つな》いでいる。

その中でも、最も異様で目を引くのが、少し高い台の上に置かれた首だった。

春日が好きだった淡い栗色《くりいろ》の、癖のある長い髪は、今は禿《かむろ》の形に短く切り揃《そろ》えられている。それはそれで、天帝の幼さを引き出していて愛らしかった。

首と胴の間にも、鋼線や管は無数に垂れ下がっており、天帝は目を閉じて、時折、瞼がぴくりと動く時を除いては、眠っているような表情を浮かべている。

——春日、あなたは窺見《うかみ》ですね。

あの日、すでにみこうしとなった御所の最奥で、天子様にそれを見透かされた時から、春日の気持ちは固まったのだ。

この人に嘘《うそ》はつけない。

たとえ機巧人形であろうとも、この人こそ自分が命を捧《ささ》げて仕える天帝だと。

窺見司《うかみのつかさ》の家に生まれ、十二歳になった時、春日は比留比古親王から直々に、天帝が人間ではなく機巧人形であることを知らされた。

春日が帳内《とばりのうち》に任じられたのは、天帝と直接顔を合わせ、最も近いところで世話をする帳内の娘たちのうち、天帝が人間ではないという秘密に気づいた者はいないかを監視し、内偵するためだった。

奥や表ばかりでなく、舎人寮に戻った後も、たわいもない帳内の娘たちの会話に耳を聳《そばだ》て、時にはお喋りに加わって探りを入れ、それらしいことがあれば知らせて死に追いやった。

仲の良い同僚や、年頃の同じ娘を密告で殺すのは、いかに生まれた時から窺見としての修業を積んだ春日といえども、堪えがたいほどつらい時がある。

そんな時、春日は誰よりも丁寧に、どんな小さなことでも心を込めて、熱心に天帝の身の回りの世話をすることで忘れようとした。天帝への崇敬を深めれば深めるほど、他のことは瑣末《さまつ》に思えた。機巧人形であると知りながら、人間以上にそれに仕えることで、春日は自分を保っていたのである。

——春日、あなたは窺見ですね。

そう言われた時、春日はもう、自分は嘘をつかなくても良いと天帝から赦《ゆる》されたような気がして、涙を流した。

——あなたは朕《ちん》を守ってくれますか。

天子様が、窺見である自分の力をお求めになっている。

春日の心は決まった。

ならば帝家や窺見衆全員を敵に回したとしても、天子様を守ろうと。

「朕の生みの親は、比嘉恵庵という人ですが、すでにこの世にはおりません」

そのため、長く天帝は機巧の修繕を受けておらず、一つ一つの機能が失われつつあるという。

「恵庵様が開いていた幾《き》戒院《かいいん》という私塾がありました。恵庵様が幕府転覆を企て、奉行所に手配される直前、姿をくらました機巧師がいます」

暗い御格子《みこうし》の間の、帳台を覆《おお》う緞帳《どんちょう》の内側で、内緒話でもするような囁《ささや》き声で天帝は言う。

「あれは、やらせ訴人だと恵庵様は言っていました。知っていて、その腕前を見込んで気づかぬふりをしていたのです」

「すると……」

帳内から声を掛けてはいけないという禁を破る緊張と快感に浸りながら、春日は返事をする。

「おそらく打ち首獄門にはならずに生きています。今となっては、朕の体を修繕できるのはその方の他におりません。名は釘宮久蔵」

「つまり、その方を御所にお迎えする算段をつければよいのでしょうか」

春日がそう問うと、天帝はゆっくりと頭を横に振った。

「違います。御所を出て、その方にお会いしに行くのです」

さらりと言ったが、そのあまりの内容に、春日は衝撃を受けた。

「御所を出ると申されましても……」

狼狽《うろた》えてしまい、口調があわあわと揺れた。

「朕に考えがあります。そのためには春日、あなたしか頼りにできる者がおりません」

それはとろけるような言葉だった。

「釘宮様」

春日が御所でのことを思い返していたその時、部屋の戸板を開いて、伊武が入ってきた。

久蔵は、そちらには目もくれず、天帝の機巧の構造を観察することに集中している。

部屋の隅に腰掛けていた春日は、伊武の連れている男を見て色めき立った。

「待て」

男が口を開いた。

「何もする気はない。そちらも手を出すな」

様相はだいぶ違っているが、御所近くの四つ辻で春日を襲って殺しかけ、天帝を勾引かして十三層に隠した男だ。

「拙者は公儀隠密……ではもうないな。田坂甚内という者だ」

「ここで暴れるのはやめてもらおう。この機巧人形がどうなっても知らぬぞ」

天帝の体から目を離さず、久蔵が言う。

すでに懐《ふところ》から分銅付きの鋼糸《はがねいと》を取り出していた春日は、それを引っ込めた。

「お前が春日だったのか」

歯軋《はぎし》りするように甚内と名乗った男が言った。

この男のせいで、春日が推し進めていた計画は、序盤から頓挫《とんざ》したのだ。

春日がみこうしを伝える当番の日、天帝は示し合わせて機能を停止したふりをする。

わざとそれを春日は命婦には伝えず、先に比留比古親王の寝所に忍び入って伝えた。

そうでなくとも、御公儀からのしつこい譲位の奏上に親王は悩んでいたところである。春日は親王に、自分に粗相があったことにして、秘密を知った帳内の娘を連れ出して殺す時のように警士を付け、天帝を御所の外に出すことを提案する。無論、警士らには駕籠に天帝が乗っていることは伝えず、春日が同乗してこれを守り、いずこかの機巧師のところで、身分を隠して検査と修繕を受ける。

御所内では、天帝はお患《わずら》い悪《あ》しく、春日一人の出仕を命じているとし、天帝が御所から出たことは知らせない。修繕がうまくいった後は、事情を知る官職は、全員、処分する。

春日が奏上したこの案に、比留比古親王が乗った。

予定では、甚内らに襲われずとも、しかるべき場所で春日が飛び出して、警士や駕籠を担いでいる輿丁らを屠《ほふ》り、天帝を連れて天府まで逃げる算段だった。

ところが、四つ辻で突然に襲われ、不覚にも春日も殺されかけた。

結果として命は落とさずに済んだものの、天帝は勾引かされた。

残されていたものは、天帝の機巧人形ではなく、見も知らぬ生身の死体だった。

一方で天帝は機転を利かし、聞かれるがままに自分は春日だと詐称《さしょう》して、天府に赴く……。

久蔵の屋敷の別邸で、甚内と春日が睨《にら》み合う中、ゆっくりと眠りから覚めるように、台の上に載った天帝の首が瞼を開いた。

春日の脳裏に、おひるを告げる御所の女嬬《にょじゅ》の声が、懐《なつ》かしく思い出される。

――申しょーう、おひるーでおじゃあー……。

あの優雅な日々は、もう戻って来ないのだ。

「芳賀家が改易され、貝太鼓役も廃止になったと聞いたが……」

久蔵の言葉に、甚内が無言で頷《うなず》く。

「近く精煉《せいれん》方手伝の役職もなくなるかもしれんな」

瞼に挟んだ拡大鏡を外しながら、久蔵がそう言って立ち上がった。

細かい作業で肩が凝ったのか、首を左右に振って鳴らし、自らの手で肩を揉《も》む。

「秘密は秘密でなくなり、切り札でもなくなった。御公儀の手で、天帝陵も近く暴《あば》かれるかもしれぬ」

「あそこには……」

伊武が呟く。

「『神代《かみよ》の神器《じんぎ》』が眠っています」

台の上の天帝の首が、続けて口を開いた。

いつもと少し、声の震え方が違っているように春日には思えた。調整のために、あれこれと手を掛けているからであろうか。

天帝が勾引かされた後、春日はそれを追って天府に出てきた。

しかし、天帝の行方はわからず、まず釘宮久蔵の所在を突き止めた春日は、久蔵に天帝の機巧人形の修繕を要求した。いや、要求したのではなく、首元に短刀を押し当てて脅したのである。

だが、久蔵は少しも怯んだところは見せず、むしろ天帝の機巧人形の修繕に、自ら興味を示した。

久蔵は貝太鼓役に呼ばれており、甚内とともに、十三層で春日という帳内の娘と会う約束が交わされていた。

それを聞いた春日は、一瞬、わけがわからなかったが、天帝が自分の名を詐称し、正体を隠していることを察した。

釘宮久蔵があの日、十三層に姿を現さなかったのは、そのためである。

貝太鼓役や甚内が、春日という名の帳内だと思い込んでいる娘が、天帝の機巧人形であり、しかも御所から逃げてきたことがわかれば、貝太鼓役のところで飼い殺しにされるかもしれない。

天帝の機巧人形を検分したい久蔵と、修繕を願いたい春日は手を組んだ。

春日は十三層から天帝を助け出したが、やり方がまずかった。

御公儀の目から逃れるため、久蔵は屋敷を空けることにし、伊武に甚内を助けるよう言い含めて湯屋に隠れさせた。

天帝の機巧人形の修繕は、久蔵の屋敷の別邸でなければできない。

そこで久蔵は、春日と天帝を中洲観音で興行中の見世物小屋に預けた。そもそも久蔵は古くから中洲観音のからくり屋台を製作しており、顔が利くのである。

窺見の技が功を奏し、春日はそこに軽業師として潜伏した。

いずれ御所では天帝の不在を誤魔化し通すことができなくなり、何らかの形で崩御したという形を取るか、または譲位が行われると踏んでのことだった。そうなれば、ほとぼりも冷めて久蔵の屋敷が監視されることもなくなり、じっくりと時間をかけて検査修繕を行うことができる。

矢車長吉や公儀隠密《おんみつ》から目をつけられ、右往左往していた甚内は、まったくの骨折り損だったということだ。その結果、貝太鼓役も切腹の沙汰となり、芳賀家は改易、役職自体も、かねてから御公儀が狙《ねら》っていた通り、廃止となった。

「足を引《ひ》き摺《ず》っているな。それに、耳と指もやられたか」

面白くもなげに甚内の方を見て久蔵が言う。

「伊武が余計なことを頼んだからだ。後で診てやろう」

「医者でもない者が診て何とする」

甚内がそう言うと、久蔵は口の端を歪《ゆが》め、ここにきて初めて表情らしいものを浮かべた。

「医者にも治せぬものが、儂《わし》には治せるのよ」

捌《はち》

体の傷もやっと癒《い》えた頃、甚内は伊武と連れ立って、中洲観音へと続く十間橋を渡った。

久蔵も誘ったが、興味がないのか、結局、二人で来ることになった。

遠国御用になる前、この十間橋の頂上で、伊武と別れた時のことを甚内は思い出す。

あれから数か月しか経っていないというのに、ずい分な変わりようだった。身の回りの事情も、そして体も。

歩きながら、甚内は失われた筈の自らの両手の指を見た。

いずれも、まるで何事もなかったかのように元に戻っている。

歩くのは、修練にだいぶ手間がいったが、今は常人並には跳んだり走ったりできるようになった。

「これで少しは伊武殿の気持ちもわかるようになれば良いのだがな」

歩きながら、甚内はそう言ってみた。

「おわかりにはなりませんよ」

にべもなくそう言って、伊武は笑ってみせる。

「人と人の間でも、相手が何を思っているかは、本当はわからないでしょう？」

確かにその通りだ。

その点では人も機巧も同じだ。

十間橋を渡り、仲見世を過ぎて梵天門《ぼんてんもん》をくぐると、大きな広場に出た。

前はここにからくり屋台が掛かっていたが、今は見世物の大天幕が掛かっている。四本の大丸太で、分厚い天幕の布を支え、四方八方に綱で引っ張り、杭《くい》が打たれている。

木戸の周りには人が集まっており、たくさんの食い物の屋台が出ている。おどろおどろしい半人半獣の絵や、曲芸師の滑稽《こっけい》な姿が描かれた看板の中に、確かに糸操りの軽業の少女を描いた看板が、一番良い場所に大きく掲げられていた。

中に入ると、鈴なりの客入りで、ちょうど春日が芸を披露しているところだった。

天幕を支える丸太と丸太の間に張られた綱の上で、羽衣のような薄手の衣装をつけた春日が、器用に飛び跳ねている。鋼糸を操り、十数本の並んだ蠟燭《ろうそく》の芯《しん》を次々と飛ばす芸で、喝采《かっさい》を浴びていた。人を殺すのに使うよりも、こちらの方がずっといい。

気になるのは、春日の芸に合わせて……というか合わせようとして太鼓を叩いている相方の方だ。

拍子は一定せずにばらばらで、どうにも見ている者を苛々《いらいら》させる。芸の邪魔にしかなっていないが、春日は気にしておらず、むしろ不規則なその拍子に、自分の芸の方を合わせようとしている素振りすら見えた。

「どうします。終わったら声を掛けてみますか」

「やめておこう」

少し考えてから、甚内は言った。

太鼓を叩いているのは、かつて天帝と呼ばれた娘だ。

まだ芸が続いているうちに、甚内と伊武は天幕を出た。

翌日の夕刻、伊武が日課にしているお百度に付き合って、再び中洲観音を訪れると、すでに見世物の一座は立ち去った後で、天幕のなくなった広場には、ただ木枯らしだけが吹いていた。

終天のプシュケー

壹《いち》

「これは……」

天帝陵の奥深くに安置されていた鉄の厨子《ずし》を見た時、御休息御庭之者役《ごきゅうそくおにわのもの》である梅川《うめかわ》喜八《きはち》は、思わず声を漏らした。

禁中の中心部、五角形をした広い郭《くるわ》には、黒光りする巨大な亀《かめ》の甲羅を思わせる、鉄の蓋《ふた》で覆《おお》われた築山《つきやま》の如《ごと》きものがあり、さらにその上には縦横に巨大な鉄の足場が組まれている。

遷宮《せんぐう》によって内裏が築かれる以前から、この場所は禁足地であったというが、それにしても異様な厳重さだった。

どのような方法によって蓋がされているのかわからず、それを打ち壊すだけで百か日を超える手間がかかった。その下には広い石室があり、黴《かび》の臭《にお》いが立ち込めるその中央に、鉄の厨子が安置してあった。

すでに石室には人足たちが十数名入り、厨子を運び出すための算段を始めている。

喜八は手にした龕灯《がんどう》で厨子を照らした。台脚の大きさは縦横に一間ほど。高さは九尺ほどあり、須弥座《しゅみざ》となっている部分の表面には、びっしりと何かの図のようなものが沈み彫りで刻まれ、浮かび上がっている。

喜八より先にこれを検分した、幕府精煉《せいれん》方、藤林佐江守《ふじばやしさうみのかみ》によると、厨子がどのように封印されているのかも、また、鉄の表面にいかにしてこのような細工を施したのかすらもわからないという有り様らしい。

石室の中から見上げると、築山の覆いに穿《うが》たれた巨大な穴の向こう側には、縦横に交差する足場の梁《はり》と、澄み渡る青空が見えた。

厨子を運び出すための段取りを確かめた喜八は、梯子《はしご》を伝って表に出た。

郭には、精煉方の人足や、喜八が連れてきた御庭番の者ら、つまりは公儀隠密《おんみつ》たちが、それぞれの持ち場で忙しく立ち回っていた。秘密裡《ひみつり》に行われている作業だが、使える人手は天府《てんぷ》から殆《ほとん》ど引き連れてきている。

残土の山や、作業に使われた道具が散乱し、日射《ひざ》しを避けるための丸太組の仮小屋がいくつも建っている。その光景に禁中の雅《みやび》さは少しも感じられず、まるで築城の現場のように荒れ果てていた。

最初のうちこそ内裏の者に気を遣っていたが、今は当たり前のように公儀の者らが禁中に出入りしている。以前はややこしい仕来《しきた》りがあったようだが、厳格な決まりほど、一度破られれば脆《もろ》いものだ。身分の高い者だけが出入りの許される「奥」や、天帝の住む「帳《とばり》」が侵されるのも時間の問題であろう。

喜八の指示で、御庭番の者らが鉄の足場を器用によじ登り、ひと抱えもあるような巨大な滑車が十数台、設《しつら》えられた。

続けて、寺社で釣り鐘を吊《つる》す時に使われる、女の髪を縒《よ》り合わせた特別製の綱が運び込まれた。滑車の溝を何度もくぐらせ、厨子に固定される。

用意ができると、天帝陵を覆う足場に、まるで巨大な蜘蛛《くも》の巣が張り巡らされたかのような按配《あんばい》になった。

「始めろ」

準備が整ったことを伝える手下の者に、喜八は指示を出した。

「今度こそ、上手《うま》くいくのであろうな」

大唐傘が差し掛けられた日陰に床几《しょうぎ》を出し、作業の様子を見守っていた佐江守が口を開く。

「御意に」

天帝陵の内部から厨子を運び出すための算段は、これで三度目だった。

一度目は鉄の厨子が重すぎて持ち上がらず、二度目は一間ほど持ち上がったところで綱が切れ、石室の中で作業をしていた者が下敷きになって死傷した。これで持ち上がらなければ、また別の方法を考えねばならない。作業を担《にな》わされた喜八の面目にも関わる。

合図をすると、列になって四つの手に分かれた綱元が、じりじりと後退し、綱を引き始めた。

最初のうち、黒い光沢を放つ綱は伸びるばかりで、石室の中にある厨子は、びくともしなかった。

これはまたしくじったかと喜八が舌打ちした時、綱に重みが掛かり、じりじりと厨子が持ち上がり始めた。

綱の太さは、最初の半分ほどになっている。よく伸びてしなやかなのが、却《かえ》って強度を増しているらしい。

蓋に穿たれた穴から、入母屋《いりもや》造りの厨子の屋根飾りが見え始めた。築山の覆いの上に乗った者が、慎重に厨子が揺れるのを抑え、すれすれの大きさしかない穴をくぐらせようとしている。

喜八は固唾《かたず》を呑《の》んだ。前は、この時に綱が切れて、石室の中にいた者を潰《つぶ》した。だが、滑車の数を増やし、綱の種類も変えた今回は、何とかその全貌《ぜんぼう》が表に現れた。鉄の厨子がすっかり中空に吊り上げられると、石室の中にいた者たちが出てくるのを待って、覆いに穿たれた穴の上に、一尺角の木材が隙間《すきま》なく並べられた。

段取りでは、一度その上に鉄の厨子を置いて綱を解き、しかるのち石塊と土を周囲に盛って勾配《こうばい》をつくり、慎重にずらしながら平坦《へいたん》なところまで動かして、厨子を開く作業に移ることになっていた。

ところが。

樫《かし》や桜などの堅《かた》い材料を選んでいたにも拘《かか》わらず、鉄の厨子を載せた途端、角材がみりみりと音を立てて折れ始めた。

「手を緩めるな！」

綱を握っている者らに喜八は叫ぶ。

だが、無情にも綱元が力を込めたせいで、一度は緩んでいた綱が張られ、そのために鉄の厨子が傾いた。

あっと思う間もなく、厨子は横倒しになると、天帝陵に被《かぶ》さる鉄の覆いの表面を、勢いよく滑り落ち始めた。

足場に吊されていた滑車が重みに耐えかねて弾《はじ》け、綱を握っていた者が何人か、その勢いで空中に吹っ飛ばされた。

咄嗟《とっさ》に喜八は、傍らに腰掛けている佐江守の襟首を摑《つか》み、背後に数間、飛び退《すさ》った。

つい一瞬前まで喜八らがいた場所に、転がり落ちてきた鉄の厨子が激しく衝突し、砂煙を上げて止まる。

喜八は、青ざめている佐江守の顔を一瞥《いちべつ》し、無事を確かめた。

辺りは騒然としていた。綱を握っていて飛ばされ、頭から地面に落ちて激しく震えている者や、滑り落ちる厨子に轢《ひ》かれて血を流して呻《うめ》いている者もいる。

そちらは気にも掛けず、素早く喜八は鉄の厨子の傍らに駆け寄った。

厨子の須弥座の一部が壊れ、隙間が生じている。

喜八は内心、ほくそ笑んだ。

段取りがうまくいっても、勾配をつくって厨子を平坦な場所に動かすのにまた数十日かかり、厨子の蓋を開くのにも手間取るだろうと考えていたものが、一瞬で両方とも済んだ。引き替えに怪我《けが》をしたり死んだりした手下どもや、精煉方の人足たちのことなど、知ったことではない。

ふと、壊れてずれた鉄の厨子の須弥座の隙間から、何か小さいものが飛び出すのが見えた。

思わず喜八は、それを素手で摑んで捕まえた。

包み込まれた手の平の内側で、何かが跳ねている感触。

少し大人しくなるのを待って、喜八は手を開く。

そこでじっと髭《ひげ》を震わせているのは、一匹の蟋蟀《こおろぎ》だった。

——これは験《げん》が良い。

そう考え、喜八は懐《ふところ》から竹筒を取り出し、その中に捕まえた蟋蟀を入れた。

普段もこの時期は、天府城の庭の手入れをしながら、虫を見つけた時のために竹筒や虫壺《むしつぼ》を持ち歩いているが、今年は天帝陵を暴《あば》く作業でそれどころではなく、闘蟋《とうしつ》に出す虫を探すのは諦《あきら》めていた。

雄の蟋蟀を闘わせる「闘蟋」は、そもそも禁中の遊びから始まり、市井《しせい》に広まったものである。

その禁中で得た虫だ。良虫であるに違いない。

数十年ぶりに暴かれた天帝陵の、密封された厨子の中から、何故《なにゆえ》に生きた蟋蟀が出てきたのかが気懸かりであったが、おそらくは石室に入り込んだ虫が、厨子の沈み彫りの間にでも隠れていたのだろう。

を飛ばし始めた。

そう考え、喜八は竹筒を懐に仕舞い直すと、騒然としている郭の中で、次々に指示

貳《に》

「釘宮様《くぎみや》は、いつになったら天徳様《てんとく》のお体を作ってくれるのでしょうか」

釘宮久蔵邸《きゅうぞう》の庭に面した濡《ぬ》れ縁《えん》に腰掛け、そんなことを言う伊武《いぐ》の横顔を、田坂《たさか》甚内《じんない》は見つめていた。

長い睫毛《まつげ》に覆われた瞼《まぶた》の端に涙が浮かび、光るのが見えた。

伊武はいつまで経《た》っても若く、美しいままだ。中洲観音《なかすかんのん》の百度石の前で、初めて声を掛けた時から、少しもその印象は変わっていない。

「拙者が久蔵殿の元で機巧を学び始めてから十年が経つが、誠にこれは奥深い技だ。生前の天徳鯨右衛門《げいえもん》を拙者は知らぬが、捔力《すまいとり》の体というのは、なかなか作るのも難しいのであろう」

「生前なんて、まるで鯨様《げい》が死んだみたいに……」

きっとした視線で睨《にら》みつけてくる伊武に、慌《あわ》てて甚内は頭を振る。

「いや、これはすまなかった。他意はない、許せ」

「釘宮様がお戻りになったら、甚内様からもお願いしていただけますか」

「わかった、わかった」

甚内がそう言うと、伊武は溜息《ためいき》をついて立ち上がり、屋敷の奥へと引っ込んでしまった。臍《へそ》を曲げてしまったのかもしれない。

天徳とは、以前に伊武が贔屓《ひいき》にしていた角力の名で、さる事情から瀕死《ひんし》となり、久蔵が応急に箱の中に封じて命を生き存《い》えさせたものである。

濡れ縁に腰掛けたまま、甚内は釘宮邸の庭を眺めた。

相変わらずの殺風景で、土を突き固められた広い庭には、庭木や庭石のひとつもない。

——もう十年か。

振り返るとまるで一瞬のようにすら感じられた。

先の天帝が崩御したと伝えられ、御公儀の裏側で暗躍していた貝太鼓役《かいたいこ》の芳賀《はが》羽生《はにゅう》守《のかみ》に切腹の沙汰《さた》が下ってから、十年の月日が経っていた。

表立っては、世は太平に見える。

貝太鼓役の改易から程なく、釘宮久蔵は精煉方手伝を御役御免となり、公儀隠密だった甚内も行き場を失って、久蔵の内弟子として機巧の技を学ぶことになった。数奇なものである。

精煉方や御公儀との関わりはなくなっても、久蔵はこの天府の端にある屋敷に住み続け、今は私塾のようなものを開いていた。

けして多くの弟子は取らぬが、市井の職人だけでなく、見所があれば、諸藩から知識を学ぶためにわざわざやってくる大名や旗本の子弟、また天府詰めの藩士や、浪人者まで受け入れている。

それなりに人の出入りはあったが、釘宮邸でまめに働いている伊武という女が、自分たちが学ぼうとしている機巧人形《オートマタ》の技術の極みであると気づいている者が、果たしているかどうか。おそらくは思いもよらないことであろう。

甚内は立ち上がると、飛び石伝いに敷地内にある別邸へと向かった。

そちらへの出入りを久蔵に許されているのは、伊武の他は、弟子筋では甚内だけだ。

もっとも、それは甚内がいろいろと知りすぎているから、今さら隠す必要がないというだけの理由である。

土蔵のような塗籠《ぬりごめ》造りの、別邸の二重扉を甚内はくぐった。

この別邸の地下には、伊武の体を修繕したり、弟子には見せられない作業を久蔵が行うための部屋がある。

草履を脱いで框《かまち》を上がり、広間の中央に鎮座している萬歳《まんねん》時計の傍らを抜けると、甚内は奥の小部屋へと向かった。

久蔵が使っているものよりは、ずい分と小さな作業用の台が置いてあり、その上には腹を割かれた金剛鸚哥《こんごういんこ》が横たわっていた。

傍らに座し、瞼の上下に挟むようにして、片目に拡大鏡を付けると、甚内はさっそく作業に取りかかる。

それは久蔵が、比嘉恵庵《ひがけいあん》の私塾、「幾戒院《きかいいん》」の内弟子だった頃、試作として作った機巧人形であった。

南国の鳥の羽が植毛された皮膚の内側から覗《のぞ》いているのは、赤い血と粘液に塗《まみ》れた臓腑《ぞうふ》ではなく、鈍い光沢を浮かべる削り出しの骨格と、その内側にみっしりと組み込まれたバネや撥条《ぜんまい》、歯車などの機巧である。

心臓部にある天輪《てんわ》は、今は動いていない。

若き日の久蔵が、これを見様見真似《みまね》で作ったと聞いた時には、驚きで声も出なかった。

作業台の傍らには、螺鈿《らでん》細工が施された漆塗りの箱が置いてある。止まり木の自然木が取り付けられたこれが、からくりの本体であり、金剛鸚哥を生きているかのように動かしている。

その頃の久蔵の腕前では、どうしても機巧を鳥の体の大きさに収めきれなかったらしい。元々、久蔵は中洲観音などで興行している、からくり屋台などを作る職人であったというから、その技術の名残であろう。

久蔵自身は、この機巧人形の出来を玩具《がんぐ》のようなものと言っていたが、検《あらた》めれば検めるほど、甚内は己との差に溜息が出そうになった。この金剛鸚哥の機巧人形すら、一から自分の手でとなると、作れそうな気がしない。

甚内は、この機巧人形の修繕を久蔵から命じられていた。修業の一環である。

数日前から調子が悪くなり、動きがおかしくなったのだが、何が原因なのかすらも久蔵は教えてくれない。そもそも手取り足取り教えてくれるような相手ではないのだ。

自らの手で原因を探し、必要な修繕や部品の取り替えなどをしなければならないが、隙もなく入り組んだ機巧は、己のような者が一度分解してしまえば二度と戻せないような気がして、躊躇《ちゅうちょ》があった。

拡大鏡の目盛りを動かし、ぼやけた水晶体《レンズ》の焦点を合わせながら検分しているうちに、汗が滲《にじ》んでくるのを感じた。

ひどく集中力を強いられ、休み休みでなければ半刻《はんとき》もすると頭痛がしてきて続けられなくなる。機巧師の修業を始めて、もう十年も経とうというのに、これればかりはどうにも慣れぬ。

こんな作業を、久蔵は放っておくと二晩でも三晩でも、飲み食いも眠りもせずに続けるのだ。

諦めて甚内は立ち上がった。

これならば、隠密のための忍び修業をしていた頃の方が、まことに容易《たやす》かったとすら思えるくらいだった。

「五芒院《ごぼういん》の崩御後、何やら精煉方の連中が禁中に出入りしているらしいですぞ」

引き戸になっている壁の覗き窓から、真剣な表情で洗い場を見下ろしながら、佐七《さしち》が言った。

「ふむ」

返事をしながら、甚内は徳利から碗《わん》に酒を注ぎ、口に運んだ。

今日は恵比須講《えびすこう》で紋日《もんび》だからか、湯屋の脱衣所の上にある、この中二階は、いつも以上に賑《にぎ》わっていた。碁や将棋、賭《か》け事などに興じる者や、甚内らと同様、ひとっ風《ぷ》呂《ろ》浴びて一杯始めている者もいる。

佐七は、卯月《うつき》藩の御城使である有田《ありた》家の次男坊である。士分ではあるが、家督はすでに長兄が継いでおり、若い頃から放蕩《ほうとう》を尽くしていたせいで、三十路《みそじ》を過ぎてから厄介払いに久蔵の私塾に放り込まれた。

軽佻《けいちょう》なところがあり、それが風貌《ふうぼう》にも現れているが、人柄は悪くなく、何より要領が良くて、本人の性分にも合うのか、機巧を扱う腕前もなかなかだった。

「この頃は、幕府精煉所の反射炉の煙突からは、煙も上がっていないとのこと」

「ほう。それはまた何でだ」

「ここだけの話、どうやら『神代《かみよ》の神器《じんぎ》』が掘り出された様子」

佐七が言う。口調からすると、久蔵の他の弟子たちも周知の噂《うわさ》だろう。関わる者が多ければ、隠すつもりでも、どこからか話は漏れるものだ。

「するとやはり、久蔵殿はその検分のために天府城に出仕を命じられたということか」

ひとりごつように甚内は言う。

幕府精煉方の役職にある藤林佐江守が、直々に久蔵に会いに来たのは数日前のことだった。久蔵が精煉方手伝の役職を退いて以来、初めてのことである。

御公儀からはおそらく、不穏な者として見られている久蔵に、わざわざ声が掛かったのは尋常なことではない。

留守居を命じられた甚内にも、どのような案件で、またいつ頃帰れるのかも伝えないまま、久蔵は出掛けて行った。

詮索《せんさく》無用と久蔵本人から申し付けられていたが、どうも甚内の性分が落ち着かない。

伊武も心配している様子で、御公儀と少しでも関わり合いのある弟子たちから、それとなく話を引き出しているうちに、耳に入ってきたのがその噂だった。

「お、伊武様だ」

洗い場を覗いていた佐七が声を上げる。

五節句や恵比須講などの紋日に、欠かさずおひねりの祝儀《しゅうぎ》持参で湯屋に顔を出し、風呂を浴びるのは、この十年の間も変わらぬ伊武の習慣だ。

「相変わらずお美しい」

目じりを下げた佐七が、感嘆するように呟《つぶや》いた。

甚内も少しばかり屈《かが》み込んで、階下を眺める。

湯けむりの向こう側へと歩いて行く、伊武の白い背中と尻《しり》が見えた。

洗い場にいる男たちは、いずれもそわそわとした様子で伊武の方を見ている。

見とれすぎて、一緒に湯屋に来た女房に、小桶《こおけ》で頭を叩《たた》かれている男もいた。

「あれでいて、ちょっと抜けたところがあるというか、妙な物言いや考え方をするところがまた、伊武様の可愛《かわい》らしいところだな」

「あの女はやめておけ」

引き戸を閉めながら、苦笑まじりに甚内は言う。

「無論、久蔵様の大事な一人娘に手を出す気はありませんよ。だがどうも、女遊びの血が騒ぐというか、いい女は放っておけない気分になってね」

そう言って佐七は肩を竦《すく》めてみせた。

やめておけと言ったのはそういう意味ではないのだが、佐七も含め、久蔵の弟子たちで伊武の正体に気づいている者はいない。知れば驚きのあまり腰を抜かすだろう。

「それよりも先ほどの話だが……」

佐七の碗に酒を注いでやりながら、甚内は言う。

「『神代の神器』のことですか？　本当ならば実に興味深い。長らく禁中の秘中の秘とされていたらしいが、噂では機巧や舎密《せいみ》、電氣などに関わる技術の粋が使われているといいますからね」

どうやら佐七はそれ以上は何も知らないようだった。

甚内は考える。

先の天帝が行方知れずになり、市井には崩御したと伝えられてから十年。

現天帝が即位した後は、その父君である比留比古《ひるひこ》親王は、太上《たいじょう》天帝となって五芒院を名乗り、引き続き院政を敷いていた。

その五芒院が中風によって倒れ、間もなく崩御したのが半年ほど前だった。


――何故、伊武がこんなところで寝ているのだ。

それを見た時、久蔵の頭に最初に思い浮かんだのはそんな思いだった。

何かの冗談かとすら思ったが、久蔵を天府城に案内した幕府精煉方、藤林佐江守や、その後ろで久蔵を監視するように立っている目つきの悪い連中も、真顔である。

「それが天帝陵から掘り出された『神代の神器』だ」

佐江守が言う。

顎《あご》に手を当てて、久蔵はその姿を眺めた。

閉じられた瞼を覆う長い睫毛。花の蕾《つぼみ》のような唇。

見慣れた伊武の姿に瓜二《うりふた》つの女が、一糸纏《まと》わぬ姿で台の上に横たわっている。

「信じられぬかもしれんが、それは人型の機巧人形だ」

声をひそめるようにして佐江守が言う。

人間同様に動き、話をする機巧人形が存在することは、比嘉恵庵の弟子であった久蔵以外は、ごく限られた者しか知らない。

「動くのか？」

久蔵がそう言うと、佐江守は首を横に振った。

「最初は神代に埋葬された高貴な方の遺骸《いがい》が、何かの拍子で腐りもせずに残ったものと思ったのだが……」

「余計なことはいい。動くのかと聞いているのだ」

冷徹な久蔵の口調に、佐江守は不快げな表情を見せる。

「動かぬ。だからお主を連れてきたのだ」

それを聞いて頷き、久蔵は早速、身に着けていたちりめんの長羽織を脱いで、佐江守の背後にいる者に押し付けた。

「拡大鏡はあるか？」

「必要な道具や材料は揃《そろ》っている筈《はず》だ。足りないものがあれば遠慮なく言え」

佐江守が言い、背後にいる者に、部屋の隅にある棚から拡大鏡を持って来させた。

それを瞼に挟むと、久蔵は眠っている「神代の神器」の顔の辺りに屈み込み、右の上瞼を指で押し上げた。

まるで瑪瑙《めのう》のような色合いの、暗緑色をした瞳《ひとみ》が現れる。

身振りで燭台《しょくだい》を持ってくるように指示し、手渡されたそれを瞳に近づけたり離したりしてみたが、変化は見られなかった。

伊武は瞳の部分に、ある種の貴石を薄く削り出したものが使われており、光の加減によって、その奥にある、放射状に折り重なった金属の羽根が開閉するようにできている。

拡大鏡越しに見ると、同様の機巧は仕込まれているらしいが、動かないようだった。

続けて閉じられている唇を摘《つま》んで捲《まく》り上げる。

滑らかな光沢を放ち、美しく整列した歯は、肉厚の白蝶貝《しろちょうがい》の殻を加工したものだ。

これも伊武と同様である。

少し考えた後、久蔵は寝そべっている機巧人形の両肩と股《また》の関節を外しに掛かった。

肘《ひじ》を握り、腋《わき》の下に手を添えるようにして、逆関節に捻《ひね》ると、脱臼《だっきゅう》するように肩の関節が外れた。これも伊武の場合と、やり方や角度はまったく同じだった。

同じようにもう片方の肩も外すと、脚を開かせるようにして捻り、両脚の股関節《こかんせつ》も外した。

すべて済ませると、両手両脚が、あらぬ方向に曲がって台からだらりと垂れ下がるような按配になった。

背後で見ている佐江守らが、唾《つば》を飲み込む音が聞こえる。

「他に台はないのか」

久蔵がそう言うと、慌てた様子で、いくつかの台が運ばれてきた。

両手両脚を、運ばれてきた台の上に大の字に投げ出すような形で載せ、久蔵は道具の棚から裁《た》ち鋏《ばさみ》を持ち出すと、皮膚を切り裂き始めた。

残酷に映るのか、周りで見ている者らが、いずれも目を逸《そ》らす。

だが、切り裂いた皮膚の下から血は溢《あふ》れ出ず、現れたのは肉や腱《けん》ではなく、鈍く光る数千条の鋼《はがね》の糸の束や、管の類《たぐい》であった。

四肢を全《すべ》て胴体から離し、久蔵は横たわっている神器の頭のところに回ると、髪を摑んで左右に揺さぶり、顎に手を掛けて慣れた手付きで首を外した。

久蔵のあまりの手際《てぎわ》の良さに、見ている者たちが感嘆したかのように息を漏らす。

内部の構造について、もっと詳しく検分しなければならないが、今のところは、あらゆる面で伊武の体を扱う時と一緒だった。顔には出さぬものの、久蔵自身が最も、そのことを不可解に感じていた。

用意された台座の上に首を据えると、久蔵は佐江守を見た。

「動くようにすればいいのか」

「動かせるものなら」

佐江守が頷《うなず》く。

「検分の際に修繕が必要なところが出てくるかもしれぬ。材料に、手に入れるのに稀《まれ》なものや、高価なものが必要になるかもしれぬが、それはいいな」

勧進元《かんじんもと》は御公儀だ。遠慮する必要はあるまい。

そう考え、久蔵は、ばらばらになった神器の方を振り向いた。

参《さん》

「けしかけろ」

二匹の蟋蟀が闘盆の中に入れられると、闘蟋改《あらため》方《かた》がそう呟いた。

縦五寸、横に七寸ほどある素焼きの闘盆の中央は紙で仕切られており、まだ蟋蟀同士は接触していない。

東方と西方が、それぞれ細身の筆のようなものを手にして、盆の中に入った蟋蟀の触角を撫《な》でる。すると、最初は闘盆の隅で大人しくしていた蟋蟀が、次第に落ち着きをなくし始めた。

これは茜草《せんそう》という道具で、鼠《ねずみ》の髭や稲の茎の繊維などを使って作られた、蟋蟀の髭《ひげ》を模したものである。

これを使って上手い具合に闘蟋の髭や脚を撫でると、縄張り意識の強い雄の蟋蟀は、挑発されたと勘違いして闘志を燃やし始める。

すっかり興奮した闘蟋が、自分の髭に触れた相手を探して頻《しき》りに盆の中で動き始めた。

その様子を傍らで見ていた甚内は唸《うな》った。

茜草捌《さば》きで勝負の一割は決まると言われており、簡単そうに見えて、筆先一本で虫を怯《おび》えさせないようにしながら闘志を上げ、挑発するのは難しい。どのような良虫を使っていても、これが上手くいかなければ気合い十分な格下相手に負けることもある。

「八卦良《はっけよ》し」

闘蟋改方がそう宣言すると同時に、裃《かみしも》姿の行司が、仕切りの紙を外した。

同時に、東方のやや青みがかった体色をした闘蟋が、西方の白っぽい闘蟋に襲い掛かった。

台を囲んで見物している、各藩の者たちがどよめきを上げる。

いきなり組みに行くのは珍しい。普通はお互いに様子を見る間が少しはあり、それから勝負が始まる。

これはかなりの武口《ぶこう》、つまり獰猛《どうもう》な虫なのだろう。各藩選りすぐりの闘蟋が集まる、御上覧の闘蟋会である。市井の虫とは、やはりどこか違う。まるで狂犬のような荒ぶり方だった。

一方の西方の白い虫は、遥《はる》かに冷静だった。

一瞬、四つに組みにいくかと見せかけ、相手の腹に嚙《か》みついた。

こちらも普通の虫ではなかった。凡百の虫は、正面から相手の顎を嚙むか、急所の頸《くび》を狙《ねら》いに行く。腹に嚙みつく闘蟋など、甚内は初めて見た。

正面から受けては不利と見て、怯《ひる》ませるために機先を制したのだろう。腹を嚙まれたのは初めてなのか、青い虫も勢いをそがれ、距離を取ってじっと相手の出方を窺《うかが》い始めた。

たかが虫けらが、そこまで考えて闘っているとも思えないが、端で見ていると、ついついそのようなことを思い描いてしまう。

お互いに闘志は十分で、相手に尻を見せることなく正面から向き合っている。

「けしかけろ」

じりじりと円を描きながら闘盆の中で対峙《たいじ》している双方の闘蟋に、再び茜草が用いられた。闘蟋改方が声を掛けない限り、勝手に茜草を使ってはならない。

茜草の先が触れた瞬間、弾けたように後肢を撥《は》ね、再び青い虫が相手に襲い掛かった。

白い虫は機敏に反応し、一寸ほど後ろに飛び退る。

肩透かしを食った青い虫の頸に、横合いから白い虫が食いついた。

闘盆を囲む者らの間で喚声が上がる。

白い虫が、食いついたまま体を捻り、二匹は縺《もつ》れ合って闘盆の真ん中で転げ回る。翻弄《ほんろう》されている青い虫が、必死に翅《はね》を広げて動きを止めようとするが、体格でやや下回る白い虫は、どこにそのような力を秘めているのか、右に左にと青い虫を体ごと振り回した。やがて、青い虫が諦めたようにゆっくりと翅を閉じた。

「そこまで!」

行司が西方に向かって軍配を上げると同時に、縺れ合った二匹が離れた。青い虫は素早く闘盆の隅に逃げ、白い虫に背を向けている。白い虫は興奮して頻りに翅を擦り合わせ、勝ち鬨《かどき》を上げるように鳴いている。

勝負の行方を見守っていた周囲の者たちが、途端にざわざわとしはじめた。闘蟋改方が短冊《たんざく》に何か書き込み、西方の藩の者に渡す。東方の者は、負けた闘蟋を小さな虫網で回収して養盆に移し、肩を落として部屋から出て行った。

これで朝の取り組みは終わりだった。

部屋にはこの他に四つの台が用意され、それぞれに改方が付いている。

甚内は部屋を出た。ひっきりなしに人が行き来する廊下を歩いて行くと、ひと際、人の出入りが多い部屋があった。入りきれない者が廊下にまで溢れている。その中に佐七の姿を見つけ、甚内は肩を叩いた。

「ああ、甚内殿。どちらへ行ってたんです」

数個の養盆が入った箱を手にした佐七が目を見開く。

「折角だからちょいと取り組みを見てきた。賭場《とば》で見る賭け闘蟋とは丸っきり違うな」

「そりゃあそうですよ。あんな虫相撲と一緒にされちゃたまりません」

そう言って佐七は口先を尖《とが》らせた。

佐七の出身である卯月藩は、何度もこの御公儀の開く闘蟋会に、御上覧の虫を送り出している。

卯月藩の茜草役として、佐七も駆り出されていた。若い頃は女よりも闘蟋の方に入れ込んで一財産を潰したらしく、真面目《まじめ》になったつもりの今でも、秋口になると血が騒ぐと言っていた。

「配闘は？」

「まだ秤量《しょうりょう》も終わっちゃいませんよ」

そう言って佐七は列の先を指差した。

虫の重さを量るための竿天秤《さおてんびん》が載った台が四つ並んでいるが、人手が足りぬのか、改方が付いているのはそのうちの一台だけだった。

「御公儀の闘蟋が、吊籠《ちょうろう》から飛び出して逃げましてね」

「ふうん。御公儀の闘蟋というと、例の〈鳶梅《とびうめ》〉とかいうやつか」

「そうです。うっかり踏み潰しでもしたら大変と、さっきまで身動きもできぬ有り様でしたよ」

御上覧の闘蟋会には、御公儀からも虫が出場する。

御公儀は春先から夏にかけて大々的な虫狩りを行っている。市井の良虫を高額で買い上げたりするようなこともしており、献上した闘蟋が上覧の取り組みに出ることになれば多額の報奨があるので、そのようにして集まってくる虫も多い。養っているのは総元締めともいえる闘蟋改方だから、育て方の質も違う。

　そもそも闘蟋にかけている時間と手間と金が比べものにならないので、御公儀から出される闘蟋は強いのだが、今年は〈鳶梅〉という四股名《しこな》の、桁違《けたちが》いに強い闘蟋が出ていると聞いていた。

「で、そいつは捕まったのか」

「今、秤量しているあれがそうですよ」

　そう言って佐七は、部屋の奥で竿天秤の錘《おもり》を動かしている改方を指差した。

「この様子だと配闘が決まって取り組みになるのは夜になってからか」

「まあ、そうなるでしょうね」

　佐七が頷く。

　甚内にとっては、時間が長引いた方が都合が良かった。

　年に一度、各藩自慢の闘蟋を持ち寄って行われる御上覧の闘蟋会は、数日後に行われる予定だった。

　取り組みは間近で見なければ楽しめないため、選ばれた藩の茜草役は、公方《くぼう》様と同じ卓に着くことになる。これは武家としてはたいへんな名誉だった。

　だが実際に、その名誉に浴することができるのは、毎年、全部で五組十匹のみである。

その選抜が今、天府城内の屋敷で行われているのだ。

甚内は卯月藩の手伝として、佐七に同行して来ていた。

無論、闘蟋会のためというわけではなく、天府城内の様子を窺うためである。天府城に忍び込むのは容易ではなく、各藩の御城使でも、用もなく出入りできるような場所ではない。

この時期に闘蟋会があるのは渡りに船であった。佐七が卯月藩の傭人《ようにん》であり、甚内のことを信頼してくれているのも都合が良かった。

佐七に断り、甚内は屋敷を出た。

闘蟋会が行われる数日前からは、各藩の出入りが増えるため、割合に天府城の中を自由に歩き回ることができる。無論、天守のある主郭や、要所となるいくつかの場所は入れないが、表に出ると、甚内と同様、手持ち無沙汰に城内を眺めて回る、田舎侍たちの姿が見られた。

甚内が天府城に足を踏み入れるのは、およそ十年ぶりだった。

過去には公儀隠密として御庭番の役回りにも就いていた甚内は、勝手知ったる城内を、ぶらぶらと暇を装《よそお》って歩いて行く。

いざという時のため、久蔵が天府城内のどこにいるか見当を付けておきたかった。先に幕府精煉所などにも探りを入れてみたが、そちらにおかしな気配はみられなかった。

少し歩くと、甚内の気を引く場所があった。

西ノ丸下に梅林があり、その向こうには具足蔵や鉄砲蔵の並ぶ一角があるのだが、そちらへと向かう通路が、竹矢来《たけやらい》で塞《ふさ》がれていた。

季節外れで花も咲いていない梅林に誰かが興味を示すとも思われないが、わざわざ十数丈に亘《わた》って組まれている。乗り越えようと思って乗り越えられぬことはないが、人を寄せ付けないよう組まれたものなのは間違いない。竹は青く、最近、作られたものであるらしいことが窺えた。

興味のないふりをして甚内は足を別の方向に踏み出す。

西ノ丸下へ向かう他の道も、同様に塞がれていた。

少なくとも、闘蟋会の用事で城に入った者が自由に歩き回れる範囲では、他に妙に感じられる場所はない。

十中八九、久蔵がいるとしたら西ノ丸下の蔵のいずれかだろうと踏んだ。

何かを隠す目的以外で、柵《さく》を作ってそちらへの人の出入りを避ける理由がない。

「甚内じゃねえか。何をやっている」

頭上から声がしてきたのは、ひと通り見て回れる場所を見て、甚内が元の屋敷に戻ろうとした時だった。

見上げると、黒松の幹に立てかけた脚立《きゃたつ》の上に、梅川喜八がいた。

「何も」

口元に薄ら笑いを浮かべて甚内は答える。

古葉の揉《も》み上げでもやっていて、偶然、甚内の姿を見かけて声を掛けたような体を装っているが、予《あらかじ》め喜八が察していなかったわけがない。

欺《あざむ》くのは無理と考え、甚内もわざわざ闘蟋会の絡《から》みで、喜八が手を出しにくい立場で入り込んだのだ。

「ちょっと脚立を押さえてくれ。揺れるんだ」

少し迷ったが、甚内は言われた通りにした。何か仕掛けてくるとも思えない。

脚立から下りてきた喜八は、それを摑んでいる甚内の手をまじまじと見つめる。

「お前、親戚《しんせき》に蛸《たこ》か蜥蜴《とかげ》でもいるのか」

「どういう意味です」

「失《な》くした筈の指が何で生えているんだ。それに脚も……」

探りを入れたり鎌《かま》をかけているのではなく、本気で訝《いぶか》しく思っている様子だった。

こんな表情を喜八が浮かべるのは珍しい。甚内は苦笑する。

かつて甚内は、目の前にいるこの喜八に拷問《ごうもん》を受け、両手両足の指を何本かと、片方の膝裏《ひざうら》の腱などを、植木鋏で断ち切られたのだ。

「蛸や蜥蜴の親戚はいないが、蟹《かに》が遠い親戚なんですよ」

「つまらねえ冗談だな」

眉間《みけん》に皺《しわ》を寄せて喜八が言う。

「達者そうじゃねえか。今は何をやってるんだ」

白々しくそう聞いてくる喜八に、甚内は慎重に返事をする。

「ご存じでしょうに。今はしがない機巧師見習いですよ」

「で、その機巧師見習いが、天府城に何の用だ」

「迷子の師匠を探しに来たんです。酷《ひど》いことになってなけりゃいいんですけどね」

すっとぼけた様子で甚内が皮肉を言うと、喜八は小さく舌打ちをした。

「……今年の闘蟋会には、御公儀から、たいそう強い虫が出ているらしいじゃないですか」

話題を変えるために甚内は言った。

「〈鳶梅〉とかいう四股名でしたっけ。当たれば勝てない上に、相手を食い殺すほどの武口だということですから、配闘には皆、ひやひやしている様子でしたよ」

「何が言いたい」

喜八が声の調子を低くする。

「飽くまでも噂だが、どうやら禁中で見つかった虫だという話ですね」

それだけではない。虫の名に「梅」の字が入っているのも気になった。闘蟋の四股名は、発見した者の名が一字入るのが慣例なのだ。

「天帝陵から這《は》い出てきたとか」

「お前、命を縮めるぜ」

それが答えのようなものだった。

梅川喜八が禁中で拾った虫が献上され、闘蟋会に出ているのなら、これは公儀隠密が禁中に出向いていたことを認めたことになる。

もうこれ以上、喜八を挑発するのは得策ではない。

そう考え、甚内は軽く頭を下げると、その場から離れた。

選抜が終わり、家路につくため天府城を出ると、もうすっかり辺りは暗くなっていた。

　佐七が属する卯月藩が出した五匹の闘蟋のうち、二匹がまだ残っていた。明日、明後日と勝ち抜けば、御上覧の十匹のうちに残ることができる。〈鳶梅〉と当たらぬようにと、佐七は願っていた。

　釘宮邸に戻ると、甚内は疲れた体に鞭打《むちう》って、別邸の部屋で、中断していた金剛鸚哥の機巧人形の修繕を始めた。

　だが、どうにも集中できず、半刻もしないうちに甚内は立ち上がった。

　伊武は、夜はこの別邸の地下にある、久蔵がいつも作業に使っている部屋で休んでいる。

　勝手に出入りするのは憚《はばか》られるが、これまでにも二、三度、久蔵が留守の時などに入り込んだことがあった。悪いこととは思っているが、忍び込むのは隠密だった甚内には容易いことだ。

　別邸の部屋の床板を上げ、急角度の鉄砲階段を下りると、ひんやりとした地下室に至る。

　上に建っている塗籠造りの別邸よりも、おそらくこの地下室の方が広い。時には久蔵は何日もここに籠もって作業に没頭していることもある。

奥へ進み、漆塗りの戸板を横に開くと、そこに伊武が横たわっていた。

月に一度は、首と手脚を胴体から外し、久蔵が細かく検分する。

その時には、中央の大きな台に胴体を載せ、奥の少し高い台に首を、外した手と脚は左右に二対ある台に載せるのだが、今は中央の台に、薄い寝間着の肌襦袢《はだじゅばん》を身に着けた伊武が、体を真《ま》っ直《す》ぐに伸ばして行儀良く寝ていた。

台の傍らに立ち、甚内は瞼を閉じている伊武の顔を眺めた。

その表情を見ていると、まるで寝息でも立てているかのような錯覚を感じる。

閉じられた瞼を覆《おお》う睫毛は長く、唇は淡く色づいて、開花を待つ花の蕾のようだった。

吸い寄せられるように、甚内の手がその胸元に伸びる。

触れようか触れまいかというところで、ふと我に返った。

甚内は頭を左右に振る。

何事もなかったかのように、伊武はそこに横たわっていた。

——わからぬ。

神器が横たわる台の傍らで、久蔵は額に浮き出た汗を手の甲で拭《ぬぐ》った。

経年によって劣化する箇所は、見た目に問題がなさそうでも、全て取り替えた。体の構造は伊武に酷似していた。それならば久蔵は、数百万ある部品の、小さな歯車の細部に至るまで、全て頭の中に入っている。ごま粒のような歯車のかみ合いの長さや歯丈が、ほんの少し違っていても機巧人形は動きを止めてしまうが、拡大鏡を使って一つ一つ検めても、不具合らしきものは見つからなかった。

これが伊武の体なら、間違いなく動いている筈である。

神器の構造について知れば知るほど、久蔵はある事柄に確信を持ち始めた。

比嘉恵庵は、「神代の神器」の検分と称してその構造を写し取り、そっくりそのままの模造品を作ったのではないか。

そして、それが伊武なのではないかと。

目頭を強く指先で押して、久蔵は頭を左右に振った。

この数日、あまり眠っておらず、頭が働かない。もしかすると自分が気づいていない差異が、神器と伊武の構造のどこかに隠れているのかもしれない。

伊武の体の部品のいくつかには、未知の鉱物や金属、材質の明らかでないものが使われている部分があるが、神器の体に使われている中には、形状や秤《はかり》に掛けた時の重さは同じでも、違った材質の部品で代用されているところが散見された。

台の傍らに腰掛けたまま、久蔵は横たわっている神器の胴体を眺める。手足は外されたままで、首は少し高いところで、己の体を見下ろすような位置に鎮座している。

このところは、拡大鏡越しに細々とした内部の構造ばかりを調べていて、考えてみると、こうして神器の体全体を眺めるのは久々だった。

瞼を閉じて眠っているように見える神器の表情や、仰向けに寝ていても形の崩れることのない胸の膨らみ、その頂にある、花の蕾のように色づいた乳頭などを眺めているうちに、ふと、その胸元に触れてみたくなった。

手を伸ばしかけ、急に久蔵は、強い既視感のようなものに襲われた。

ずっと以前にもこんなことがあった。

比嘉恵庵の「幾戒院」で、久蔵が未《いま》だ修業中の身だった若き日のこと。

それは伊武と出会ったばかりの頃だった。

瞼を閉じ、久蔵はその日のことを思い出した。

肆《し》

引っ込めた手を見つめ、久蔵は台の上に寝ている、作りかけの機巧人形を再び見下ろした。

頭と、首から鳩尾《みぞおち》の辺りまでの胴体部、それに右腕の肘の辺りまでしかない。

一見すると、まるで生きた人間の娘を、無慚《むざん》に斬《き》り刻んだ骸《むくろ》のように見える。実際、恵庵の留守中に初めてこの工房に忍び込んだ時、久蔵は、すっかり死体だと勘違いして腰を抜かしたものだ。

作りかけの中途半端《はんぱ》な状態だったが、それは間違いなく、若い娘を模した人型の機巧人形だった。

——恵庵殿の心は、とうとう魔物に魅入られたか。

それを初めて見た時、久蔵は素直にそう思った。

人の魂まで機巧で作り上げようというのか。

魂とは何かという問答を、師である恵庵とは何度も交わしたことがあるが、恵庵の考えは、いつも明確だった。

——人とは詰まるところ、複雑難解さの極まった機巧に過ぎぬ。

——魂と、魂にあらざるものの間に境目はない。ただ複雑さと多様さに差があるだけだ。

小柄で人当たりが好《よ》く、いつも弟子に囲まれて好々爺然《こうこうや》とした笑みを湛《たた》えていた比嘉恵庵の口から出てきた命題は、それだった。

久蔵は反論しようとしたが、答えられなかった。からくり屋台の人形や、大掛かりな萬歳時計《まんねん》の製作や修繕などを生業《なりわい》にしていた久蔵は、職人としての腕前には些《いささ》か自信があったが、そんなことは考えてみたことすらなかったことに気づかされた。

比嘉恵庵と、その弟子たちによる私塾、「幾戒院」の名は、天府にも鳴り響いていた。

だが、実際にどれほどのものが作られているかまでは目の当《ま》たりにする機会はなく、想像がつかなかった。思い上がっていた久蔵は、「やらせ訴人」として利用しようとする貝太鼓役の目論《もくろ》みに乗り、見知らぬ技術の二つ三つでも盗めればという浅ましい気持ちで、この幾戒院に入門したのだ。

溜息をついて、久蔵は作りかけの機巧人形を見つめる。

命が宿らぬにも拘《かか》わらず……いや、命が宿らぬからこその美しさなのだろうか。老いることもなく、またその形を失うこともない、侵すことのできぬ美しさが、そこにあるような気がした。

あまり長居すると、他の弟子たちに気づかれるかもしれない。

そう考え、久蔵は部屋を辞すことにした。

「……また来るよ、伊武」

久蔵は作りかけの機巧人形に声を掛けた。

返事がないのはわかっている。滑稽《こっけい》にも思えたが、その機巧人形には、そうしたくなる雰囲気があった。

伊武という名は、久蔵が勝手につけたものだった。

それは天府にある十三層の楼閣の、最上層に住むと伝えられる太夫《たゆう》の名前だった。

実際には最上層の座敷は空席で、そんな女は実在しない。頂点を空位にすることで、上層に座敷を持つ遊女たちの間で争い事が起こらぬよう、わざとそうしているのだ。十三層に住む者たちや、通い詰める男たちの間ではよく知られていることで、その名は十三層を護《まも》る観音菩薩《かんのんぼさつ》のように語られている。

天府に住んでいた頃、最上層に住む太夫の姿を、死ぬまでに一度拝んでみたいものだと思っていた世間知らずの久蔵に、十三層通いの知り合いが教えてくれたことだった。

この世に存在しない架空の女の名は、目の前にいるこの命を持たぬ女の名にこそ、相応《ふさわ》しく思えた。

比嘉恵庵の工房は、広い本宅の裏手にある笹林《ささばやし》に囲まれた離れにある。笹藪《ささやぶ》の中の細い道を進み、生垣の間にある柵を開いて外に出ると、久蔵は本宅の片隅にある自室に戻り、出掛ける用意を始めた。

松吉《まつきち》に会わなければならない。

それを考えると、胃がきりきりと痛んだ。

師である恵庵や、同僚の弟子たちを裏切っているという罪の意識は、日に日に膨らんできている。

公儀隠密《おんみつ》である松吉によって、「やらせ訴人」として幾戒院に送り込まれるようなことがなければ、おそらく久蔵が、恵庵の弟子となることはなかったであろう。

もっと違った形で恵庵と出会い、師事したかった。そうでなければ、何も知らないまま一介のからくり職人として生涯を終えた方がよかったのかもしれない。運命《さだめ》とは残酷なものである。

恵庵が禁中で検分しているという、「神代の神器」に関する覚え書きや写しなどのようなものは、工房からは見つからなかった。

幾戒院で見聞きしたことは、包み隠さず松吉に伝えなければならなかったが、久蔵は、作りかけの人型の機巧人形《オートマタ》、伊武については黙っていることにした。

禁中の秘密とは無関係であろうし、何より、伊武のことが人に知られ、脅かされるようなことが起こるのが我慢ならなかった。

「まさか恵庵に感化されたんじゃあるまいな」

卯州《うしゅう》の城下の外れにある、馬臼《はせ》街道に沿った宿場の部屋で、松吉は久蔵に向かってそう言った。

階下では賭場が開かれているのか、喧噪《けんそう》が床越しに突き抜けてくる。

密談は人気のないところより、人いきれで騒がしいぐらいの場所で行った方が良い。今まで何者かに後を付けられたり、不審に思われたりしたことは一度もないが、これなら、もし訝しく思われたとしても、賭場に通っていたと言い訳すればいい。人目を避けていたのも、そのためだと。

「何度聞かれても、幾戒院に不審な動きなどない。禁中に招かれて恵庵殿が検分している『神代の神器』についても、弟子たちは誰一人、教えられていない」

確固たる口調で久蔵はそう言った。実際、嘘《うそ》をついているわけではない。

「そうかい。まあいいや。それにしても相変わらずの仏頂面《ぶっちょうづら》だな」

碗《わん》の中の酒をまずそうに嘗《な》めながら松吉が言う。

「お前と飲んでいてもちっとも面白くねえ」

こちらの科白《せりふ》だと、久蔵は内心、毒づいた。

「ところで、恵庵が禁中に出入りしているのなら、天子様のご様子などは何も聞き及んでいないのか」

久蔵は首を横に振った。

天帝は今、腹中に第二子を懐妊している。

長子は男児であったため、女系で継承される天帝家では、女児が待望されていた。今上の天帝は体が弱く、第一子の比留比古親王を生んだ時も、大きく体調を崩し、子供を産むのもこれが最後かもしれぬと巷間《こうかん》では言われていた。

御公儀に於《お》いても、禁中での動きや天帝家の様子は気になるらしい。先の遷宮《せんぐう》の際には、御公儀がその資金の殆《ほとん》どを出したというが、神代より続く天帝家の威光は、武家が優位に立った今でも、無視することはできない。

闘蟋《とうしつ》会を催すなど、公家風の生活を装っても、禁中にとって将軍家は武家であり、禁中の表にすら足を踏み入れることの許されぬ身分だ。いずれ御公儀から姫を輿入《こしい》れさせる思惑もあるらしく、第二子も男児であれば、あらゆる面で公儀に頼り切りの天帝家は、断ることができず、苦しい立場を強いられる。

松吉を操っているのは、御公儀の要職にある何者かであろうが、久蔵はそれが誰なのかは知らない。松吉が何を企《たくら》んでいるのかも、何を求めているのかも、本当のところはわからなかった。


久蔵が恵庵の元に呼ばれたのは、それからひと月ほど経《た》った頃だった。

「天子様は難産の末、御崩御なされた」

恵庵の口から出てきた言葉は、あまりにも衝撃的だった。

「御後胤《ごこういん》の方は……」

「神上《かむあ》がられた」

つまり、腹にいた赤児《あかご》ともども死んだということだ。

「無論、これらのことは口外無用だ」

困惑する久蔵に向かって、恵庵がそう言った。

それにしても、そのような禁中の一大事を、何故《なにゆえ》に自分のような者に明かすのか、それが理解できない。

「禁中では、しかるべき時までこのことは隠すことに決まった」

「しかし、隠し通せるものでは……」

そんなことが可能だとは思えなかった。

だが、恵庵は真剣な顔で頷いた。

「……人型の機巧人形をつくることになった」

久蔵は息を呑《の》む。

恵庵の工房で、作りかけの人型の機巧人形は見ていたが、改めてそのような言葉が出てくると、無謀としか思えなかった。

「いかに天子様そっくりに似せて作ったところで、誤魔化せるとは思えませぬ」

「何を言っている。作るのは死産した赤児に似せた機巧人形だ」

額に浮かび上がってきた汗を久蔵は拭う。

「天子様の方は頃合いを見計らって崩御を伝える。しかるのち帝位を赤児に継承させ、院政を敷く。いずれは比留比古親王が取り仕切ることになるだろう」

大人の女の機巧人形となると、大掛かりで手間も掛かるが、物も言えず、あれこれと人との意思の疎通《そつう》も少ない赤児の機巧人形なら或《あ》いは、とも思えた。

例の作りかけの機巧人形を見ていたからだろう。そうでなければ、とても可能だとは考えられない。

「まずは赤児の姿で作り、成長とともに少しずつ部品を取り替え、時間を掛けて人らしい所作や言動を持つものに近づけていくつもりだ」

最初から完成されたものは目指さず、赤児が子供に、そして大人へと成長するように、徐々に機能を整えていこうという考えらしい。

それは殆ど、人の所業とは思えなかった。

だが、久蔵の心は静かに興奮しており、手は微《かす》かに震えていた。

「天府でからくり職人をしていたお前には、確かな手先の技術がある。幾戒院の他の弟子たちは、それが伴っておらぬから、いざとなるとどうにも役に立たぬ。手を貸してくれるな？」

そこまで恵庵に見込まれていることが、久蔵には意外で、そして誇らしかった。

それからは、ことある毎《ごと》に刑場などに足を運び、特に妊婦や赤児、年端《としは》もいかぬ子供などの亡骸《なきがら》を腑《ふ》分《わ》けして、細かく検分した。

恵庵が引いた図面を元に、久蔵が銀を削り出して骨格を作った。さらに恵庵が時計仕掛けなどの技術を応用して、歯車や撥条《ぜんまい》を仕込んでいく。

久蔵が乳白色の硝子《がらす》細工に貴石を嵌《は》め込んで眼球をつくれば、恵庵が顔の表情や動きを司《つかさど》る複雑な仕掛けを、頭蓋《ずがい》の中に隙間《すきま》なくびっしりと埋め込むという按配《あんばい》だった。

命なきものから命を産み出すような、冒瀆《ぼうとく》的な熱意が二人を支配していた。

昼も夜も忘れて作業に没頭する日が何十日も続き、次第にその機巧人形は、赤児の形を呈《しめ》し始めた。

作りながら、ふと久蔵は考えた。

子を孕《はら》んだ女の体には、魂が二つ同居している。

よくよく考えると、それは尋常ならざることだ。

では、女の子宮に宿った命は、いつどこからやってきたのであろうか。

魂が、どこからかやってきて宿るものであるなら、今、自分が手がけているこの赤児の機巧人形にも、不意に魂が宿ることがあるのではなかろうか。

百日ほどを費して、赤児の機巧人形が、形だけはほぼ仕上がりかけた頃である。

どうしても外せぬ所用があって、久方ぶりに恵庵が出掛けることになった。

連日の作業のため、心身共に疲れ果てていた久蔵は、どうしても我慢しきれず、伊武の姿を眺めるために、昼日中に恵庵の工房に忍び込んだ。

離れにある工房の奥に入ると、相変わらず伊武は台の上に仰向けに横たわっていた。

また少し体の部品が増えており、両脚は膝まで揃《そろ》っている。

傍らに腰掛け、瞼《まぶた》を閉じたその表情をまじまじと見つめた。

手足が欠けているので、まるで亡骸のようだが、刑場で飽きるほど見た屍《かばね》とは違い、血色は明るく、頬には赤みが差している。

その体からは、気のせいかもしれないが、微かに花の匂《にお》いがするような気がした。

「伊武……」

久蔵は呟《つぶや》いた。

疲れていたからかもしれない。そうでなければ、働きづめだったせいで、以前にも増して機巧への思いが募っていたのかもしれない。

それまでは、じっと長い時間、眺めていることはあっても、けして触れることはなかった。

自分のような者が触れたら穢《けが》してしまうのではないか。清らかなものを壊してしまうのではないか。そんな気がしていたのだ。

自らの心臓が高鳴っているのを感じた。

伊武の白い胸に久蔵は手を伸ばす。

中指の先が乳頭に触れた。

少しだけ躊躇《ためら》いがあったが、久蔵はそのまま伊武の左胸をそっと手の平で包み込んだ。

弾むような感触と、潰《つぶ》れてしまいそうな柔らかさが混在している。

己の心臓の鼓動が、腕を巡って指先から、機巧人形の心臓へと流れ込むような錯覚を感じた。

乳房越しに、久蔵の鼓動と重なるように、天輪が反転しては振り石にぶつかり、反復運動を始めた律動が伝わってくる。

横たわっている伊武の瞼が、ゆっくりと開かれるのが、台を見下ろしている久蔵の視界に入った。

「釘宮……久蔵様？」

そして伊武は確かにそう呟いた。

胸元から手を離し、久蔵は台から飛び退《の》いた。

体中に戦慄《せんりつ》を覚えていた。

恵庵とともに赤児の機巧人形を作りながらも、どこかで久蔵は、機巧が人と同様に動いたり喋《しゃべ》ったり、またはものを考えたりするわけがないと、醒《さ》めた気持ちで捉《とら》えていたところがあった。

仰向けに横たわった伊武が、首だけを動かしてこちらを見る。

それだけでたまらなくなり、久蔵は部屋から逃げ出した。

伍《ご》

「そのようなことがあったとは……」

釘宮邸の縁先で、伊武の口から語られる話を黙って聞いていた甚内は、感嘆とともに思わずそう呟いていた。

普段から殆ど感情を表に出すことのない久蔵からは、想像ができない。

濡《ぬ》れ縁《えん》に腰掛け、足を揃えて行儀良く座っている伊武の傍らには、表面に長須鯨《ながすくじら》の絵が描かれた、四つ足の付いた箱が置いてあり、甚内との間を遮っている。

かつて人であったものが、その箱型の機巧の中には閉じ込められている。

表面に描かれた、白波から飛び出してくる長須鯨の、力強く繊細な絵は、伊武の筆によるものと聞いて、随分と甚内は驚いたものだった。

「釘宮様が心を閉ざしたようになってしまったのは、ずっと後のことです」

「やはり、比嘉恵庵らの事件の後か」

微かに頷《うなず》きながら、伊武は箱の表面を撫《な》でている。

天気が良い日は、いつもこうやって箱を抱えて縁先に持ち出し、日向《ひなた》ぼっこをするのが伊武の習慣だった。

あれこれと箱に話し掛けたりしている伊武を見て、弟子たちはやはり伊武殿には妙なところがあると首を傾《かし》げる。新たに入門した弟子は、必ず一度は腰掛けと間違えてこの箱に座り、顔を真っ赤にした伊武に怒られる。

顎《あご》に手を添え、甚内は唸《うな》った。

比嘉恵庵が起こそうとして未遂に終わった幕府転覆の計画は、広く世間でも知られている。

かつて比嘉恵庵が開いていた私塾、「幾戒院」には、久蔵のような職人の他、小藩の次男坊や三男坊、また食い詰めた浪人者などが多く出入りしていた。

ちょうど御政道が乱れていた折で、些細《ささい》なことでの減封や、場合によっては藩ごとの改易などがまかり通っており、恵庵の元にも、これらに不満を持つ者たちが多数集まっていた。

市井《しせい》の機巧師であったにも拘わらず、恵庵は御公儀から士分として精煉《せいれん》方に取り立てようという破格の誘いを受けていたが、これを断り続けており、また、禁中との繋《つな》がりも深かった。それが御公儀の動きに不安を感じている小藩の藩士や郷士、再仕官のままならぬ浪人たちの支持を得ていた。

比嘉恵庵自身には、反幕の意思は薄かったのではないかと甚内は考えている。

以前、御公儀の手先として働いていた時に知ったことだが、おそらく恵庵は、御公儀がこのまま力を得て、いずれ天帝の機巧人形の秘密が明らかになり、禁中の秘密とされていた天帝陵が暴《あば》かれることを懸念《けねん》したのだ。

それは言い換えれば、天帝の機巧人形に対する親心のようなものであろう。好奇の目に晒《さら》され、他人の汚い手で隈《くま》なく調べられ、自らの娘の体が犯されるのを阻止したかったというような単純な動機が、恵庵を突き動かしたのだとしか思えない。

先代将軍が病死し、当時はまだ十一歳の幼君であった現在の公方様が宣下《せんげ》を受けて後を継ぐと、とうとう恵庵は事を具体的に運び始めた。

自らの機巧の腕を駆使し、火種を使わず懐《ふところ》に隠し持つことのできる短銃や、時計仕掛けと組み合わせた火付けの装置、或いは鳥や猫の姿に見せかけた機巧人形に爆薬を仕込むなどして準備し、倒幕の計画を練った。

予定では、まず天府で浪人衆が蜂起《ほうき》し、城下の十数か所で火付けを始め、大火災を起こす。混乱に乗じて、東西の奉行所と天府城周辺に伏せていた者たちが、手当たり次第に要人たちを討ち取る。

同じ頃、恵庵は禁中に上がり、弟子たちからの報告を待って、天帝から将軍討伐の勅命を得て、これを各地に発布する算段であった。

機巧人形である天帝は恵庵の娘も同然である。恵庵の私塾に通う弟子たちが属する藩の多くも、勅命に従って朝敵となった幕府に反旗《ひるがえ》を翻し、天府や上方《かみがた》で燻《くすぶ》っている浪人たちも、この計画に賛同するであろうと恵庵は見越していた。

だが、それは未遂に終わった。

恵庵の私塾、「幾戒院」には、公儀隠密から「やらせ訴人」が送り込まれていたからである。

それが釘宮久蔵だった。

「お前は『やらせ訴人』であろう」

本宅の奥に呼び出した久蔵に向かって、恵庵は口を開くなりそう言った。

久蔵は狼狽《うろた》えた。端座した膝の上で握った拳《こぶし》が震え、首筋や腋《わき》の下を冷たい汗が伝う。

「いつからそれを……」

「ずいぶんと前から怪しいと睨《にら》んではいた。お主、賭場《とば》で御公儀の間者《かんじゃ》らしき者と会っているな？」

松吉のことだ。

そこまでわかっているとなると、申し開きは立たない。

そわそわと落ち着かずに、久蔵は部屋を見回した。

心中を透かし見るかの如《ごと》く、恵庵は半眼に開いた目でじっと見つめてくる。いつもの好々爺然とした雰囲気は微塵《みじん》もなかった。久蔵は顔を上げることもできない。

ふと、隣室へと続く襖《ふすま》が開いた。

自分を斬り捨てるために、刀を携えた幾戒院門下の浪人者でも押し入って来たのかと、久蔵は身を強《こわ》ばらせる。

だが、そこに立っていたのは、年頃の娘だった。

目が覚めるような赤い色をした小袖《こそで》を着ており、黒髪は長い簪《かんざし》でひと纏《まと》めにしている。

一瞬では、それが何者かわからなかったが、久蔵はあっと声を上げたまま言葉を失った。

以前に恵庵の工房で見た、あの機巧人形だ。

愕然《がくぜん》としている久蔵の目の前で、娘は上前を押さえながら、恵庵の隣に端座した。

そのまま三つ指をついて久蔵に頭を下げる。

「伊武と申します」

そう言って顔を上げ、口元に薄く笑いを浮かべる。瑪瑙《めのう》のような暗緑色の輝きを持つ瞳《ひとみ》に、困惑する久蔵の姿が映し出されている。

「この娘に見覚えがあろう。無論、名前にもだ」

あまりのことに、久蔵は返事をすることもできない。

「儂《わし》の留守中に、何度も工房に忍び込んだらしいな。全《すべ》てこの伊武から聞いた」

「私は……」

あの日、伊武が目を覚まし、久蔵に向かって語りかけたのは、後ろめたいことをしている最中に見た、夢か幻かと思っていた。

「ひとつ聞きたい。お主、どうやってこの機巧人形を動かした？」

「は……？」

質問の意味がわからず、久蔵は裏返った声を出した。

「理屈の上では動く筈《はず》のものが、どうにも動き出さず困っていた。そこにお前が忍び込み、どのような技を使ったものかはわからぬが、この機巧人形は意思を持って動き出した」

深く眉間に皺を寄せ、唸るように恵庵は言う。

「わかりませぬ……」

思い返してみても、何か特別なことをした覚えはない。

「まあいい。伊武という名も、この機巧人形が自ら望んで付けたものだ。お主が名付け親らしいな」

顔から火が出るような思いだった。生命を持たぬ機巧人形に、生身の女以上の何かを委《ゆだ》ねていたことが、人に指摘されて初めて自覚された。

「この伊武の体を元にして、天帝の機巧人形は改良を重ね、今は遜色《そんしょく》ないほどの出来映えになっている」

久蔵は顔を上げる。

試作ともいうべき、赤児の機巧人形が完成した後は、久蔵には図彙《ずい》が渡され、部品の製作を言い渡されるだけだった。

禁中への同道は弟子には許されていなかったから、久蔵は実際に組み上がった天帝の機巧人形が動くところは見たことがない。

だが巷間では、先帝は崩御したものの、その後胤である女児は一命を取り留め、いずれ兄である比留比古親王から政務を引き継ぐことになるだろうと言われていた。

「正直言って、儂はお前のことを、惜しいと思っている」

じっと久蔵の顔を見据えながら、恵庵は言葉を続ける。

「頭でっかちなだけの他の弟子たちとは違い、お主の手には機巧を産み出す技と心が宿っている。これは希有《けう》なことだ。知識は嘘をつくが、技は嘘をつかぬ。神は手の中に宿ると思え」

いつの間にか、いつもの師と弟子の会話のようになっている。

「お前の手から産み出される歯車や撥条、その他、機巧に関わる部品の数々は寸分の狂いや間違いもなく、嘘がない。だからこそ、儂はお前を信じてみようという気になった」

「恵庵様……」

声は殆ど掠《かす》れてしまい、言葉にならなかった。瞼の端から、涙が溢《あふ》れてくる。

「やらせ訴人としてこの幾戒院に送り込まれたのは巡り合わせだ。それを責めても仕方あるまい。だが、この十年以上に亘《わた》る修業の日々で、お主の心は、すでに御公儀ではなく、この幾戒院と恵庵の下にあると考えている」

久蔵は強く何度も首肯した。

何か言葉で補おうとしたが、何も出てこなかった。この場で何を返しても、空々しく聞こえるだけのような気がした。

「お主が御公儀の間者と通じているなら、却《かえ》ってそれは好都合だ」

久蔵は息を飲む。恵庵が何を言わんとしているのか察せられたからだ。

「すでに倒幕のための蜂起の日取りや段取りについては詰めに入っている」

それは久蔵も薄々勘付いていた。以前よりも人の出入りが増えており、明らかに機巧を学びに来るのが目的でない者が、その中には交じっていた。

松吉に伝えるか否《いな》かで、このところ久蔵は夜も眠れぬほど迷っていた。

「蜂起は師走《しわす》の初卯の日、時刻は日入の酉《とり》ノ刻《こく》。公儀の者にはそのように伝えるのが良かろう」

恵庵はそう言って頷いた。

おそらく恵庵らは、それよりも遥《はる》かに早く動き出す算段に違いない。わざと偽りの日取りを漏らし、油断を誘う策略だろう。

久蔵は腹を括《くく》った。相手を騙《だま》すだけなら、偽りだとは明かさずに伝えればいい。

それを恵庵は、種を明かした上で伝えた。久蔵を試しているのだ。

ここを堪えて乗り越えれば、自分は本当の意味で後ろ暗いところなく、恵庵の弟子となることができる。そう思った。

その場から辞し、久蔵は一旦《いったん》、身支度を整えた後、宿場に足を向けた。

偶然だが、松吉と会う約束の日だった。このところの幾戒院の動きには松吉も不審を抱いているらしく、以前よりも頻繁に会っている。

松吉の顔を見るのは憂鬱《ゆううつ》の種だったが、今日に限っては足取りも軽かった。むしろ、相手を欺《あざむ》くことに軽い興奮を覚えている。

倒幕のための蜂起が成功すれば、自分はついに松吉や、その背後にいる公儀隠密などから自由になれるのだ。

心の内を見透かされぬよう、用心しながら松吉の待つ賭場の二階に足を向けたが、予想に反して、松吉は久蔵の話に眉《まゆ》ひとつ動かさなかった。

「さあて、どちらが本当なのやら」

指先で顎の先を掻《か》きながら、不意に松吉が口を開いた。

「どういう意味だ」

平静を装《よそお》いながら、久蔵は言う。

「他から聞いた話と違うってことよ」

「まさか……」

嫌な予感がした。

「やらせ訴人がお前だけだと思ったら大間違いだぜ」

松吉は酒の入った碗を手にして口に寄せた。

「幾戒院に出入りしている浪人者の中にも紛れ込ませている。俺はちょいと牟田《むた》藩に伝手《つて》があってな。事後にはそちらに仕官の口を利《き》いてやるっていう約束だ」

にやにやとした笑いを浮かべながら、松吉は酒を呷《あお》る。

「お前、たぶん恵庵らに、やらせ訴人だってことを勘付かれてるぜ」

「それは……」

どう受け答えしたら良いかわからず、久蔵は口ごもった。

「嘘の段取りと日取りを吹き込まれたようだな。御公儀に通じていると知って、こちらの裏をかこうってところか」

どうやら松吉は、久蔵も騙されているものだと勘違いしているようだった。

「他から聞いた日取りの方が、十日ほど早い。おそらくはそちらが本当だろうな」

自分自身で納得するように松吉は頷いた。

「このまま幾戒院に戻ったら、お前、殺《や》られるぜ。ちょうどいい。夜が明けたら、俺と一緒に天府に向かおう」

「それは……」

「お前のためを思って言ってやってるんだぜ。それとも何か、不都合でもあるのか」

上目遣いに睨《ね》めつけてくる松吉に、久蔵は押し黙る。裏切ろうとしていたことが知れれば、この場で無情に斬り捨てられて終わりだろう。同時に恵庵の本当の弟子になるという夢もそこで潰《つい》える。

「一介のからくり職人だったお前を恵庵のところに送り込んだのは、やらせ訴人として使うためだけじゃねえ。御公儀からの誘いを蹴《け》り続けている恵庵の代わりに、その技術を世のために役立てる者が必要だからだ。それに――」

松吉の瞳が、不意に黒目を増したかのように見えた。

「連中が本当に倒幕のための蜂起なんて馬鹿《ばか》なことをしでかしたら、幾戒院の連中は一人残らず捕縛されるだろう。その時は、お前がその技術を受け継ぐのだ。悪い話じゃねえよ。士分に取り立てられて、役付きだ」

「まさか……」

そんな破格な話があろうとは思えなかった。

いや、これは本来、恵庵の元に持ち込まれていた誘いであろう。公儀は恵庵を手元に置くことを諦《あきら》め、同じ条件で久蔵を飼い殺しにすることにしたらしい。

「そのまさかだ。天府に戻ったら、俺の主に引き合わせてやるよ」

「隠密の元締めの顔など見たくもない」

「喜八の親父《おやじ》じゃねえよ。もっともっと上にいるお方だ。法螺吹きの爺《じい》さんさ」

松吉は心から可笑《おか》しそうに笑ったが、久蔵は意味がわからなかった。

だが、思っていたのとは雲行きが違ってきた。

軽口を叩《たた》いていても、松吉は公儀隠密である。隙を見て逃げ出し、幾戒院に戻ることは難しいだろう。久蔵がそのような行動を取れば、いくら何でも松吉も怪しいと感じる筈《はず》だ。

久蔵は強く下唇を噛《か》んだ。この期《ご》に及んで死が恐ろしく、松吉に従わざるを得ない己の不甲斐《ふがい》なさを呪《のろ》った。

須臾《しゅゆ》七年十一月——。

時計仕掛けの火付け装置を携え、天府各地で焼き打ちを狙っていた恵庵の弟子や浪人者たちが、次から次へと東西奉行所の手によって捕縛された。

比嘉恵庵は、捕り方たちよりもひと足早く自邸を出ており、御所に隠れて捕縛されることを逃れたが、二十日以上に亘ってのじりじりとした幕府からの奏上で、とうとう身柄が禁中から引き渡されることになった。

無論、恵庵は将軍討伐のための勅命など得られなかった。幕府軍が内裏の外を十重《とえ》二十重《はたえ》に取り囲み、まるで禁中を相手に戦でも始めようかという物々しさの中、恵庵はその姿を門外に現した。

意外にも、その表情は何かをやりきったかのように清々《すがすが》しく、抵抗もなく恵庵は縄に付いた。

この事件とは直接、関わりを持たなかった恵庵の弟子や、出入りの藩士、浪人者たちも次々と燻《いぶ》り出されて捕縛され、それを理由に改易される小藩なども出てきた。

三《み》ツ辻《つじ》ヶ原《はら》にある刑場で、この事件で捕縛された百名余りの者たちが打ち首になり、比嘉恵庵ほか、首謀者と目された者たちの首は、肉の一片に至るまで鴉《からす》と蠅《はえ》の子に食い尽くされ、髪を残して白骨と化すまで晒《さら》され続けたという。

奉行所に出された、比嘉恵庵とその一味による倒幕の企てに対する訴状には、二人の名前が並んで書かれていた。

一人は、後に牟田藩に取り立てられた浪人者の名前、いま一人は、幕府精煉方手伝、釘宮久蔵とあった。

——あの日、自分の心は死んだのだ。

いっこうに動き出す気配のない神器を見下ろしながら、久蔵は悔恨の情に晒されていた。

天府の外れに広大な屋敷を与えられ、手伝いとは名ばかりの、当の精煉方よりもずっと良い待遇を得て、恥知らずにも今日まで己は生きてきた。

　自分と同じく恵庵の事件の訴人となった浪人者を、取り立てた牟田藩ごと潰すために闘蟋会に機巧化した虫を紛れ込ませ、また、当時は懸硯《かけすずり》方付の隠密だった甚内を利用して、松吉を殺害した。

　天帝の機巧人形を巡る事件の際には、一連のことに裏で手を引いていた貝太鼓役の芳賀羽生守を、改易のうえ切腹にまで追い込むよう誘導し、久蔵なりの復讐《ふくしゅう》を続けてきた。

　だが、心の内に広がっている暗い霧が晴れることはなかった。

　恵庵が打ち首獄門《おうしゅう》になった後、久蔵は呼ばれて精煉方作業所に赴いた。

　幾戒院から押収された品々や書物を検分するよう言い渡され、天帝の機巧人形に関わる図彙を隠すため、小口を『其機《そのき》巧巧之《こうこうの》如何《いかん》を了知する能《あたわ》ず』と書き換え、他の書物らに紛れ込ませて封じた。

　押収された品々を検分するうちに、久蔵は奇妙なことに気づいた。

　あの、伊武という名の機巧人形が見当たらない。

　もしやと思い、刑場で処刑された者らの人別帳も調べてみたが、伊武と思《おぼ》しき若い娘が投獄されたり打ち首になったという記録は見出《みいだ》せなかった。いや、もし伊武が捕縛され、人型の機巧人形だということが明らかになっていれば大騒ぎである。人と寸分違わず、動いて喋る生き人形のような機巧が存在すること自体、ごく少数の者しか知らなかったことである。

精煉方手伝となった久蔵も、その秘密は漏らさずにいたが、口にしたところで実物を見なければ、誰も信じないであろう。

それは、五月雨《さみだれ》の降るある生暖かい日のことだった。

虚《うつ》ろな気持ちのまま、幕府から与えられた広い屋敷でただ一人、書を紐解《ひもと》いていた久蔵は、人の気配を感じて表に出た。

午時《ひるどき》であったが、空は曇っていて薄暗く、門の前に立つ女の着ている赤い小袖も、風景の中に溶け込んで滲《にじ》んでいるように見えた。

かしげられた傘の縁から見えるのは、顔の下半分だけである。

赤い唇が、歪《ゆが》むように微笑《ほほえ》んだ。

――伊武。

久蔵は、雨に濡れているのも忘れて呆然《ぼうぜん》とそこに佇《たたず》んだ。

一歩一歩、摺《す》り足のような歩調で伊武が近づいてくる。

「お探ししておりましたよ。釘宮久蔵様」

傘を上げ、女の顔が見えた。

瑪瑙のような暗緑色の輝きを持つ瞳が、真《ま》っ直《す》ぐ久蔵を見つめる。

よく見れば、伊武の着ている小袖の裾《すそ》は汚れて破れ、足元は足袋跣《たびはだし》で、それも破けて布きれをつっかけているような按配になっている。長い道のりを彷徨《さまよ》い、辿《たど》り着いたことが窺《うかが》われた。

「あちらこちら、私の体の様子を見て欲しゅうございます」

雨で水溜《みずた》まりになった地面に、久蔵は膝《ひざ》を折って崩れ落ちた。

額を飛び石に打ち付け、泥水を啜《すす》るように顔を地面に付けて嗚咽《おえつ》した。

恵庵が死んでから、初めて流した涙であった。

そして、久蔵が感情らしきものを伊武の前で吐露したのは、それが最後となった。

台の上に横になっている神器《じんぎ》の肢体を眺めているうちに、ふと、遠い昔に失った感情のようなものが久蔵の内に湧《わ》き上がってきた。

その体に触れてみたいと思った。

無論、検分のために細部に亘って散々いじくりまわしてはいたのだが、機巧師としてではなく一人の男として、眠っている神器の肌に触れてみたくなったのだ。

未完成だった伊武が、恵庵の工房に横たわっていた時のことを久蔵は思い出す。

心臓が高鳴っているのを感じた。

神器の白く隆起した胸元に久蔵は指先を伸ばし、白い肌襦袢《はだじゅばん》の合わせから、手を滑り込ませた。

こんな気持ちになったのは、いつ以来だろう。

若く美しいままの伊武、そして伊武に瓜二つ《うりふた》のこの神器の傍らで、もはや老境に入ってしまった己を、久蔵は寂しく感じた。

そのまま神器の左胸をそっと手の平で包みこむ。

弾むような感触と、潰れてしまいそうな柔らかさ。

久蔵の感情を覆《おお》っているのは情欲ではなく、失われたものへの懐《なつ》かしさだった。

そうだ。自分はかつて、伊武を――。

不意に手元で、何かが動き出す感触があった。

手の平に感じられるそれが、自分の鼓動によるものなのか、それとも神器の胸郭の向こう側にある心の臓を模した機巧の回転によるものなのか、一瞬はわからなかった。

見下ろしている久蔵の視界の中で、長い睫毛《まつげ》に覆われた神器の瞼が、静かに開くのが見えた。

続けて蕾《つぼみ》が開花するかのように、淡い色をした唇が開き、白蝶貝《しろちょうがい》を削りだした白い歯が覗《のぞ》いた。

「釘宮……久蔵様？」

伊武が目覚めた時に、時間が逆戻りしたかのような錯覚を久蔵は覚えた。

陸《ろく》

天守閣の大広間には毛氈《もうせん》が敷かれたひな壇が設《しつら》えてあり、その上には形や大きさも様々な小さな虫壺《むしつぼ》が並べて置かれていた。

それらには、勝負に敗れ、御上覧の取り組みには出られなかった闘蟋が入っている。蟋蟀《こおろぎ》は冬を越すことができず、虫の命は今季限りである。そもそもこの御上覧の闘蟋会に出るのが目的で養われてきた虫だから、事が終われば献上されることが殆どだった。

上座には五角形をした大きな黒檀《こくたん》の卓が用意されている。

対峙《たいじ》するように東西の茜草《せんそう》役の席があり、隣り合わせて行司と闘蟋改方の席が、そしてもう一辺には公方《くぼう》様が座る席がある。東方、西方の席の背後には、やはり毛氈を敷いた台があり、上覧の名誉に浴すことが認められた双方五匹ずつ、十四の闘蟋の入った虫壷が置かれていた。

その五角形の卓の傍らに、緊張した面持ちで座っている数名の中に、佐七の姿もあった。

佐七の属する卯月藩の闘蟋も、最後の十四に残っていた。御上覧の闘蟋会で茜草役をやるのは初めてだと佐七は言っていた。

東方の佐七と相対する西方には、闘蟋改方の茜草役が、落ち着いた様子で座っている。御公儀の闘蟋である〈鳶梅《とびうめ》〉も、この最後の十四に残っていた。

卓からはだいぶ離れて、数十名の各藩の者たちが、公方様が入って来るのを今か今かと待っている。

卓の傍らにいて闘盆を覗き込まなければ詳しい取り組みの内容はわからないが、そこは心得たもので、行司が手にした軍配の握り方や角度、その動かし方などで、どのような形で闘蟋が組み合い、どちらが優位かなどが、その道の者にはわかるようになっているらしい。

最初のうちは静かに待っていた周囲の者たちも、次第におかしいと感じ始めたのか、ざわつき始めている。

開始が予定されていた時刻から、すでに半刻《はんとき》以上が経《た》っていた。

何かが起こったらしきことは、甚内も薄々勘付いていた。

まず、甚内を監視するように大広間の隅に陣取っていた梅川喜八が姿を消していた。御庭番の元締めである喜八が向かったからには、甚内の動向よりもそちらの方が重大だということだ。些細なことではない。

そんなことに甚内が考えを巡らしている時、不意に大広間の奥にある、竹林と虎《とら》の絵が描かれた六枚口の襖の中央が横に開いた。

公方様の御成《おなり》かと、場に緊張が走ったが、一瞬のち、それは困惑の色合いに取って代わった。

両手で襖を左右に大きく開き、そこに立っていたのは、薄い肌襦袢を身に纏っただけの女の姿だった。

「……どこ？」

開口一番、確かに女はそう呟いた。

そして集まっている者たちなどいないかのように、困ったような顔をしてきょろきょろと辺りを見回している。

異様なのは、その女が全身に返り血らしきものを浴びていることだった。

――こんなところで何をやっている、伊武。

闘蟋《とうしつ》会に集まった大勢の中に交じった甚内は、最初、女を見てそう声を出しそうになったが、押し止《とど》まった。

違う。これは伊武ではない。

だとすると、これは――。

立ち上がって前に出ようとする甚内より先に、卓に着いていた闘蟋改方《あらためかた》が女の方に近づいた。

「この場を何だと心得ている。女、どこから入ってきた」

そう言って詰め寄ろうとするが、手は腰に携えた刀の柄《つか》を握っている。尋常ならぬ女の様子に、狼狽えているらしい。

「あなたは御公儀の方？」

「そうだ。闘蟋改方……」

言葉は途中で悲鳴に変わった。

甚内のいる位置からは、何が起こったのかすぐにはわからなかったが、闘蟋改方は、顔に伸びた女の白く細い腕を摑《つか》んでもがいている。

やがて、女が何をしているのかが見えた。

女の母指と示指が、深々と闘蟋改方の両の眼に突き刺さっている。

場にいる者たちが、一斉に色めき立ち、腰を浮かした。

悲鳴を上げてのたうち回る闘蟋改方を、眼に指を突っ込んだまま、女は仰向けに引き摺ってくる。潰された眼から滴《したた》り落ちる血潮で、畳の上に赤い線が描かれる。

卓に着いていた行司と、東西方に控えていた茜草役たちが、青い顔で慌《あわ》てて女から離れた。佐七は、殆《ほとん》ど床に這《は》いつくばるようにしてこちらに逃げてくる。

「甚内殿、あ、あれは……」

「あれは伊武ではない」

逃げてきた佐七の首根っこを摑んで甚内は言う。

「城を出て釘宮邸に行き、このことを伊武に伝えろ」

「甚内殿は？」

「久蔵殿を探す。良いか。くれぐれも拙者が久蔵殿を連れて戻るまで、軽はずみなことはするな」

そう言うと、甚内は佐七を放り出すように部屋の外に投げ飛ばした。

女を見ると、ぐったりとした闘蟋改方の体を引き摺りながら、何かを探してあっちへこっちへと行き来しては首を傾げている。

大広間の中に充満している張り詰めた空気など微塵も感じていないらしく、その仕種《しぐさ》は、やはり伊武に瓜二つだった。

女は大広間の隅にあるひな壇に飾られた、小さな虫壺に興味を示し、闘蟋改方の体を放り出すと、そちらに行って封紙で閉じられた虫壺の蓋《ふた》を、一つ一つ開け始めた。開ける度に中から蟋蟀が飛び出し、その都度、女は「あらっ」などと場違いな声を出している。

これが「神代《かみよ》の神器」か……。

いや、比嘉恵庵が、「神代の神器」である伊武に似せて作った機巧人形《オートマタ》……。

どうするべきか甚内が迷っているうちに、どこからか声が聞こえてきた。

「いたぞっ！」

奥の六枚口の襖を蹴り倒し、必死の形相をした武者姿の者らと、別の入口から入ってきた、作務衣《さむえ》姿の者らが合わせて十数名、大広間に雪崩《なだ》れ込んできた。

武者姿は番方、作務衣姿は御庭番の公儀隠密《おんみつ》であろう。うち何人かは甚内も知っている顔だ。

大広間の中にいた者らのうち、半分はすでに逃げ出していた。

抜き身の刀を手にした武者と御庭番が、背を向けて虫壺を検《あらた》めている神器を、じりじりと囲む。

うちの一人が斬《き》りかかった。

無防備な神器の肩口に、刃が振り下ろされる。

そのまま血飛沫《ちしぶき》が上がって倒れるかに見えたが、刃は女の体を斬り裂くことなく、あろうことか刃の方が折れて床に落ちた。

ゆっくりと神器が振り向く。

その表情には怒りも憎悪《ぞうお》も浮かんでいなかったが、次の瞬間、髷《まげ》を摑まれた武者が、体ごと逆さまに宙に舞い、頭からひな壇の上に落ちた。

毛氈の敷かれた台が二つに折れ、武者の首もくの字に折れた。

台の上に載っていた虫壺が畳の上に散乱し、神器がまだ検めていなかった壺も、割れたり蓋が開いたりして、献上された数十四の蟋蟀が、ぴょこぴょこと畳の上を飛び跳ねて逃げ出した。

「ああっ、待って。あああ……」

首を折られて痙攣《けいれん》している武者の傍らで、神器はおろおろとした様子で、逃げる蟋蟀を捕まえようとしている。

その光景は、いっそ滑稽《こっけい》ですらあった。

泣きそうな顔で、畳の上を跳ねる蟋蟀を手の平で覆って捕まえようとしている神器に、今度は作務衣姿の御庭番が斬り掛かる。

神器はうるさげに刃を手で摑み、それを奪って出鱈目《でたらめ》に振り回し始めた。

「蟋蟀を踏まないでください！　踏まないで！」

狂乱するようにそう叫びながら、たちまちのうちに神器は武者らを何人か斬り伏せた。

相手の太刀を、一切、受けたりよけたりもせず、一直線に斬り込んで行くので、腕に覚えのある者でもどうにもならない。神器は突き刺されても痛さを感じないのか、一向にこたえた様子もなく、先ほどと同様、骨に当たれば刀の方が折れるか刃こぼれを起こす有り様だった。

武者たちの血飛沫が床の畳や天井、折り重なって倒れた襖などに大量に飛び散り、大広間は地獄絵図の様相となる。

作務衣姿の隠密たちは、すでに姿を消していた。不利と見て、応援を呼びに行ったのかもしれない。

気がつけば、大広間に残っているのは甚内だけだった。

加えて、甚内は丸腰だった。天府城に入る際、妙なものを隠し持っていないか、喜八に特に目を付けられていた甚内だけが調べを受けたのだ。

刀を手に、途方に暮れたように大広間に立っている神器が、ふと甚内の方を見た。

血で赤く染まった面立ちは、それでも神器の白い肌の色合いを引き立たせ、甚内の目には美しいもののように映った。

「あなたは、御公儀の方？」

「……違う」

首を横に振って答えると、神器は「そう」とだけ呟《つぶや》き、そのまま甚内には興味を失ったようで、床に倒れている骸《むくろ》を裏返して、また何かを探し始めた。

どたどたと、数十名の者が廊下を走ってくる音が近づいてくる。

迷った末、甚内は一度、そこを離れることにした。

神器よりも、今は久蔵を見つけ出し、連れ出すことの方が先決に思われたからだ。心がざわめく。久蔵は無事なのか。

畳敷きの広い廊下に飛び出すと、武者と御庭番たちの一団と鉢合わせた。

その中に、梅川喜八の姿もあった。

「甚内、てめえの仕業じゃあるめえな」

「馬鹿を言え。それよりも、よく聞け」

そう言うと、甚内は自分の胸元を指差した。

「拙者は釘宮久蔵の弟子で、機巧師の田坂甚内だ。今、大広間にいるのは、生身の女ではない。機巧人形だ。お前らの持っているなまくらでは、皮膚を貫くことも骨を削ることもままならないだろう」

甚内が言うと、その場にいる者たちは狼狽えた表情を見せた。

おそらく、もう何人も殺されているのだろう。

「止めるのなら、人でいう鳩尾《みぞおち》の辺りの皮膚が薄く作ってある。そこに貫手《ぬきて》を差し込み、胸骨の裏側にある仕掛けを押せば、張り詰めている撥条《ぜんまい》が空回りして緩み、一時的に動きを止める」

それは以前、久蔵が暴走した機巧人形を止める時に使った方法で、甚内はそのことを聞いて知っていた。

「信じるな！　こやつは元は貝太鼓役《かいたいこ》の手先、公儀隠密を裏切った男だ！」

だが、喜八がそう叫んで甚内の言葉を遮った。

それを受け、武者の一人が甚内に斬り掛かってきた。

甚内は、咄嗟《とっさ》に体ごと廊下に面した戸板にぶつかり、その向こう側の部屋に転がり込んだ。

廊下に溜《た》まっていた者の半数が、神器を取り押さえるために奥の大広間に走って行き、半数が甚内の息の根を止めるために部屋に雪崩れ込んできた。

「こんなことをやっている場合ではないぞ！」

甚内は声を上げたが、いきり立っている武者や隠密どもには通じない。囲まれてしまうと、もはやこれまでと感じられた。武者らはともかく、隠密たちは知っている顔もあり、いずれも甚内以上の手練《てだ》れである。多勢に無勢、丸腰で何とかなる相手ではなかった。

「やはりお前は殺しておくべきだったな。情をかけるのではなかった」

甚内を囲む輪の背後にいた喜八が、そう言いながら前に出てくる。

喜八は傍らに立つ隠密の一人から刀を受け取り、低い姿勢で間合いを窺っている甚内に向かって、じりじりと近づいてくる。

「さらばだ、甚内」

喜八の腕が振り下ろされる。

甚内は体を強ばらせたが、刀を手にした喜八の腕が、空中で何かに引っ掛かったように止まった。

次の瞬間、前腕の途中から喜八の腕が大根を輪切りにしたかのように落ちた。

一瞬は喜八自身も、何が起こったか察せられなかったようだが、続けて今度は首を掻き毟《むし》り始めた。

喜八の体が、床から五寸ほど浮かび上がった。喉仏《のどぼとけ》の下あたりがくびれたように引き絞られ、赤黒い血が滲み始めたかと思うと、首が転げ落ちると同時に体が床に投げ出された。

甚内も何が起こったのかわからず、辺りを見回す。

中空で何か、きらりと糸のようなものが反射するのが見えた。

空気を切る鋭い音とともに、それらが縦横無尽に交差し、甚内を囲んでいた者たちの手が、脚が、次々と切断され、ばらばらになって床の上に散らばる。

甚内は頭上を見上げた。忍び除《よ》けのために吹き抜けになった、数間はあろうかという高い天井の梁《はり》の上に、藍染《あいぞめ》の忍び装束に裾の詰まった裁着袴《たっつけばかま》の人影が立っていた。

「甚さん、お久しぶり」

鋼糸《はがねいと》の先についていた小さな分銅を掌中に収めると、女はそう言い、軽業師のようにくるりととんぼを切って床の上に片膝をついて着地した。

「春日《かすが》か」

天帝に仕えていた窺見《うかみ》……朝廷の忍びだった女である。

最後にその姿を見かけた時は、まだ年端《としは》もいかぬ十四、五の娘であったが、十年経って女ぶりを増していた。紅でも引いているのか、唇は赤く、きりりとした印象に様変わりしている。

「どうしてここに……」

佐七が釘宮邸に戻って知らせたにしては、現れるのが早すぎる。

「伊武ちゃんに行って来いって言われたんだ」

春日は傍らに倒れている武者の腰から刀を奪うと、甚内に放って寄越した。

「天子様を連れて、久々に修繕に訪れたんだが、伊武ちゃんが一刻ほど前から、急にそわそわし始めてね。虫が知らせるっていうやつなのかな」

「伊武が？」

春日は頷《うなず》く。

神器が目覚めた時に、双子同様の体を持つ伊武の体が、何か共鳴でもしたのだろうか。

「久蔵さん、行方が知れないんだって？」

「おそらくこの城内にいる。場所の目星はついている」

刀を帯の間に挟みながら、甚内は言った。

「ずいぶん面倒なことになってるみたいだね。甚さん、あんたいつから機巧師になったの？　似合わないね」

「うるさい。そういう話は後だ」

言うが早いか、甚内は走り出した。

その後ろを、ぴったりと春日がついてくる。

表に出ると、甚内は真っ直ぐに、目を付けていた西ノ丸下を目指した。

途中、慌てた様子の番方の武者や、闘蟋会の場から逃げてきたものの、どうして良いかわからずにおろおろしている各藩の者らと行き違ったりしたが、誰も甚内や春日のことなど気にもかけない。

青竹で組まれた矢来を、ひと飛びに越え、甚内はその先へと急いだ。この辺りになると、行き来する人の姿もない。

枝振りだけが残った殺風景な梅林を抜け、具足蔵や鉄砲蔵の並んでいる郭《くるわ》に出る。

そのうちのいずれかが、久蔵が神器を検分するための場所として使われているのだろうと考えていた。片っ端から調べるつもりだったが、入り口の厚い扉が開いている一棟がすぐに目に入った。

迷わずそこに甚内は飛び込む。薄暗い内部には、釘宮邸でも見慣れた道具や材料の類《たぐい》が、ところ狭しと並び、壁に掛けられ、棚に溢れている。

その中央にある台の傍らに、倒れている人影が見えた。

「久蔵殿！」

甚内は駆け込み、傍らにしゃがみ込む。

そして愕然《がくぜん》とした。

身に着けている茶染めの小袖《こそで》は、いずれも肩口から引きちぎられており、久蔵の体には腕がなかった。

まるで乱暴な子供に壊された人形のようだった。

無念に思いながらも、甚内は久蔵の胸元に耳を当て、鼓動があるかを確かめた。

微《かす》かではあるが、まだ息はある。

だが、出血がひどい。引きちぎられた肩口から流れ出した血が、床の上で固まりかけて粘ついている。顔色は白く、抱え起こしても、体は冷たく感じられた。

「死んでいるのか」

傍らの春日が声を出す。

「いや……」

甚内は、やっとそれだけ口にした。

「これではもう、機巧の製作や修繕は……」

春日が困惑した声を上げる。

神業の如《ごと》く機巧を産み出す久蔵の手は失われた。

それは、あってはいけないことだった。手の中にこそ、久蔵の神は宿っていたのだ。

「とにかく、連れ帰ろう。まだ息はある」

そう言って甚内は、久蔵の体を担《かつ》ぎ上げた。

意識があるのかないのか、久蔵は呻《うめ》き声も漏らさない。

「これは、神器がやったのか」

「様子から見てそうだろう」

目覚めるなり久蔵を襲い、瀕死《ひんし》の重傷を負わせた後、自らの足で外に出たらしい。

見境なく襲っているかのようにも見えるが、もしかするとこれは、比嘉恵庵が神器に仕込んでおいた、何かの仕掛けではなかろうか。

そうだとするなら、納得のいく部分もある。恵庵は、おそらく久蔵に裏切られたと思い込んだまま死んでいった。捕縛される前、禁中に身を隠している時に、何か神器に細工を施したとすれば……。

考えるまでもない。封印された神器に施された仕掛けとは、おそらく幕府への復讐であろう。いずれ天帝家を手中にした時、公儀の者たちが天帝陵を暴《あば》くであろうと見越してのことだ。

本来なら、地中深く埋められた鉄の厨子《ずし》が開かれた時から、その仕掛けは動き出す算段だったのかもしれない。だが、ずっと厨子の中でその時を待っている筈《はず》だった神器は、何らかの原因で動きを止めてしまった。

久蔵が検分と修繕を行い、目覚めた途端にそれが動き出したのだ。

そう考えるより他ない。

「これでは、天子様は……」

久蔵の容体よりも、春日はその技術が失われたことの方が気に掛かるようだった。

無理もない。春日にとっては天帝の機巧人形の従者として生きることこそ、自分の在り方なのだ。

この状態ではもう、久蔵が命を取り留めたとしても、機巧人形を修繕したり、新たに作り出すことは不可能だろう。春日の気持ちはよくわかる。甚内にとっては、伊武の身が心配だった。

引きちぎられた久蔵の腕は、部屋の隅に二本とも放り出されていたが、持ち帰っても、もう用はなさないだろう。

春日と一緒に表に出ると、天守の方で煙が上がっているのが見えた。何があったのかはわからないが、火事が起こったらしい。

「悪いが春日、久蔵殿の身柄を屋敷まで運んでくれ。それから佐七という男が現れたら、釘宮久蔵の私塾は、今日を以《もっ》て閉じると弟子らに知らせるよう……」

「甚さんは？」

「天守に戻る」

「放っておきなよ」

久蔵の体を受け取りながら、春日が言う。

天帝の機巧人形を自由にするため、禁中を捨てたとはいっても、元は春日も帳内《とばりのうち》として仕えていた身だ。御公儀が天帝家を乗っ取り、禁中に干渉していることを面白く思っているわけがない。公儀の要人が次々に神器に殺されても、知ったことではないということだろう。

両腕を失った久蔵の体が、思っていたよりも軽かったのか、春日は少し意外そうな顔をした。

「神器の姿は、伊武にそっくりなんだ。このまま置いてはいけぬ」

そうは言ったが、実際、神器をどうしたいのかもよくわかっていなかった。ただ、公儀の者たちの手に渡り、好き勝手されるのは我慢ならない。

「わかった」

春日は短くそう答えた。立場は違えど、春日も機巧人形のために生涯を投げ出してしまった身だ。伊武を思い、それと瓜二つの神器のことを思う甚内の気持ちが、言わずとも通じるのだろう。

久蔵の体を抱えたまま、軽々と飛ぶように走り去る春日の背中を見送った後、甚内は天守の方を振り返る。

火勢は凄《すさ》まじく、天守上層の破風《はふ》や格子窓《こうしまど》からは炎と煙が噴き出している。

腰の刀の位置を直し、甚内はそちらに向かって走り出した。

天守の石垣が近づいてくる。周囲は陽炎《かげろう》のように空気が歪み、火の粉の他、焼けて割れた瓦《かわら》などが降ってくる。

逃げてくる武者の姿を見つけ、甚内はその腕を掴んだ。

「例の女はどこだ！」

それで通じる筈だった。

「まだ天守に……」

狼狽《うろた》えた声で武者は言う。

甚内は頷くと、天守台の石段を駆け上がり、城内に入った。

中にいた者たちは残らず逃げ出したのか、人気はない。

火災はどうやら上層で起こっているらしく、下層は薄く煙に包まれている。火は上へ上へと回っていくものだから、いま暫《しばら》くは持つだろうが、主柱が焼けてしまえば、上階が丸ごと崩れて落ちてくる恐れがある。

神器の姿を探しているうちに、甚内は闘蟋会の場に設定されていた大広間に出た。

各藩が手塩に掛けて育てた闘蟋が、逃げ惑う人たちに踏み潰《つぶ》されたのか、何匹も死んでいる。

虫壺や養盆が散乱し、つい一刻ほど前の様子からは、すっかり様変わりしていた。

いちいち手を掛けて開くのも煩《わずら》わしく、広間の襖《ふすま》や廊下に面した戸板などを蹴り倒しながら、甚内は奥へと進んで行く。

上階へと続く急勾配《きゅうこうばい》の階段を見つけると、踊り場を挟んで直角に曲がりながら、甚内は駆け上がった。

煙の濃さが増したが、まだ炎の姿は見えない。

神器にやられたのか、武者姿の骸がいくつか転がっていた。

更に上階へと続く階段を甚内が探している時、どこかで梁の折れる音がした。

「神器よ、いるなら姿を現せ！」

無駄と思いながらも、焦《あせ》るあまりに甚内は声を張り上げた。

軒が崩れ、数十枚の瓦が滑り落ちて、ががらと降ってくる音が、振動とともに外から聞こえてくる。

上層への階段を見つけ、甚内がそちらに足を踏み出した時――。

白い女の足が下りてくるのが見えた。

甚内は足を止め、腰の刀を鞘《さや》ごと抜くと、抜刀して邪魔になる鞘を放り捨てた。

一歩、また一歩と足が階段を下りてくる。

どうやら上階は、かなりの炎に巻かれている様子だった。階段の開口部から、火の粉が滝のように流れ落ちてくる。

いつ上階が崩れ落ちてくるかもわからぬ危急の状態だったが、神器の足取りは、苛々《いらいら》するほどにゆっくりだった。

体の半分ほどが階下に現れた時、その手に妙なものが提げられているのが見えた。

一瞬ではよくわからなかったが、それはどうやら首のようだった。

――公方様の首だ。

そう気がついたのは、神器の姿が殆ど全《すべ》て現れてからだった。

闘蟋会の場に神器が現れた時、「……どこ？」と呟いていたのは、公方様のことを探していたのか。いや、それにしては……。

神器はもう片方の手に刀を携えていた。

炎の熱の中を歩いてきたせいか、髪は殆ど燃え落ち、身に着けていた薄手の肌襦袢も、何度か斬りつけられたのか、ずたずたになって焦《こ》げている。

痛々しい姿だった。皮膚の一部も破れ、光沢のある骨格や、その下でひっきりなしに動き続けている歯車や撥条が覗いている。

まるで土産物の西瓜《すいか》でも携えるように、神器は公方様の髷を握ってぶら下げ、前後に揺らしながら下りてくる。その佇まいからは将軍の首を取ってきたという緊張や興奮のようなものは、一切感じられなかった。

階下に降りてきた神器が、甚内の存在に気づき、声を上げた。

「あなたは、御公儀の方？」

先ほどと同じ質問だ。

神器と一騎討ちする覚悟を決め、甚内は答えた。

「……そうだ」

神器が封印された時には幼君だった公方様や、恵庵の弟子だった久蔵、その他、恵俺自身が吹き込んだ者たちの他にも、公儀の者ならば残らず殺すように仕掛けられているに違いない。

言いつけを守って、神器はいちいち、それを相手に問いながら殺しているらしい。その生真面目《きまじめ》さと幼さが、切なかった。

――これが本来の機巧人形なのではないか。

刀を正眼に構えながら、ふと甚内はそう思った。久蔵の弟子となり、機巧の構造を知るようになってからも、そのことがずっと甚内の疑問だった。

久蔵は、機巧人形には心などないのだと説いていた。

例えば伊武が嬉《うれ》しそうに笑っていても、寂しげに泣いていたとしても、それは伊武の皮膚の内側に無数に仕込まれた歯車やバネや撥条、鋼糸や水銀の満たされた管などがそう見せているだけで、実際に嬉しく思ったり寂しく感じたりしている伊武は、どこにも存在していないのだと。

確かに、心を司《つかさど》る部品など、伊武をどんなに細かいところまで分解したところで出てこない。

だが、それは人も同じではないのか。

機巧人形製作の参考にするため、甚内は何度も久蔵に同行し、刑場で腑分《ふわ》けに立ち会ったが、久蔵と相反する考えは、ますます深まるばかりだった。

人の体をどんなに細かく腑分けしても、機巧と同様、その人の心を現すものや感情や記憶を思い起こさせるものなど、一切出てこないのだ。

魂とはどこからやってくるのか。そしてどこに隠れているのか。それがずっと疑問だった。

伊武と出会わなければ、そんなことは考えもしなかったに違いない。

その甚内の気持ちこそが、伊武に命を与えているのだ。

誰かに気に掛けられたり、愛されているからこそ、それに応《こた》えるために、伊武も、そして天帝も、人のように振る舞うことができる。その振る舞いの中に命がある。

天帝陵の奥で、神代の昔から封じられていた伊武は、深い土中でずっと意識を保ったまま、横たわっていたのだ。それは命あるものにとっては、耐えがたい孤独であろう。

伊武が魂を得たのは、おそらく久蔵に「伊武」と名前を呼び掛けられた時からなのだ。

目の前にいる、この伊武そっくりに作られた神器は、恵庵が抱いた公儀への深い恨みを内に秘めたまま眠っていた。それを呼び覚ましたのは、もしかしたら久蔵が抱いていた悔恨の思いや、自身に対する呪《のろ》いの感情なのかもしれない。

伊武は明るくて健気《けなげ》な女だ。それは皆から愛されているからだろう。

その伊武と同じ姿をしていても、目の前の神器には、心を注ぐ者がいない。

「不憫《ふびん》な」

思わず甚内は、そう口を開いていた。

そんなことを考えているうちにも、公儀の者と聞いて表情を変えた神器は、じりじりと甚内に近づいてくる。

神器の動きを確実に止めるには、その間合いの懐《ふところ》に飛び込み、鳩尾に貫手を差し込んで、胸骨の裏に隠された仕掛けに触れなければならない。

それには相討ち覚悟で飛び込む必要があった。

だが、それでも良いと思った。

神器の姿が、伊武にそっくりだったから、そんな気持ちになったのかもしれない。

他に誰も心を注ぐ者がいないのなら、自分が心中覚悟でそれを成してやっても良いではないか。冥府《めいふ》での孤独な眠りから目覚めた機巧人形のために。

甚内は刀を構え直した。神器が手にしている刀を打ち落とした後、自らも刀を捨て、懐に飛び込む算段だった。

その時、上階の床の一部が、音を立てて落ちてきた。

黒く焼け焦げた梁や垂木《たるき》が、炎を纏《まと》って降ってくる。

背後で渦巻く炎など、神器は気にも掛けず、振り向きもしない。

甚内は足を踏み込む。

同時に神器が、片手に持っていた公方様の首を炎の中に放り投げ、上から刀を振り下ろした。

刃と刃が合わさる。

両手で刀の柄を握っている甚内の方が、片手で振り下ろされた神器の刀の圧力を止めるのに精一杯だった。

鍔《つば》迫《ぜ》り合いで押される刀を必死に止めている甚内の首に、神器が空いているもう片方の手を伸ばす。

これまでかと甚内が思った時、不意に足元で、豆でも踏みつぶした時のような乾いた音がした。

「あっ」

神器がそう声を上げ、握っていた刀を取り落として慌てて片足を上げた。

その足元に、甚内も視線を走らせる。

そこには、神器が自ら踏み潰してしまったと思《おぼ》しき、一匹の蟋蟀がいた。

甚内は直感した。

これは〈鳶梅〉と名付けられた闘蟋だ。

喜八が禁中で捕獲した虫。天帝陵から這い出てきたと噂《うわさ》されていた蟋蟀。

おそらくは、神器と一緒に封印されていた機巧虫であろう。

「あああ……」

神器が、狼狽えたように、驚くほど情けない声を上げる。

へなへなと力が抜け、しなだれかかるように甚内に体を預けた。

ずしりと重い神器を、甚内は体ごと支える。

――そうか。

甚内は察した。

闘蟋会の場に現れた神器は、この〈鳶梅〉を探していたのだ。

恵庵の手によって、天帝陵に神器が再び封印された時、この機巧虫も一緒に封印されたのであろう。理由はわからぬ。もしかしたら、遥《はる》か神代の昔から封印されていた伊武と同様、機巧化された虫も、太古の技術として守られていたのかもしれない。

だが、神器にとっては、暗く閉ざされた天帝陵の中で、唯一《ゆいいつ》、孤独な時をともにしてきた友が、この機巧虫だったのではないか。

「泣くな」

ひしとしがみついてくる神器を、甚内は強く抱き締める。

甚内の肩口が、神器の流した涙で濡《ぬ》れた。

瑪瑙《めのう》と硝子《がらす》細工で作られた眼球の下に、魚の浮き袋を特殊な技術で鞣《なめ》した涙袋が仕掛けてある。バネと撥条の仕掛けで顔の形が歪《ゆが》むと、押し出されるようにその中に溜《た》まった水が溢《あふ》れ出てくる仕掛けだ。

だが、それが何だというのだ。

この女の目から涙を溢れさせているのは、機巧ではない。悲しみがそうさせているのだ。

震えている神器の胸元に手を添え、貫手をつくって甚内はそれを鳩尾に差し込んだ。

神器は抵抗もしない。

胸骨の裏側にある仕掛けを押し、機巧の動きを停止させる。

力を失った神器の体を支えきれず、甚内はそれを床に横たえた。

近くで見ると、果たして神器が自ら踏み潰してしまったそれは、精巧に作られた機巧虫であった。胡麻粒《ごまつぶ》のような歯車や小さなバネが、周囲に飛び散っている。

頬や睫毛《まつげ》を涙で濡らし、神器は瞼《まぶた》を閉じて眠っているような表情をしている。

不意に、天守が大きく揺れた。

素早く甚内はその場から後方に飛び退《の》く。ひと抱えもあるような巨大な梁が、かなり上の方から落ちてきたのか、何度も大きな振動を起こしながら、突き刺さるように上層の床板を突き破って落ちてきた。

炎が神器と、機巧虫の蟋蟀《こおろぎ》を包み込む。

神器の体を覆《おお》っていた皮膚が熱で溶けて泡立ち始め、その下に隠されていた削り出しの骨格や、みっしりと詰め込まれた機巧が剝《む》き出しになる。

いつまでもそこに止まり、気の済むまで神器の姿を見つめていたかったが、仕方なく甚内は格子窓を破って表に出ると、軒先から飛び降りて、崩れ落ちる天守から逃げ出した。

漆《しち》

燃え上がる天守の姿は、天府のどこからでも望むことができた。

火事を見物するために出てきた野次馬たちの間を、甚内は急ぎ足で釦宮邸に向かう。

まだやり残していることがある。

「久蔵殿！」

本宅に上がり込んでも人の気配はなかった。

迷わず甚内は別邸に向かう。二重扉を開き、地下へ行くと、やはりそこに集まっていた。

「甚さん！」

まず声を上げたのは伊武だった。

つい先ほどまで、双子のようにそっくりな神器の相手をしていたので、妙な感覚を甚内は覚える。

部屋の隅には春日の姿もあった。藍染の忍び装束は脱ぎ、落ち着いた桜色の小袖を着て腕を組み、壁に背を預けている。

中央の台には、天帝の機巧人形が横たわっていた。

すぐに修繕が始められるよう、首と手足が胴体から外され、それぞれ別の台に載せられている。鋼糸や管の類が、台と台の間にぶら下がっていた。

「これは……」

「すぐに仕事に掛かれるようにと、釘宮様が……」

そう言って伊武が動かした視線の先に、久蔵がいた。

一応の手当は受けたのか、白い晒《さら》しで肩回りは覆われていたが、薄く血が滲《にじ》んでいる。

「遅い」

目を閉じて浅く息をしながら、久蔵が呟いた。

「だが、儂《わし》が死ぬ前に戻ってきたから、上出来か」

「久蔵殿……」

甚内が呟くと同時に、久蔵が瞼を開いた。

「今から天帝の機巧人形の検分と修繕を始める」

「だが、その容体では……」

「お前がやるんだ、甚内」

久蔵が言った。

「構造に関することや要点、また秘技秘密の類も余さず伝えるが、あまり時間がない。一度で覚えるつもりで全部、頭に叩《たた》き込め」

「しかし……」

甚内は狼狽えた。久蔵に匹敵するような知識も技術も、自分は持ち合わせていない。

「やかましい。儂だってお前ではなく、もうちょっと出来の良いやつに伝えたいところだ。文句を言うな。やり遂げろ」

甚内は、壁に背を預けて立っている春日の方を見た。

春日も無言で頷く。

こうなると、甚内も腹を括《くく》らざるを得ない。

道具の並んだ作業台から、甚内は拡大鏡を拾い上げた。久蔵が愛用しているものだ。

それを瞼の間に挟み、震える手で目盛りを使い、水晶体《レンズ》の焦点を合わせた。

その後のことを、甚内はよく覚えていない。

いや、久蔵から伝えられた、天帝の機巧人形の構造や、その修繕方法、部品に使う素材の精製法の秘密などについては、脳髄に鑿《のみ》を使って彫り込むように覚えているが、その間、自分がいかにして神業に近いその作業をこなし、最後までやり遂げたのか、そのことについては朧《おぼろ》げで、記憶は彼方《かなた》で霧のように揺れている。

伊武や春日の話によると、久蔵と甚内は、それから三日三晩の間、飲み食いもせず、また眠りもせずに作業に没頭していたということだった。

手際《てぎわ》の悪さや要領の悪さを久蔵に罵倒《ばとう》され続けながらも、甚内は最後まで天帝の機巧人形の修繕をやり遂げた。

修繕を終えた天帝が再び目覚めると同時に、安心したのか久蔵は息を引き取り、甚内はその場に倒れた。

――自分は伊武の体の構造から、習わずして比嘉恵庵の技術を学んだ。お前も伊武から学ぶがよかろう。

久蔵が、いまわの際に甚内に残した言葉は、それだった。

「いつまでも若いままの伊武の傍らで、年老いていく自分を虚《むな》しく感じることがある」

釘宮邸の広い庭に面した濡れ縁に、春日と並んで座りながら、甚内はそう語った。

「お主はどうだ」

「私か？」

目を丸くして甚内を見ると、春日は顎《あご》に手を当てて、考えるような仕種《しぐさ》を見せた。

「ううむ。年老いていく私の傍らで、若いままの姿で生きていかなければならない天子様の苦しみに比べれば、まだしもましだとは思うが……」

その答えに、甚内は少し驚いた。

「春日殿には敵《かな》わぬな」

迷ってばかりの自分とは違い、春日の考えは全てにおいて筋が通っていた。

若き日の久蔵が、伊武に特別な思いを抱いていたのは間違いないだろう。

久蔵が、頻《しき》りに機巧人形に感情や心などないと嘯《うそぶ》いていたのは、むしろそう考えることによって、気持ちを断っていたのではないかと、最近の甚内は考えていた。だが、機巧に心があるのかどうかわからないのと同様、他人の心の内などわかるわけがない。

春日に自分や久蔵のような迷いがないのは、男と女ではなく、主君と従者という形で機巧人形と関わっているから、覚悟の質が違うのかもしれない。

少なくとも、自身が抱いている苦悩を、機巧人形に反映して慮《おもんぱか》るなど、自分には考え得なかったことだ。

その日は、伊武のお百度に付き合って、甚内と伊武、そして天帝と春日の四人で中洲観音にお参りに出掛けた。

梵天門《ぼんてんもん》を抜けたところにある広場では、見世物小屋の巨大な天幕が掛かっていた。天府に御目見《おめみえ》得するのは十年ぶりだという。この興行のついでに、天帝と春日は釘宮邸を訪れたのだ。

公方《くぼう》様が殺された件に関しては、火災による焼死と伝えられた。

多少の打ち壊しなどは起こったが、思っていたほどの混乱もなく、新たな将軍職が宣下《せんげ》された。

天府のどこからでも眺めることのできた天府城の天守は、今は失われ、再び天守を築く予定もないようだった。

比嘉恵庵が倒幕を狙《ねら》った頃と違い、今や幕府の力は盤石で、将軍の首がすげ替えられたくらいでは揺るぎもしない。天守がなくても、戦が起こる恐れもないということだろう。それが良いことなのか悪いことなのかは、甚内にはわからない。

かつては同じ年頃であった春日と天帝が、甚内の前方を手を繋《つな》いで歩いて行く。今や春日は面倒見の良い姉のようだ。次に会う時は、母娘《ははこ》のようになっているかもしれない。さらにその先では、祖母と孫娘のようになるのだろうか。だがきっと、春日にとっても天帝にとっても、それは本望なのだろう。

またいずれ、修繕が必要になれば顔を出すと言う春日らと別れ、いつものようにお百度を踏む伊武に付き合って甚内は待つ。

行ったり来たりする度に、百度石の算盤《そろばん》を、伊武の代わりに甚内が動かしてやる。

いつか人間になれますようにと、伊武は祈り続けているのだ。

それを叶《かな》えてやれるだけの技術が、自分にあればと甚内は思う。

百度石の算盤を動かしながら、甚内も同じように祈り続けている。そんな日が来ればいいのにと。

「行こうか」

百度目のお参りを済ませた伊武に、甚内は声を掛けた。

久蔵はどう思っていたのだろう。若き日に伊武に抱いた気持ちが、どこかで燻《くすぶ》って残ったりはしなかったのか。

釘宮邸に戻ると、甚内と伊武は連れ立って、別邸の地下にある部屋に入った。

二人きりで台の傍らに立つ。

伊武が微かに笑顔を浮かべ、首を傾《かし》げる。

「遠慮なさらないで結構ですよ。私の体で学べと、釘宮様もおっしゃっておりました」

甚内は頷き、伊武の身に着けているものを脱がせるために、襟元に手を掛けた。

心の臓が、早鐘のように高鳴っている。

「手が震えておりますよ」

伊武が悪戯《いたずら》っぽく笑ってみせた。

「伊武、拙者はお前のことが……」

堪《たま》らず言いかけた甚内の言葉を遮り、伊武が口を開く。

「いつか甚内様が腕を上げたら、天徳様の体を作って欲しゅうございます」

甚内の手の震えが止まった。

それから、甚内は堪《こら》えきれずに笑い出した。

「成る程。いつまで経《た》っても久蔵殿が、天徳の体を作らなかった理由が、今わかったぞ」

そして、その内に秘めていた心も。

「何故《なぜ》です？」

不思議そうな顔をして伊武が首を傾げる。

「嫉妬《しっと》していたのさ。あの腰掛けに」

「腰掛けではありません！　あれは……」

甚内の言葉に、伊武が顔を真っ赤にして怒り始めた。

参考文献

『璣《からくり》訓蒙《きんもう》鑑草《かがみぐさ》／機《き》巧《こう》図《ず》彙《い》』江戸科学古典叢書3　恒和出版（一九七六）
『細川半蔵頼直《よりなお》』田中瀧治著（一九九六）
『からくり』立川昭二著　法政大学出版局（一九六九）
『図説　江戸の科学力』大石学監修　学習研究社（二〇〇九）
『九州の蘭学《らんがく》』W・ミヒェル、鳥井裕美子、川嶌眞人編　思文閣出版（二〇〇九）
『闘蟋《とうしつ》』瀬川千秋著　大修館書店（二〇〇二）
『相撲の誕生』長谷川明著　新潮選書（一九九三）
『明治天皇の一日』米窪明美著　新潮新書（二〇〇六）
『近世風俗志㈠〜㈤』喜田川守貞著／宇佐美英機校訂　岩波文庫（一九九六〜二〇〇二）

解説

大森望

ロボットと時代小説。水と油というか、雪と墨というか、一見、ほとんど正反対の両者をみごとに溶け合わせて、ほとんど前例が見当たらないほど独創的な物語を組み立てたのが、本書『機巧のイヴ』。古今のSF時代小説の中でも指折りの、まさにインスタント・クラシック。ふだんSFを読まない時代小説読者も、時代小説にまったく興味がないSFファンも、もし本書を未読なら、とにかく最初の十ページだけでも読んでみてほしい。いままでにない、スリリングな読書体験を保証する。

疑り深い読者のために、小説の概要を簡単に説明しておくと、全五話から成る本書の舞台は、江戸のようで江戸ではない、将軍家お膝元の大都会、天府。幕府精煉《せいれん》方手伝という役職に就く天才的な機巧師（ロボット工学者）である釘宮久蔵《くぎみやきゅうぞう》と、その屋敷に住む色白の美女（の姿をした精巧なロボット）、伊武《いぶ》が物語の軸になる。題名の〝機巧のイヴ〟とは、直接にはこの女性型ロボットのこと。〝アンドロイド〟という言葉を小説の中で初めて使ったヴィリエ・ド・リラダンの古典SF『未来のイヴ』(一八八六年)が、たぶんその名の由来だろう。

第一話にあたる「機巧のイヴ」は、〈小説新潮〉二〇一二年十一月号のSF特集に寄稿された短編。主人公は、牛山藩の武士、江川仁左衛門《えがわにざえもん》。藩の代表として、闘蟋《とうしつ》(蟋蟀《コオロギ》同士を戦わせる競技)の大会に出場した仁左衛門は、試合に負けたあと、対戦相手の蟋蟀が異常に強いことに不審を抱き、その場で暴挙とも言うべき振る舞いにおよぶ……。

この冒頭のエピソードが抜群におもしろく、読者を一気に物語に引き込む役割を果たす。闘蟋というのは、闘犬や闘鶏のコオロギ版。本書の参考文献に挙げられている瀬川千秋のサントリー学芸賞受賞作『闘蟋 中国のコオロギ文化』に詳述されているとおり、中国では唐代(一二〇〇年前)から広く愛好されている競技。闘犬や闘鶏と同じく賭博《とばく》の対象となり、現代中国でも、非合法ながら大金が賭《か》けられているという。映画『ラストエンペラー』に意味ありげに登場する奇妙なかたちの美しいコオロギ入れ(中国では蟋蟀罐と呼ぶらしい)をご記憶の方もいるかもしれないが、強い〝闘蟋戦士〟を育てるための養盆や計量用の吊籠《つりかご》、コオロギを刺激して戦わせるための茜草《せんそう》などは、伝統工芸品としても一大文化を形成しているとか。

本書では、その闘蟋が武士の嗜《たしな》みとして人気を集め、年に一度、幕府の闘蟋改方《あらためかた》が監督する闘蟋会が天府城で開催されているという設定。各藩からその年の横綱が出場し、威信をかけて闘うことになる。幕府主催の御上覧闘蟋会という発想だけでも魅力的だが、さらにそれをロボット工学技術と組み合わせたのがミソ。ＳＦならではの仕掛けを使った本格ミステリ的などんでん返しも用意され、独立した短編としても第一級の仕上がり。その証拠に、この短編「機巧のイヴ」は、日本推理作家協会編『ザ・ベストミステリーズ２０１３推理小説年鑑』（講談社文庫版では二分冊になり、『Ｅｓｐｒｉｔ機知と企みの競演』のほうに収録）、本格ミステリ作家クラブ編『ベスト本格ミステリ２０１３』、大森望・日下三蔵編『年刊ＳＦ傑作選　極光星群』と、三種類の年間ベスト・アンソロジーに採録されている。ミステリとしてもＳＦとしても、一年を代表する傑作と太鼓判を捺《お》された格好だ。

本書『機巧のイヴ』は、この表題作に、二〇一三年から翌年にかけて〈小説新潮〉に発表されたシリーズ短編四編を加え、加筆修正を経て、二〇一四年八月、新潮社から四六判ソフトカバーの単行本として刊行された。

時代設定は、おおむね江戸時代後期（十八世紀末ごろ）と推定されるが、前述のように、そもそも本書には〝江戸〟が存在しない。江戸城にあたるのが天府城で、江戸にある都市は天府と呼ばれている。この天府を中心に盤石の幕藩体制を敷く将軍家と、女系によって継承される天帝家との対立が本書全体を動かしてゆく。SF流に言えば、もうひとつの日本（いや、実は国号も日本ではないらしいが、それについては後述）を舞台にしたパラレルワールド（並行世界）ものということになる。

　欧米では、二一世紀に入ってから、蒸気機関に基づく科学技術が高度に発達した〃懐かしい未来《レトロフューチャー》〃を描くスチームパンクがさまざまなメディアで大流行しているが、本書の場合、スチームパンク的な（時代考証を気にしない）なんでもありの楽しさとは一線を画し、機巧（機械工学）、舎密《せいみ》（化学）、電氣《でんき》などの技術レベルは、おおむね江戸時代後期のそれを踏襲している。当時の技術者と言えば、エレキテル（静電気発生機）を復元した平賀源内や、〃からくり儀右衛門〃こと田中久重《たなかひさしげ》が有名だが、本書が参照しているのは、土佐藩出身の暦算家で機巧師だった細川頼直《ほそかわよりなお》（生年不詳、一七九六年没）らしい。和時計や茶運び人形の図解を記した頼直の著書『機巧図彙《ずい》』は、日本初の機械工学書とも言われているんだとか。

　しかし、だとしたら、二十一世紀の科学技術をもってしてもまだ実現していないもの（人間と区別がつかないほど精巧なロボット）が、どうしてこの時代に存在しているのか？　オーバーテクノロジー（その時代の科学水準をはるかに超えた技術）の産物としか思えない伊武に秘められた謎《なぞ》は、やがて天帝家に代々伝わる「神代《かみよ》の神器《じんき》」をめぐる謎へと直結してゆく。

全五話の内容を簡単におさらいすると、第一話「機巧のイヴ」は、前述のとおり、牛山藩の江川仁左衛門が主人公。闘蟋会のあと、伝手を頼って釘宮久蔵の屋敷を訪れた仁左衛門は、闘蟋会の報奨として藩主から下賜された養盆の名品とひきかえに、久蔵にある仕事を依頼する。十三層（巨大遊郭）にいる馴染みの遊女・羽鳥《はとり》とそっくりの機巧人形《オートマタ》をつくってほしい……。不器用な恋は、やがて思いがけない結末を迎える。

第二話「箱の中のヘラクレス」は、伊武が通う湯屋で下働きをしている若者、天徳《てんとく》鯨右衛門《げいえもん》が主人公。生まれもった体格を生かして相撲で身を立てようとした彼に、とんでもない災厄がふりかかり、天徳はそれがもとで釘宮久蔵と関わることになる。

第三話「神代のテセウス」では、公儀隠密の田坂甚内《たさかじんない》が、釘宮久蔵への不審な金の流れを調べるうち、天帝家の根幹に関わる巨大な秘密に遭遇する。テセウスはギリシア神話に登場する英雄で、アテナイの王。ミノタウロスを退治した伝説で知られる。

第四話「制外のジェペット」は、舞台を上方に移し、御所で天帝に使える娘、春日《かすが》が前半の主役となる。このあたりから、伝奇小説のスペクタクルと、ディック的なロボットSFのサスペンスが一体化し、いまだかつて書かれたことがないような物語世界へと読者を導く。ジェペットは、カルロ・コッローディの童話『ピノキオの冒険』の中でピノキオをつくるジェペットじいさんに由来する。

最終話「終天のプシュケー」では、〝ロボットにとって魂（プシュケー）とは何か〟というピノキオ以来の問題が浮上し、現代的なロボットSFとみごとにシンクロする。時代小説の背景とSFのガジェット（道具立て）がこれほどうまく合体した小説は、日本ではほとんど初めてだろう。

SFと時代小説、この両ジャンルにまたがる小説はそう珍しいわけではなく、半村良『産霊山秘録《むすびのやまひろく》』や『妖星伝《ようせいでん》』を筆頭に、これまでにたくさん書かれている。しかし、時代SFの主流はタイムスリップもの。同じ半村良の『戦国自衛隊』や「およね平吉《へいきち》時穴道行《ときあなのみちゆき》」、小松左京『時空道中膝栗毛《ひざくりげ》』、光瀬龍《みつせりゅう》『夕ばえ作戦』『寛永無明剣《むみょうけん》』『征東都督府』、石川英輔《えいすけ》『大江戸神仙伝』、最近では山本巧次『大江戸科学捜査　八丁堀のおゆう』シリーズなどのように、現代人が過去へ行くパターンが多く、本書のようにテクノロジーを軸にした時代SFは、伊藤計劃《いとうけいかく》＋円城塔の『屍者《ししゃ》の帝国』や、小野不由美《十二国記》シリーズの短編「丕緒《ひしょ》の鳥」など、数えるほどしかない。

『機巧のイヴ』は、この希少な組み合わせを実現させたばかりか、本格ミステリ的な仕掛けと忍法帖《にんぽうちょう》ばりの（あるいは押井守監督の映画『イノセンス』ばりの）アクション、伝奇小説的なモチーフ、さらに十三層や湯屋をめぐる官能的な要素までとりこんで、サービス満点の一大エンターテインメントを構築する。乾ソールドの集大成というだけでなく、長く読み継がれるべき名作だ。

さて、乾作品が新潮文庫に収録されるのは本書がはじめてなので、このへんであらためて著者の筆歴を紹介しておこう。乾緑郎は、一九七一年、東京都目黒区生まれ。〝緑郎〟という筆名は、『バンパイヤ』をはじめとする手塚漫画多数に登場するキャラクター、間久部緑郎（ロック・ホーム）に由来するとか。鍼灸師《しんきゅうし》として働くかたわら、学生時代からずっと関わってきた演劇の世界で劇作家として活動。二〇〇八年には、『SOLITUDE』で第一四回劇作家協会新人戯曲賞最終候補に選ばれている（このころの経験は、後述の長編『ライプツィヒの犬』に生かされている）。その乾緑郎が小説家としてセンセーショナルなデビューを飾ったのは二〇一〇年。これまでに刊行されている著書は以下の通り。

『忍び外伝』二〇一〇年十一月、朝日新聞出版→二〇一二年十月、朝日文庫

『完全なる首長竜の日』二〇一一年一月、宝島社→二〇一二年一月、宝島社文庫

『忍び秘伝』二〇一一年十月、朝日新聞出版→『塞《さえ》の巫女《みこ》　甲州忍び秘伝』二〇一四年十月、朝日文庫
『海鳥の眠るホテル』二〇一二年九月、宝島社→二〇一三年九月、宝島社文庫
『鬼と三日月　山中鹿之介、参る！』二〇一三年五月、朝日新聞出版
『鷹野鍼灸院の事件簿』二〇一四年五月、宝島社文庫
『機巧のイヴ』二〇一四年八月　新潮社→二〇一七年九月、新潮文庫
『思い出は満たされないまま』二〇一五年四月　集英社→二〇一七年七月、集英社文庫
『鷹野鍼灸院の事件簿　謎に刺す鍼、心に点す灸』二〇一六年六月　宝島社文庫
『ライプツィヒの犬』二〇一七年五月、祥伝社

第一長編『忍び外伝』は第二回朝日時代小説大賞の応募作（応募時タイトル「忍法煙之末」）。選考委員三人（児玉清、縄田一男、山本一力）の満場一致で大賞を受賞した。果心居士《かしんこじ》や百地三太夫《ももちさんだゆう》が活躍する、風太郎忍法帖ばりの伝奇時代劇だが、妖術による（一種の）現実改変のようなモチーフが登場するところが乾緑郎らしい。この『忍び外伝』は、新人のデビュー作ながら、同年十一月の発売直後から増刷を重ねる人気ぶ

りで、翌年には忍者小説第二弾の『忍び秘伝』(朝日文庫版で『塞の巫女　甲州忍び秘伝』と改題)を刊行、識者の投票でその年のベストを決める「歴史・時代小説ベスト10」(週刊朝日)で第五位に選出された。こちらは、歩き巫女(くノ一)として鍛錬を積む少女・小梅が主人公。戦国期の甲州を舞台に、信玄が天下統一のために追い求めた禍《まが》つ神「御左口神《みしゃぐちしん》」をめぐる壮大なドラマが幕を開ける。第三弾の『鬼と三日月』は、尼子家再興を目指す山中鹿之介らの前に、奇怪な忍法を操る鉢屋《はちや》賀麻《かま》党が現れるという趣向。

こんなふうに紹介すると、まるで忍者専門の時代小説作家のようだが、その一方、朝日時代小説大賞を受賞した二カ月後の二〇一〇年十月には、近未来(ほぼ現代)の日本を舞台にしたSFサスペンス『完全なる首長竜の日』で、第九回『このミステリーがすごい！』大賞を受賞。こちらも選考委員四人の(茶木則雄、香山二三郎、吉野仁、大森望)の満場一致で大賞に決まり、賞金千二百万円を獲得した。朝日時代小説大賞の賞金二百万円とあわせて、年間獲得賞金は千四百万円。小説の世界に新人王(最優秀新人賞)があるなら受賞まちがいなしの、華々しいデビューだった。

その『完全なる首長竜の日』では、昏睡《こんすい》状態の患者の夢(もしくはそれに似た空間)に入り込んで相手とコミュニケートできる「SCインターフェース」と呼ばれる架空の技術を軸に、女性漫画家の主人公とその弟との関係が描かれる。メインテーマは〝胡蝶《こちょう》の夢〟。筒井康隆の原作を今敏《こんさとし》が映画化した『パプリカ』や、ハリウッド映画の『インセプション』を思い浮かべてもらえば手っ取り早い。もっとも著者によると、発想の原点はP・K・ディックのSF長編『ユービック』だったという。同書には、装置を介して死者とコミュニケートできる霊園が登場するが、〝操作される（人工的な）現実〟というのはディック作品に特徴的なテーマのひとつ。『忍び外伝』では妖術によって現実が操作されていたわけだから、これは乾緑郎にとっても大きなテーマかもしれない。ちなみに、ディック作品の通しテーマには、もうひとつ、映画『ブレードランナー』の原作『アンドロイドは電気羊の夢を見るか？』にも描かれた、「人間とアンドロイドは何が違うのか？」という問いがあり、こちらは『機巧のイヴ』に引き継がれている。

この『完全なる首長竜の日』は、第43回星雲賞日本長編部門参考候補作となり、二〇一三年には、『リアル 完全なる首長竜の日』として、黒沢清監督、綾瀬《あやせ》はるか・佐藤健《さとうたける》主演で劇場映画化され、つかさき有の作画による漫画版も刊行されている。それに続く現代ものの第二弾が『海鳥の眠るホテル』。こちらは、〝記憶〟をテーマに、幻想と現実が交錯する（SF要素が希薄な）サスペンス長編。

宝島社文庫から文庫オリジナルで刊行された『鷹野鍼灸院の事件簿』は、鍼灸師としての長年の経験を生かした短編連作ミステリ。院長の鷹野がホームズ役で、ワトソン役の〝私〟は、新米鍼灸師の五月女真奈。彼女が専門学校を卒業して勤めはじめたばかりの鍼灸院で出会うさまざまな事件が描かれる。こちらは、第二弾の『鷹野鍼灸院の事件簿　謎に刺す鍼、心に点す灸』まで出ている。

『思い出は満たされないまま』は、マンモス団地（モデルはたぶん、多摩ニュータウンの一画）を舞台にした、ノスタルジックでハートウォーミングな〝すこし・ふしぎ〟系の連作短編集。ゆるやかにつながる全七話を通して、昆虫採集、タイムカプセル発掘、溜池《ためいけ》での釣り、プロレス中継など、懐《なつ》かしい記憶が鮮やかに甦《よみがえ》る。

『ライプツィヒの犬』は、劇団時代の著者自身を投影したような若手の劇作家を主人公にした演劇ミステリ。旧東ドイツ出身の世界的劇作家（モデルはハイナー・ミュラー）の経歴に秘められた謎を軸に、現在と過去を行き来する。

現時点で書籍化されているのはここまでだが、二〇一六年からは、〈小説新潮〉に長編『杉山検校《すぎやまけんぎょう》』を連載中。タイトル・ロールは、鍼灸師ならその名を知らぬ者がいないという、伊勢国安濃津《あのつ》生まれの鍼聖、杉山和一《わいち》（一六一〇〜九四年）。伊賀生まれの武芸者・柘植定十郎《つげていじゅうろう》を主役に、杉山和一の数奇な人生を描く、ユニークな時代ノワールだ。

そして二〇一七年から、新たに〈yom yom〉でスタートした連載が、『機巧のイヴ2 Mundus Novus』。副題の「ムンドゥス・ノーヴス」はラテン語で「新世界」の意味。時代設定は、本書から百年ほどあとの一八九二年。舞台は、万国博覧会開催を翌年に控えた新世界大陸の都市、ゴダム（たぶんシカゴがモデル）。この万博に日下國館（作中の日本に相当する国は〝日下〟、日本人は〝日下人〟と呼ばれる）として移築されたのが十三層。その最上層には、機能を停止してひさしい機巧人形『伊武』が、万博の目玉として展示される予定だった。一方、大都市アグローで私立探偵を営む日下人・日向丈一郎は、かつて所属していた大手調査・警備会社ニュータイド探偵社から、極秘裏に伊武を盗み出す依頼を受ける……。

というわけで、今度は新世界を舞台に新たな伊武の物語が幕を開ける。本書で積み残された伊武の謎ははたして明らかになるのか。首を長くして完結を待ちたい。

（二〇一七年七月、翻訳家）

この作品は平成二十六年八月新潮社より刊行された。

新潮文庫最新刊

百田尚樹著

カエルの楽園

その国は、楽園のはずだった――。平和を守るため、争う力を放棄したカエルたちの運命は。国家の意味を問う、日本人のための寓話。

白石一文著

愛なんて嘘

裏切りに満ちたこの世界で、信じられるのは私だけ？ 平穏な愛の〈嘘〉に気づいてしまった男女を繊細な筆致で描く会心の恋愛短編集。

西村京太郎著

天草四郎の犯罪

杖一本で、次々と暴漢たちを撃退していく謎の男「天草四郎」。十津川警部が、現代に甦った「英雄《ヒーロー》」の秘密に挑む、長編ミステリー。

清水義範著

老老戦記

ホームの老人たちが覚醒した。刺激を求めた彼らは……。これは悪夢か、現実か。超高齢社会日本を諷刺するハードコア老人小説。

朝倉かすみ著

乙女の家

家族のクセが強すぎて、なりたい「自分」がわかりません。キャラ立ちできない女子高生の若菜、「普通」の幸せを求めて絶賛迷走中。

乾　緑郎著

機巧のイヴ

幕府VS天帝！ 二つの勢力に揺れる都市・天府の運命を握る美しき機巧人形《オートマタ》・伊武《イヴ》。SF×伝奇の嘗てない融合で生れた歴史的傑作！

新潮文庫最新刊

麻見和史著

水葬の迷宮
—警視庁特捜7—

警官はなぜ殺されて両腕を切断されたのか。一課のエースと、変わり者の女性刑事が奇怪な事件に挑む。本格捜査ミステリーの傑作！

太田紫織著

オークブリッジ邸の笑わない貴婦人3
—奥様と最後のダンス—

英国貴族式生活に憧れた奥様の、最後の夢は〝舞踏会〟！ 町の人々を巻き込んで、メイドたちが贈る「本物」の時間の締めくくり。

篠原美季著

ヴァチカン図書館の裏蔵書

中世の魔女狩りを連想させる猟奇殺人の疑惑が教皇庁に——厳戒区域の秘密文書から事件の真相を炙り出すオカルト・ミステリー！

古野まほろ著

R.E.D. 警察庁特殊防犯対策官室

総理直轄の特殊捜査班、女性6人の精鋭チームが謎のテロリスト〈勿忘草《ワスレナグサ》〉を追う。元警察キャリアによる警察ミステリの新機軸。

髙山正之著

変見自在
サンデルよ、「正義」を教えよう

商売は阿漕に、金持ちは命を惜しむ。それを何とか正義で包みたいのがサンデル理論の正体だ。偽善者の分厚いツラの皮を剝がす一冊。

常松裕明著

よしもと血風録
—吉本興業社長・大﨑洋物語—

漫才ブーム、心斎橋筋2丁目劇場、新喜劇の大復活、コンテンツ制作・配信、映画祭、アジア進出……吉本興業の中心にいる男の半生。

機《き》巧《こう》のイヴ

新潮文庫　い－130－1

平成二十九年九月一日発行

著者　乾《いぬい》緑《ろく》郎《ろう》

発行者　佐藤隆信

発行所　株式会社新潮社

郵便番号　一六二―八七一一
東京都新宿区矢来町七一
電話　編集部(〇三)三二六六―五四四〇
　　　読者係(〇三)三二六六―五一一一
http://www.shinchosha.co.jp

価格はカバーに表示してあります。

乱丁・落丁本は、ご面倒ですが小社読者係宛ご送付ください。送料小社負担にてお取替えいたします。

印刷・大日本印刷株式会社　製本・株式会社大進堂

ISBN978-4-10-120791-9 C0193